死と呪いの島で、僕らは

雪富千晶紀

角川ホラー文庫
19984

目次

おもな登場人物

打保《うつぼ》椰《や》々《や》子《こ》
幼い頃島に漂着した過去を持つ美少女。
神《カミ》の預言を死者から聞くことができる。

白波《しらなみ》杜弥《もりや》
椰々子と同じ高校の同級生。
島の名家、白波家の次男。椰々子に片想い。

綿積《わたつみ》 徹《とおる》
杜弥の親友。オカルト好きで、
超常現象や怪奇現象に造詣が深い。

須《す》栄《え》島《じま》
東京都、伊豆諸島の東端の美しい島。
潮流の関係で様々なものが漂着する
〈鬼の寄せ室《むろ》〉がある。

序

それは、この地で〈キョクアジサシ〉と呼ばれる渡り鳥だった。

傾斜地にしがみつくように作られた家のコンクリート塀の上、白い体を横たえ橙色《だいだいいろ》の小さな足を痙攣《けいれん》させている。

アラスカ付近で仲間とはぐれ方向を見失ったのが致命的だった。予想外の長距離飛行を経てようやくこの島へたどり着いたが、疲労や猛禽類《もうきんるい》に襲われた傷が彼の命の灯を今にも消えそうとしている。

眼下にはモザイクのように並ぶ家々や森、その奥に夕日を受けて輝く穏やかな海があった。

臨終のときが近づき意識と視界が混濁してくるのを感じながら、鳥は足と同じ色の細い嘴《くちばし》で弱く鳴く。

その目に映っていたのは、森に消える小径《こみち》だった。正確には、そこを歩いていった何か。

——ついに見つけた。このことを伝えなくては、〈あれ〉に。

鳥は最後の力を振り絞り、心の中で呼びかける。

心にあったのは、たわいない約束だった。

寄る辺もない絶海で、死んだヒトの赤子と交わした……

* *

足元では、岩にぶつかった波が緩慢に水音を立てている。

平らな低い岩の上にしゃがみ込んだ椰々子《ややこ》は、目前の高い岩との間に挟まるようにして揺れている膨れた肉塊を見つめた。

おそらく、女だった。流木にでも削られたのか、衣服はほとんど脱げてしまっているが、腕の付け根と足に引っかかっている端切れの柄から性別は推測できる。

ガスで膨張した背を天に向けながら、女は短めの髪を水中にクラゲのようにたゆたわせ、波に揺られては両側の岩にぶつかり続ける動作を繰り返していた。

椰々子は瞳《ひとみ》を閉じて拍手《かしわで》を打つと、白く細い手を伸ばし女の体に触れる――

刹那《せつな》、女は息を吹き返したようにがばりと上体を起こし、椰々子の手を摑《つか》んだ。

崩れた豆腐のような顔が目に飛び込んでくると同時に、腐臭が鼻を突く。

椰々子はこの瞬間が好きではなかった。自分が彼らと同じ彼岸の世界に属しているような気にさせられるからだ。でも、文句など言っていられない。これが自分に課せられた仕事だから。

跳ね上がった脈を収めるように息を整えながら、女の顔をしっかりと見据える。

すでに表情というものをなくしていた女は、唇が欠けた口から声を絞り出した。

海の〈カミ〉はいつも水死体の口を借りて言葉を託す。彼らは、いわば腹話術の人形だ。

「……うぁ、ざ、わ、ぁい……が、く、る」

言い終えると、女は木偶《でく》のように力をなくして水面に崩れ落ち、元の水死体に戻った。

頰に散った飛沫《ひまつ》を巫女《みこ》装束の袖《そで》で拭《ぬぐ》うと、椰々子は眉根《まゆね》を寄せる。

これまでもたくさんの言葉を託されて来たが、こんな言葉は初めてだった。今年は豊漁になる、不漁になるといったものから、失せ物がどこにあるといった気まぐれなものまで、預言はいつも何らかの具体性を帯びているものなのに。

漠然とした言葉をどう捉《とら》えていいのか分からなかったが、これだけは確かだった。

〈カミ〉が「来る」といえば、必ず来る。

椰々子は腰を上げる。大きな波が押し寄せ、周囲に林立する大小さまざまな岩柱にぶつかり大きく迸《ほとばし》った。振り返ると、黎明《れいめい》の大海原が広がっており、東から朝日が昇り始めている。

その光景に心を奪われ立ちすくんだ椰々子の耳に、先ほどの女の声が響いた。

――災いが来る。

潮騒《しおさい》の合間、沖から鯨の歌が聞こえた。

顔取り

大浜《おおはま》に漁師の余助《よすけ》といふ男がゐた。妻と子と老ひた母と暮らしてゐた。新月の晩、余助は烏賊《いか》を捕りに海へ出かけたが帰らなかつた。三日後、沖に漂ふ余助の舟を漁師仲間が見つけた。中をあらためると、腐りかけた大量の烏賊の上に、首の無ひ余助の亡骸《なきがら》があつた。舟は島まで曳《ひ》かれ、余助の骸《むくろ》は、島主である白波暢盛《しらなみあつもり》の命により日のあるうちに荼毘《だび》に付された。

饐島《すえじま》には、新月の夜、顔取りが出るといふ言い伝へがある。大漁がその兆しといふ。

余助も其《そ》れに顔を取られたのだらうと、島のものは噂し合つた。

『饐島異誌《すえじまいし》』

白波杜弥《しらなみもりや》は、息を切らせて走っていた。

顔を出したばかりの太陽が北東から島を照らし出す中、細い路地に立ち並ぶ家々の間を通り抜け、南へ向かって疾走する。日差しは強かったが、高校の夏服が明け方の少し冴《さ》えた空気を孕《はら》んで心地よかった。

——急がなくては。

早朝に自宅へ電話が入るやいなや、島の町長であり漁師たちの束ね役を務める父と、漁協に勤める兄は、一足先に飛び出していった。高校生である自分には今のところ役目がある訳ではないが、ゆくゆくは父の後を継ぐことになる。島の一大事を知らないでは済まされなかった。

それに——。杜弥は苦笑する。純粋に早くそれを見てみたいという気持ちがあった。登校する前に。

小さな祠《ほこら》の脇を通り、コンクリートで固めた狭い階段を下りると、建物が途切れ急に視界が開けた。

足を止め、呆然《ぼうぜん》と目を見開く。

「こんなのありかよ……」

前方には、いつもと変わらない光景が広がっていた。夏の予感に満ちた青い空、遠く見える水平線と日を照り返す凪《なぎ》の海、手前に横たわる椰子《やし》の木が植わった白い砂浜――ただ一点、その東端に堆積《たいせき》物を纏《まと》った沈没客船が鎮座していることを除けば。

口をぽかんと開けたまま、杜弥は立ち尽くす。

波打ち際へ身を乗り上げている船の高さは椰子の木と同じぐらい。尻下《しりさ》がりに海へ浸《つ》かる奥行きは二百メートルほどだろうか。飛鳥《あすか》IIなどの巨大客船や沖を航行するタンカーと比べると遥《はる》かに小振りだが、島の漁師たちが乗る五トンの漁船や、島と島を結ぶ高速船と比べると桁違《けたちが》いに大きい。

島を取り巻く遊歩道を横切ってスタンドを下り、朝日を受けて西に影を延ばす船の舳《へ》先《さき》まで行くと、すでにたくさんの島民が集まって客船を見物していた。

彼らに交ざり、杜弥も朝日に手をかざしながら見上げる。貝や石灰質などに覆われ元の姿が分からないその船は、物言わずただ白い砂の上に座しており、まるで海中に忘れ去られた神殿のような雰囲気を醸し出していた。

静かな迫力に飲まれそうになりながら、さまざまな方向から船を眺め、杜弥は首を傾げる。

こんなものがどうしてこの須栄島《すえじま》へ流れ着いたのだろう。

ここは本州から南へ二百三十キロメートル、御蔵島《みくらじま》と八丈島《はちじょうじま》の中間から東に三十キロメートルも離れた伊豆《いず》諸島の東端だ。客船の航路からは大分離れている。それに、ずいぶん長い間海に浸かっていたようだが、この巨体がなぜ浮上できたのか。機関部に大きな穴が開き、破損しているのが一目で分かるぐらいなのに。

波打ち際に立って客船の胴体部分を見上げる父と兄を見つけ、杜弥は歩み寄る。砂に足を取られながら声を掛けると、彼らは厳しい表情でこちらを見た。

「――まったく、どうしてこんなもんが流れ着いたんだ。たまたま珊瑚《さんご》の少ない窪《くぼ》みを通って乗り上げたからいいものの」

いかにも漁師然とした、がっしりと逞《たくま》しい体に日に焼けた気骨のある面構えの父は溜《た》め息を吐《つ》く。男らしく剛胆で快活な彼の渋面を見るのは久々だった。

「油が漏れてないだけでも良かったよ。被害金額が比べものにならなくなる」

兄の杜之《もりゆき》が静かに言う。子供の頃から体が弱く漁協の事務職を選んだ兄は、父と似た杜弥と違い色白で華奢な体つきをしていた。シャツとスラックスのせいで余計線が細く見えて、杜弥はいつも申し訳ない気がする。

「問題は撤去までにどれぐらいの時間がかかるかだな。早々にサルベージしてくれればいいが、こんな廃船じゃ船主が見つかったとしても確実にこじれる」

父が苦々しく呟《つぶや》くと、兄は頷《うなず》いた。

「廃船じゃ確実に船舶保険には入ってないだろうしね。少なく見積もっても一千万――この分じゃそのまま島が被《かぶ》らされる」

「一千万⁈」

杜弥が叫ぶと、兄は怜悧《れいり》な瞳《ひとみ》で呆《あき》れたようにこちらを見る。

「少なく見積もってだ。実際はもっとかかるだろう」

杜弥は思い切り顔を顰《しか》めた。いつも父が予算不足を嘆いている島だ。一千万を超える大金は島の財政を逼迫《ひっぱく》させること必至だろう。ただでさえ最近は島に外部の人間が増えたことによる考え方の多様化で、この白波家が代々町長を務めることに疑問の声が出ているのだ。この件が元で父が公職を追われる事にもなりかねない。

父がしきりと時計を気にしているのに気づき、杜弥は訊《たず》ねた。

「どうかした？」

「いや、朝、この件の他にもう一つ報《しら》せがあってな。二日前から漁師が一人漁から戻ってないんだ。GPSは切れてるみたいだし無線で呼びかけても出ないんで、もう少ししたら海保に知らせて捜索するかどうか決めなくちゃならない」

「そっか……」杜弥は頷く。船のトラブルは、一度起こってしまうと大事になることが多い。漁師の元締めである父としては気が気ではないだろう。

「そろそろ行くか」

頷いた兄を伴いスタンドの方へ向かおうとした父は、何かを思い出したように振り返る。

「そういえばお前、昨日なんか話があるって言ってたな？」

「え、今忙しいだろ？　別に夜でもいいけど……」

「今の方がいい。当分は寝に帰るだけになりそうだし」

苦笑する父に、杜弥はためらいながら口を開いた。

「高校の修学旅行の事だよ。前も言ったけど椰々子のこと何とかならないのか？　クラスで一人だけ留守番ってのは、さすがに可哀想だろ？」

緩んでいた父の顔がみるみる険しくなり、杜弥は身を硬くした。

兄も髪を掻《か》き上げうんざりとしたように息を吐く。父は厳しい表情で応《こた》えた。

「そのことなら前も言っただろう。椰々子は金も積み立ててないし、だめだ」

「そんなのなんとかなるだろ？　あいつの生活費はうちが出してるんだし。それに異常だよ。来栖島《くるすじま》の職場体験だって、椰々子だけ最初からないものみたいになってたし」

来栖島は、この須栄島から北西に二十分ほど高速船を走らせた場所に浮かぶ島だ。

周囲十一キロの須栄島よりも面積が四倍大きく、人口は三倍ある。この差はそのままインフラや店舗の数と比例しており、片道六百円かけ須栄島民は何かと便利な来栖島へ定期高速船で行き来していた。

それだけに、杜弥には疑問だったのだ。椰々子が来栖島にすら行けないことが。

――いくら口もきいてもらえないほど、彼女が島で村八分にされているといっても。

「杜弥、お前はまだ分からないのか？　父さんがだめと言ってるんだからだめだ。それに椰々子には関わるなと言ってあるだろう」

睨《にら》みつけてくる兄に、杜弥は応酬する。内心またかという思いが渦巻いていた。

小さな頃から兄は自分に厳しくあたってきた。病弱な彼の代わりに杜弥が父の船を継ぐ事が関係しているのだろうが、杜弥にとっては望んだ訳でもないことで敵視されているようなものだ。それにこちらからすれば、陸上でずっと父の右腕として働いている兄の方がよほど父と堅固な絆《きずな》で結ばれているように見えた。椰々子の事だってそうだ。孤児である椰々子の村八分を先導しているのは明らかに白波家なのに、父と兄は杜弥に理由を説明しようともせず、他の島民と同じように彼女を避けることを押し付ける。

「俺が誰に関わるかは、俺が決める」

無性に腹が立ち、杜弥はきっぱりと言い放った。父と兄は苦々しげに顔を見合わせる。

「――白波さん」

脇から声をかけられたのはそのときだった。

見ると、父の後ろに見慣れない青年が立っていた。背が高く、精悍《せいかん》な顔に柔和な笑みを浮かべている。杜弥はすぐにぴんときた。青年が纏《まと》うこの軽い空気は、島のものではない。

彼は杜弥たち三人に軽く会釈をすると、父に言った。

「海保が北港に到着したようです。僕はまだ分からない事だらけで、申し訳ないんですが一緒に来て頂けますか？」

よくよく見ると、彼は警官の制服に身を包んでいた。三年前に前任が定年退職してからこの須栄島には警官がいない。来栖島から応援に来たのだろうか？　杜弥が目を瞬《しばたた》かせていると、父は硬くしていた表情を和ませこちらを見た。

「ああ、杜弥はまだ会ってなかったな。昨日付で須栄島の駐在所に赴任してきた田所《たどころ》君。四郎《しろう》さんの後釜《あとがま》だ」

前任の警官だった四郎さんがいなくなったのち、父や島の青年団、消防団が治安維持を担わざるを得なくなったので、早く警官を派遣してくれるよう警視庁に要請していたのだが、辺鄙《へんぴ》な島へ住み込みで着任してくれる人はなかなかいなかった。

ようやく後任が決まったのかと杜弥は胸をなで下ろす。外部からは観光客も来ることだし、こんな島でも警官がいるといないとで安心感が違う。

「白波杜弥です。よろしく」

めいっぱい歓迎の意を込め挨拶《あいさつ》すると、田所は柔らかく微笑んだ。

「こちらこそよろしく。こういう島で暮らすのは初めてなんだ。いろいろ教えてね」

警官だけあって体が大きく頑丈そうだったが、そこに乗っている顔は親しみやすそうだった。兄よりも五つは年上であろう相手なのに、杜弥は一瞬で緊張がほぐれるのを感じた。勉強は苦手だがこの手の勘は外したことがない。多分、彼とは気が合うだろう。

「じゃあ、俺たちはもう行くからな」

父が催促し、三人は島の北東にある北港へ向けて歩き出す。

もう少し田所と話したかったのに、と後ろ姿を見送っていた杜弥は、はっとして腕時計に目をやる。そろそろ予鈴が鳴る時間だった。

「あー！　まずい！」

砂浜に足を取られながら走り、大股《おおまた》でスタンドを駆け上がる。

ふと振り返ったのは、スタンドを登りきり、遊歩道に立ったときだった。これまでなかった筈《はず》の客船が鎮座する姿に、妙な胸騒ぎを感じ立ち竦《すく》む。

――なんだろう、この這《は》い上がってくるような不安は。

違和感の原因を手繰ろうとしたとき、予鈴が鳴り響いた。後ろ髪を引かれる思いで、杜弥は何度も振り返りながらその場を後にした。


東京都立来栖高等学校須栄島分校は、横長の形をした島の中心部より少し東寄り、イサナ浜から百メートルほど内陸へ入った海抜十五メートルの場所にある。生徒数は全学年合わせて十八人。これまで何度も生徒数減少により閉校を繰り返してきたが、最近では島全体の取り組みにより少子化に歯止めがかかりつつあり、高校の体を保つことができている。校舎は二階建てで、グラウンドと巨大な体育館を持つ。いくぶん生徒数に不相応な体育館は、津波の際の緊急避難場所となっており、堅牢《けんろう》な石垣の上に建てられているばかりか、高いフェンスで囲まれていた。

教室へ入ると、八人のクラスはすでにイサナ浜に漂着した客船の話でもちきりだった。

杜弥が現れるなり、町長の息子から情報を引き出そうと皆に取り囲まれる。

まだ何も分からないことを笑顔で告げ、廊下から二列目の後ろの席に鞄《かばん》を置くと、前の席についていた親友の徹《とおる》が振り返った。

「おはよ。もうあの客船見て来たんだろ？」

杜弥は椅子に座り、鞄を開けて教科書を取り出す。

「ああ。見て来た。なんか不気味な船。徹は？　見てない訳ないよな」

「もちろん見てきたよ。島のオカルト史に残る一大事だぞ。見なかったら一生後悔する」

興奮を抑えられない様子で徹は言った。面長で、サラリーマンと言われても遜色《そんしょく》のない大人びた顔立ちをしているが、中身は年齢相応だ。杜弥は苦笑する。

徹はオカルトファンで、超常現象や怪奇現象などになみならぬ興味を持っている。趣味として個人的に知識を深めるだけではなく、最近では島の怪奇スポットを巡るブログなども開設し、本州のオカルトファンとも交流しているらしい。

「お前のことだから、どうせ良からぬ事を考えてるんだろ」

呆れながら言うと、徹は目を細めにんまりと笑った。

「まあね。当分は海保や調査で無理そうだけど、折を見て。そんときは頼むよ」

彼にかかれば不法侵入など罪のうちにも入らない。杜弥は息を吐いて肩を竦めて見せる。

扉が開く音とともに教室内がシンと静まり返ったのは、そのときだった。

これまでの和やかな空気が硬直し、騒いでいた生徒たちは困惑の表情で教室の前扉の方を見ている。彼らの視線の先には、他の女子と同じセーラー服に身を包んだ一人の少女が立っていた。

抜けるような白い肌。伸びやかな細い手足に小さな顔。光を透き通らせる長い黒髪。整った輪郭の中にある印象的な黒いくっきりとした瞳《ひとみ》と細い鼻、椿のような赤い唇。

どことなくこの島に不似合いな少女は、教室内の不穏な雰囲気を感じ取って一瞬動きを止めるが、すぐに何事もないかのように自分の席へ歩き始めた。

皆と同じく気圧《けお》されるように見ていた杜弥だったが、意を決して立ち上がる。

張り詰めた空気に潰《つぶ》されそうになりながら、声を上げた。

「……打保《うつぼ》、おはよ」

ざわめきが走り、教室内の空気は凍り付く。

少女は再び足を止めると、絹糸の髪を揺らし驚いたように杜弥を見た。こちらが目をそらさないのを見て取ると、感情を出さずこくりと頷《うなず》いてみせる。

皆の視線が刺さるのを感じながら、杜弥は少女——打保椰々子にぎこちなく微笑んで見せた。

＊　＊

「うーん、やっぱりねえ。そうだと思った。杜弥は椰々子が好きなんだ」

うっすらと夕暮れの紗《しゃ》が掛かり始めたイサナ浜。上空には何台ものヘリコプターが飛び交い、潮騒《しおさい》をかき消している。砂浜では海保の職員や本州から来た報道陣が忙しく立ち働いており、島民たちはそんな彼らを遠巻きに見物していた。

ネットのニュースで知ったが、どうやら客船の漂着はこの島だけの重大事に留《とど》まらず、本州でも話題になっているようだ。

杜弥と並んでスタンドに腰掛けていた徹は、砂浜からこちらへ向けられたテレビカメラにピースをしたのち、思わせぶりにこちらを見る。

「そうだけど、別にどうこうしたい訳じゃ……」

俯《うつむ》きながら杜弥は呟《つぶや》いた。

「前から何となくそんな気はしてたんだよなあ。お前やたらと椰々子の席見てるし、クラスに馴染《なじ》ませようとしてたし」

海からは緩やかでぬるい潮風が吹いていた。

あくびをすると、徹はのけぞってスタンドに背を預ける。

「だけど、やっぱ無謀過ぎるだろ。いくら見た目が可愛いからって椰々子は口きいちゃいけないぐらいのタブーだぞ。お前の親父さんや兄貴が黙ってない」

「でも、お前だって不思議じゃないのか？　なんで椰々子がこんな目に遭うのか。どっから見ても普通の女の子じゃん。嫌われ者で村八分同然だったウツボ婆《ばばあ》の養子だからって、こんな仕打ちする必要ないだろ」

徹はわざとらしい渋面を作った。

「杜弥は大事な事忘れてる。ウツボ婆はともかく、椰々子は島の人間じゃなくて流されて島にたどり着いた他所者《よそもの》だろ。こういう島では漂着物は神として崇められるけど、生きた人間の場合は畏《おそ》れられることが多い。椰々子もそれってことじゃないの？」

「今二十一世紀だぞ？　みんなスマホ持ってて、リニア新幹線が走ろうかって時代にそんなのバカバカしい。それに親父や兄貴はリアリストで信心深い訳でもないのに」

「けどお前、親父さんが石碑の見回りやってるとか言ってたじゃん」

石碑とは、島を取り囲むように建てられた全部で百七個の石柱のことだ。牛乳パックぐらいの大きさのそれは、江戸時代前期に島へ渡って来た〈大師《たいし》〉と呼ばれる僧が作った魔除《まよ》けで、側面には〈カーン〉という不動明王《ふどうみようおう》を表す梵字《ぼんじ》が彫られている。

徹の言うとおり、父と兄は昔から島の要《かなめ》とされていたそれを守る事に熱心だった。しかし、だとしてもやはり納得いかない。普段は信義に厚くフェアな人間である父が、なぜ十七の少女にここまでひどい事ができるのか……。

「あー、それにしても人多いなあ。これから海保の調査も入るだろうし。客船侵入は当分先延ばしだ」

杜弥の気持ちも知らず、徹は暢気《のんき》に嘆いてみせる。

「本気で忍び込むつもりかよ」

「もちろん。ブログの記事にして読者を驚かせてやる。でもこれじゃ、しばらくは別件に専念するしかないな」

「前から言ってるだろ。〈鬼の口〉。大正時代にこの島に来た地質学者があの洞窟《どうくつ》の奥で百体ほどの人骨を発見してる。そこを見に行きたいんだよ」

　鬼の口は、島の北西に聳《そび》える九品山《くほんやま》の中腹にある洞窟だ。須栄島は海洋性気候に属しており、標高百五十一メートルの九品山周辺には、温暖な気候により豊かな森が形成されているが、ここは西の断崖《だんがい》に位置し足場もないので足を踏み入れるものは少ない。

「骨を見たい訳？」

「それだけじゃない。洞窟自体、地中にあった洞窟が数万年前の海底隆起によって顕現した貴重なものなんだよ。あと仮説を確かめたいし――」

「仮説？」

「見せてくれたことがあるだろ。お前の親父が大事にしてる石碑の配置図。前から百七個なんて中途半端だと思ってたけど、ある日閃《ひらめ》いたんだよね。あの洞窟を挟む二点だけ妙に間が空いてて、もしかしたらそこに百八個目の石碑があるんじゃないかって。それと骨の出所だな。大方、江戸時代に来栖島から島抜けして来た罪人を島民が殺して放り込んだってとこじゃないかと思うんだ。うちの島の周囲に捨てたんじゃ潮の流れで戻って来るし。で、蓄積されて百体にもなったと」

「へえ……」

　今ではちょっとした有名観光地である来栖島だが、昔は流刑地で罪人が島抜けしては須栄島に泳ぎつき、島民から食べ物や舟などを奪ったという話を聞いている。さらにこの須栄島周辺の海で何かを流すと、複雑な潮の流れにより島の南西にある〈鬼《おに》の寄《よ》せ室《むろ》〉へ流れ着くのも事実なので、徹の話には説得力があった。島民の死体ならば手厚く九品山東の墓地に葬られるはずだし、他所者《よそもの》の死体を捨てたという彼の見方は鋭い。

「地質学者の本には〈南無《なむ》大師遍照金剛《たいしへんじょうこんごう》〉って書かれた卒塔婆《そとば》が建てられてたって書かれてたんだ。弘法大師《こうぼうだいし》のことなんだけど、そうだとしたら密教系がよく使う石碑の梵字とも符合するしさ」

空の色が茜《あかね》を帯びてきていた。遠い水平線を見つめながら徹は続ける。

「まあ、俺の仮説はよくできてると思うし、フィールドワークで確認することはできるけど、やっぱ古文書なんかで裏付けできないと意味ないんだよな……。そうじゃないとブログに載せたってオカルトマニアの戯言《たわごと》になっちゃうし。でも、郷土資料の貴重なものはほとんど白波家所蔵なんだよなー」

彼のもの言いたげな視線の意味に気づき、杜弥は呆《あき》れる。

「俺に天海寺《てんかいじ》の蔵の中見せろって？」

天海寺は九品山の頂上にある廃寺で、白波家が管理している。敷地内にある蔵は文書庫になっており、その中に数え切れないほどの古文書が収蔵されていた。

「その通り！　見せてくれよ。絶対汚したり破いたりしないから！」

跳ね起きるとスタンドに正座し、徹は土下座のまねをしてみせる。

周囲の視線を感じ、慌てて杜弥は止めさせた。

「いいよ、分かったよ。分かったからやめろって」

これが彼の手だと理解しつつも承諾する。どうせ仕舞ってあるだけで日の目を見ない古文書だ。少し見せたところで害はないだろう。

「マジで！　やっぱ持つべきものは友だよ。杜弥」

顔を上げると、徹は大げさに感謝してみせる。子供の頃から変わらない親友の姿に、杜弥はやれやれと肩を落とした。


徹と別れ家にたどりつくころには、辺りが夕闇に包まれ始めていた。

父も兄も今日は忙しく帰りは遅くなるだろう。暗い家に入った杜弥は次々と電気を灯《とも》し、リビングのソファへ体を預ける。テーブルにあったリモコンを引き寄せテレビをつけると、夕方のニュースが流れていた。

なんとなしに見ていると、見覚えのある景色が映し出される。

イサナ浜と、漂着した客船の姿だった。

『海上保安庁によりますと、須栄島に漂着した客船は、一九九八年にカリブ島西沖で消息を絶ったアメリカ船籍の〈シー・アクイラ号〉だということです。乗客乗員ともに行方が分からなくなっていますが、今のところ船内で遺体が見つかったという情報は入っていません。専門家の話では、船の周囲には海洋生物や堆積《たいせき》物が付着しており、十年以上海底に沈んでいた可能性が高いとのことです。さらに、船の後部にある〈シーチェスト〉と呼ばれる海水吸入口部分に爆発によるものと見られる破損が見つかっており、沈没の原因となったのではないかと見られています。一度沈没した客船がどのようにして浮上し須栄島へ流れ着いたのか今のところ全く分かっておらず、海上保安庁は人が立ち入らないよう厳重に警備し、船の持ち主と撤去の交渉をしながら調査を続ける予定です。突如幽霊船が現れるというミステリーに、伊豆諸島の小さな島は困惑しています』

若い女のレポーターが客船をバックに話す後ろには、ピースする子供や船を見物するお年寄り、観光客の姿が映っている。外が明るく太陽が西に傾く前の景色なので、杜弥たちが浜辺を訪れる前に撮ったもののようだ。

時計を見ると、午後七時を回っていた。

母親というものがいない白波家では、夕食の準備はその日できるものがする事になっている。父も兄も今日は家で食べないだろう。自分だけだと思うと余計にやる気が起こらず、杜弥は目を閉じた。

窓際の後ろの席で授業を聴いている椰々子の姿が浮かび上がる。

いつもひとりぼっちの彼女。

昨年、養母のウツボ婆が亡くなってから彼女と話すものはほとんどいない。島外から来た教師は彼女と他の生徒に分け隔てなく接して話すが、どこか及び腰になっているのも事実だ。そんな彼女だからこそ修学旅行に一緒に行きたかったのに……。

朝の父や兄とのやり取りを思い返し、杜弥は深く溜《た》め息を吐《つ》いた。

一日を終えた心地よい疲労が、眠りの世界へ強引に引きずり込もうとする。

まどろみの中、杜弥は父が朝行方不明の漁師の話をしていた事を思い出した。

そういえば、あの件はどうなったんだろう——

意識をなくしかけたそのとき、家の電話がけたたましく鳴った。


トトトトトという小気味よいエンジン音とともに船は白波を立てて海を切り裂き、辺りを包む闇はどんどん後ろへ流れていく。

密度の濃い夜の潮風が頬や髪をねっとりと撫《な》でつけるのを感じながら、杜弥はライトで周囲を照らし出し、波打つ海上に行方不明の船の欠片《かけら》はないか捜していった。

見えるのは無数の蛇がうねるような黒い水面だけだ。

電話は父からだった。二日前から姿が見えなくなっていた漁師、磯貝敏郎《いそがいとしろう》の捜索を行うことが決まったのだという。夕食を食べる間もなく、杜弥は補佐をするため父の船である第三白栄丸《はくえいまる》に乗り込んだ。

船は徐々に速度を落とし、やがて動きを止める。

操舵《そうだ》室から出て来た父が隣に並んだ。

「どうだ？」杜弥が首を振ると、父は頷《うなず》いた。

「俺はあっちを見て来る」

波が船体に当たり、とぷん、と響く。

杜弥は周囲をくまなく見回したが、やはり船にまつわるものは見つからなかった。息を吐いて振り返ると、そこには緊張感を漲《みなぎ》らせピンと張った父の背中があった。歳につれて幾分丸くはなってきたが、威厳はかえって増している。

代々白波家が漁師たちを束ねて来られたのは、島を治める領主だったのはもとより、その人望によるところが大きいのではないかと杜弥は常々思っている。

白波家にとって、島民は守るべきものなのだ。だから何かあると率先し身を粉にして立ち働き、島民が安心して暮らせるよう気を配る。杜弥はそんな白波家の男気が好きだったし、自分もまたそういう男になりたかった。

だが、そのたびに兄の存在が気にかかる。地上で父を継ぐ兄と、海上で継ぐ自分。たまに自分たちは双頭の蛇なのではないかと思う。それぞれ別の方を向いてどちらにも進めず、やがて衰弱し死に至る――

ため息を漏らし、杜弥は海へ視線を戻した。黒い波上にはやはり何も見いだせない。

正直なところ、磯貝はすでに生きていないだろうと杜弥は考えていた。

行方不明になってから二日以上経っている。ふらふらといなくなる癖があるそうで、彼の妻が通報を遅らせたのが致命的だった。周辺の海はすでに仲間の漁船が見て回っている。遠く沖に出て黒潮に流されている可能性もないではないが、ここまで捜索しても見つからないということは、船はほぼ沈没していると思われる。

——船が、沈む。

黒く、どこまでも広がる海原に杜弥は足を竦《すく》ませる。設備が近代化したといえども、沈没は漁師にとって常に隣り合わせの出来事だ。杜弥だって父だって、手順を一つ踏み外すだけで容易に帰らぬ人となる。

島というものは孤独だ。そして物が乏しい。そんな場所に住む人間にとって、海は物を運んで来る生命線とも言えるものだった。だが、もたらす物は、同時に奪う。もたらされることの対価として、これまでにどれだけの人間が海で命を落としてきたことだろう……。

背中越しに父の深い息が聞こえ、杜弥は我に返った。

防水の腕時計を見ると、すでに出航してから五時間が経っている。もう少し捜索しても構わないが、朝から客船の対応にも追われていた父は疲労が溜まっていることだろう。声をかけるべきか逡巡《しゅんじゅん》していたところ、彼は振り返り苦笑した。

「……帰るか。もう燃料も帰る分しかないし」

杜弥は、うん、と頷いた。

エンジンが軽やかな音を立て、心地よい風が両脇を走って行く。空を見上げても奥行きのある重たげな闇が広がるばかりだったが、帰路であることを思うと幾分気持ちは軽かった。進むにつれ、島の南西、床与《とこよ》岬の先にある灯台が大きく見えてくる。

ぼんやりとした島影の手前に灯台の明かりが回転するのを見ると、杜弥はいつもホッとした。誰かが待ってくれているから漁師は恐ろしい海へ出ることができる。

椰々子の顔が浮かび、杜弥は心がじんわりと温かくなるのを感じた。他の女子と付き合った事はあるが、存在を感じるだけで気持ちに光が灯《とも》るという体験は初めてだった。これが本当に人を好きになるという事なのだろうか……ろくに話したことすらないのに。

視界の端に赤いものがちらついて、目を上げる。

立ちはだかるように大きくなった島影の左上、九品山の頂上辺りに赤い光がぽつんと灯っていた。灯台の光に遠慮するように小さく揺らめく、不思議な光――

「大師火《たいしび》だ……」

口をぽかんと開き、杜弥はつぶやいた。

――九品山の〈大師火〉。

島の者なら誰でも知っている。島の有事の先触れとして現れるという謎の光だ。嵐や津波の前、江戸時代にアメリカの艦隊が寄港する前、太平洋戦争で北上する連合軍が偵察に来る前にも灯ったと亡き祖父から聞かされたが、実際に見るのは初めてだった。

――島に何かが起こるっていうのか……？

朝、客船を見たときのような不安が胸を這《は》い上がってくる。

杜弥の心をよそに、船はぬるい夜風を切って島へと近づいて行った。

磯貝敏郎と思われる遺体が漂着したとの一報が父のもとへもたらされたのは、翌日の早朝だった。

神社の役目で〈鬼の寄せ室〉に漂着物を拾いに来ていた椰々子が見つけたのだという。杜弥も父とともに寄せ室へ向かい、警官の田所、消防団らと遺体の回収作業を行った。

島の南西に位置する寄せ室は、切り立った崖《がけ》に囲まれた〈湾〉だ。

床与岬の先端と、そこから東へ連なる二十メートルの断崖《だんがい》の内側には、波の浸食作用によって削られた岩により神殿の柱が林立するような不思議な景観が作り出されている。外の海から流されてきたものは、さまざまな高さの岩に漉《こ》しとられ、ここが旅の最終地点となる。鯨やイルカなどの亡骸《なきがら》や、流木、ゴミ、人間の死体も例外ではなかった。

田所や消防団の面々と協力し、杜弥は磯貝の遺体を手近な岩の上に引き揚げる。

それはまるでスクリューに巻き込まれでもしたかのように頭部を引きちぎられており、消防団長の指示で専用の袋に入れられ、湾の入り口につけた漁船で北港まで運ばれた。

島の対極方向にある漁船用の北港では、島唯一の医師である渦《うず》先生と磯貝の妻である淑江《よしえ》が遺体の到着を待っていた。

杜弥と消防団の男たちが遺体袋を港のコンクリートに置くと、先に船を降りていた田所が淑江に確認を促す。

白いアンサンブルに、くるぶしまであるグレーのスカートをはいている淑江は、口元を押さえながら遺体の横に膝《ひざ》を下ろす。いつもよりさらに地味で消え入りそうだった。

島民たちも見守る中、彼女は白く細い指を震わせ、遺体袋のファスナーに手をかけた。首のない上体が現れた瞬間、腐臭が広がり彼女は顔をそらしてえずく。

周囲から、ああ、という同情の声が漏れた。

「あんたの亭主だと特定できる特徴はあるかい？　分からなくてもいいんだよ。さっきもらったＤＮＡ検査の検体と照合すればいいんだからね」

屈《かが》み込んだ渦先生は、白衣に包まれた恰幅《かっぷく》のいい腹を押さえ労《ねぎら》うように言う。

遺体を挟んで向かい合った淑江は大丈夫ですと顔を上げた。持っていたハンドバッグからハンカチを取り出し口にあてると、遺体袋のファスナーをすべて開き、夫かもしれない遺体を吟味する。

「どうですか？」

渦先生の横に膝を落とした田所が訊《き》くと、彼女は困惑した表情を浮かべた。

「服はうちの人のなんですが、体はちょっとふやけていて……。たしか脇の下に黒子《ほくろ》があったはずなんですけど……」

淑江が死体の左脇を指すと、渦先生は頷きゴム手袋をした手で遺体の腕を上げて見せる。見守っているものすべてが息を飲んだ。

黒子は、あった。水を吸った蠟《ろう》のような青白い肌の上に、くっきりと黒い点がある。

「――いやあああぁ！　あんた、あんたぁ……っ！」

淑江は顔を崩し、遺体に覆いかぶさった。港中に彼女の声が響きわたる。

島のものたちはなす術《すべ》もなく、ただ見守る事しかできなかった。

父が淑江の横に屈み込み、慰めるように肩に手を置いた。

「災難だったな……」

彼女は顔を上げ、赤くなった鼻をハンカチで押さえる。

「すみません、取り乱して皆さんに、ご迷惑かけて。うちの人も感謝してると思います」

「いいんだよ、そんなことは。みんなお互い様なんだから」

父は彼女の肩を優しく叩《たた》く。

淑江は震えながら俯《うつむ》き、嗚咽《おえつ》とも声とも取れない呻《うめ》き声を漏らした。

「船は海保に捜してもらうから。保険の話なんかはまた後でしよう。葬式は漁協の婦人部が仕切ってくれるから、心配しないで淑江さんはゆっくりしなさい」

渦先生が遺体袋のファスナーを閉じながら言った。

「一応サンプルをDNA検査に回すよ。本州に持って行く事になるからちょっと時間がかかるけどいいかね？」淑江は洟《はな》をすすりながら頷いた。

監察医がやって来る来栖島へ遺体が運ばれていくと、人々は散り散りにその場を離れて行った。杜弥も早く帰ってシャワーを浴び、もう一度寝ようと家に足を向ける。

港内にどよめきが上がったのは、そのときだった。

何事かと振り返ると、漁船の上で作業をしていた漁師たちの目が防波堤の方へ釘付《くぎづ》けになっている。見ると、一隻の船が弧を描き港へ滑り込もうとしていた。

船体に書かれた名称を見て、杜弥は言葉を失う。遠目にも分かる大きな黒い文字。そこには、〈第二豊徳丸《ほうとくまる》〉と書かれていた。磯貝敏郎が所有する漁船だ。

「おいあれ、敏のだろ」

「ああ、そうだ……」

漁師たちが顔を見合わせて啞然《あぜん》とする中、船は軽やかなエンジン音を響かせて入港し、操舵《そうだ》室から磯貝敏郎その人が何かに怯《おび》えるような作り笑いを浮かべて降りてきた。

もともと顔見知り程度だが、杜弥が改めて見る彼は、四十がらみでうだつの上がらなそうな小太りの男だった。酒焼けしたように赤い丸顔とハの字に下がった眉《まゆ》のせいで、さらに気弱そうに見える。彼は、肌着のシャツにズボン、頭にはくたびれた漁協の青い帽子という出で立《い》ちで栈橋から港に降り立つと、居合わせた島民たちを前にばつが悪そうに帽子を取った。

「あの、みんな、こんなに集まって……」

魂の抜けた表情で突っ立っている淑江に目を留めると、彼は、泣き笑いの顔で言った。

「かーちゃん、ごめん。ちょっと家出してた。来栖島の雀荘《ジャンソウ》で負けが込んじゃって」

おどおどしながら淑江を見上げ、磯貝は困ったように耳の後ろを搔《か》いてみせる。

張りつめた空気が一瞬で弾《はじ》け、淑江の怒声が響いた。

「馬鹿っ！　死ぬほど皆さんにご迷惑かけて何やってたのよ！　子供だっていないし、

あたし、あんたがいなくなったらどうしようと思ったんだから……バカッ、ろくでなしっ！」

磯貝敏郎の失踪《しっそう》騒動は、こうしてあっけなく幕を閉じた。

翌日は日曜だったため、惰眠をむさぼった杜弥は、昼過ぎになりようやく起床した。目をこすってカーテン越しに光が差す明るい部屋を見回す。深く眠れたためか、頭はすっきりとして気分がよかった。終わってみて初めて磯貝の捜索に神経をすり減らしていたことに気づく。

ただ、あんな結末だったものの、彼に怒る気にはなれなかった。あの後父から聞いたことだが、磯貝は本州にある淑江の実家の事業の借金を肩代わりし、夜から朝は漁、昼は干物加工場のアルバイトと身を粉にして働いていたらしい。しかし、疲れが溜《た》まるごとに双方とも上手《うま》くいかなくなり、失踪したときには心身ともに限界に達していたのだという。それを知る漁師たちは、捜索中、磯貝の自殺も疑っていたようだ。

「うわー、もう二時か」

壁の時計を見て慌てた杜弥は、ベッドから起き上がると、パジャマ代わりのジャージとTシャツのまま階段を下りて行く。父と兄が在宅しているかは知らないが、休日といえども遅くまで寝ていた事が後ろめたく感じられ、自然と足を忍ばせる格好になった。一階に下り立ち、キッチンの冷蔵庫を開ける。牛乳しかない事に落胆したが、とりあえず冷たいものが飲めればいい。洗いかごの中にあったコップを取って注《つ》ぐ。

「——なんとしても椰々子を島から出す訳にはいかない」

廊下を挟んだ先にある父の仕事部屋から苦悶《くもん》するような声が聞こえ、杜弥は手を止めた。

今、確かに椰々子と聞こえた。

コップを置くと、忍び足で父の部屋の前までいき、少しだけ開いていたドアの隙間から中を覗《のぞ》く。部屋奥の書斎机の前に父が腰掛けており、その正面に腕を組んだ兄が立っていた。

「問題は杜弥だね。あいつは何も知らないから……。いっそ話したら？」

「杜弥には黙ってるんだ。話さなくていい。あれには関係ない事だから」

父の断固とした口調に、兄は息を吐いて頷《うなず》く。何の話かは分からないが、関係ないという言葉に杜弥は胸をえぐられるような痛みを覚えた。今回が初めてではない。父と兄はいつもこうだ。長男でないという理由でいつも自分は弾かれる。

「ところで石碑はどうだった？　あの客船が突っ込んだところにも一つあったよね？」

「ああ、見てきたら見事にやられてた」

「直す手配は？」

「したが、すぐは無理だ。来栖島の石材店に石を持って行って梵字《ぼんじ》を彫ってもらわないと」

「数が崩れるから島内にスペアを作り置くことができないなんて面倒だな。そうなると、少し入り込むかもしれないね。〈災い〉が。あの邪魔な客船だけじゃなくて磯貝敏郎のことも範疇《はんちゅう》に入るの？　当人が暢気《のんき》すぎて拍子抜けしたけど。でもこの程度なら——」

「杜之」硬い声で父が窘《たしな》める。

突如、机の電話がけたたましく鳴り始めた。父は兄に目くばせすると受話器に手をかけた。じゃあ、と告げて兄がこちらへ向かって来たので、杜弥は急いでキッチンへと戻る。

部屋から出てきた兄は、杜弥の姿に目を丸くしたのち、訝《いぶか》しげに細めた。

「いたのか」

能天気を装い、杜弥は牛乳パックを持ち上げてみせる。

「寝すぎたら喉《のど》渇いちゃってさ、兄貴こそいたんだ。昼もう食った？　何か残ってない？」

「自分で作れ。俺も父さんも、あとから出かけるから」

呆《あき》れ顔で言い放ち、兄はキッチンを出て階段を上って行く。

コップを手にしたまま、杜弥は父と兄の会話について考える。

断片なのでまったく意味が分からなかったが、やはりと思うところもあった。父は何らかの目的を持って椰々子を島から出さないようにしている気がする。

それにしてもあの兄の話はなんなのだ。災いで客船が来た？　磯貝も……？　二つの件に関係があるのだろうか？　まさかそれに椰々子が関係しているとでも？

　今更ながらその場で父と兄を問いつめなかったことを後悔する。だが、家の事に関して父と兄は普段から考えられないほど狷介《けんかい》だ。自分が怒鳴り散らそうが泣き叫ぼうが情報を引き出す事は不可能だっただろう。

　口の中に苦いものが広がるのを感じながら、杜弥はコップを置く。

　同時に閃《ひらめ》いて、顔を上げた。

「〈災い〉……預言……そうだ。不知火《しらぬい》神社だ」

　兄の〈災い〉という言葉。白波家は島の中心近くにある栄福寺《えいふくじ》が菩提寺《ぼだいじ》であるが、同時に不知火神社にも帰依しており、氏子の代表を務めている。祖父がまだ生きていた頃、不知火神社の宣託に従って漁をしていた話を聞いたことがあった。父たちが何らかの災いに関する預言を前提として話していたならば、それは不知火神社によってもたらされたものかもしれない。

　再度コップを手に取り、杜弥は一気に中身を飲み干した。


　翌日の放課後、杜弥は島の西端にある不知火神社へ足を延ばした。

　茜《あかね》の混ざったうす黄色い日差しの中、島の外周に沿う道路から松並木に挟まれた参道へ入り、ほぼ使われることがない参拝者専用駐車場を横目に見ながら歩いていく。

　木々がまばらになってくると潮騒が響き始め、左手に海が開けた。海岸に面するように作られた大きな鳥居の下までたどり着き、反対側――北の方へ目をやると、海から続く石畳の先に大きな神社があった。

まず圧倒されるのは左側から九品山が顔をのぞかせる大きな鎮守の森。その前に神明《しんめい》造りの本殿と、拝殿がしつらえられている。境内の向かって右手には社務所、左側には手水舎《ちょうずや》と樹齢三百年は下らない大楠《おおくす》があり、大楠の先、鎮守の森との際には、神社と木の壁で仕切られた平屋の禰宜《ねぎ》の住処《すみか》が設けられていた。

さらに杜弥は、自分に覆いかぶさるように立つ鳥居を見上げる。

特に特徴がないこの神社を際立たせているものがあるとしたら、それはこの鳥居――正確には、それぞれ角度の違う二基の鳥居だ。

一基は、定石通り北の拝殿と南の海に向かって立っている。だが、もう一基は違った。北東方向――明らかに何もない方へ向けられているのだ。上から見たら、左側が開いた不等号のように見えるだろう。

小学生の頃、父に訊《き》いた事がある。角度がおかしい方の鳥居の先には鎮守の森が広がるだけなのに、なぜこんなものがあるのかと。父は寂しそうに笑い、どちらも必要だからあるんだと答えた。十六年前、この不知火神社は高波に襲われて倒壊した。父が寂しげだったのは、その再建工事で駆け回っているときに妻である杜弥の母がくも膜下出血で亡くなったからだろうと杜弥は思っている。きっと、最愛のものを亡くした記憶がこの鳥居と結びついているのだ。

振り返って海を見ると、数キロ沖の輝く波間を高速船が走っていた。

亡き祖父の話を思い出す。今でこそ、無線や魚群探知機、GPSなどの装置に助けられているが、昔は海に出てしまえば頼れるのは神仏だけだった。だから船乗りは信心深く、女に由来する物や鯨の髭《ひげ》を持ったり、船に簡易の神棚を設置したりした。何もない時代、漁師にとってそれらが大きな心のよりどころだったのだ。そして、そういう信心の源となっていたのがこの不知火神社だ。

神社へ向き直ると、杜弥は参道を通り拝殿の脇道から禰宜が暮らす家へ向かった。

禰宜の蟹江《かにえ》知亘《とものり》は齢《よわい》八十六になる。息子が一人いて神職を継ぐ予定ではあるが、妻子とともに島の内陸部の家を借りており、蟹江自身は妻が亡くなってからずっとこの木造の平屋に一人で住んでいた。神社の仕事はまだできるが、もともと良くなかった左膝《ひだりひざ》の具合がさらに悪化し、掃除などの神社の雑用は子供時代からこの神社で働いてきた椰々子が請け負っている。島民と口をきく事すら許されない椰々子だったが、神職である蟹江は例外的に彼女と言葉を交わしていた。

禰宜である蟹江家と氏子総代である白波家は懇意にしており、杜弥自身も飄々《ひょうひょう》とした性格の蟹江とは気安い間柄だった。参拝者から見えないよう家を取り囲んでいる木塀の扉を開け、勝手に中へ入っていく。蟹江は耳が遠くなっているため、玄関チャイムは押さず右手の庭へ回った。

サッシが並んだ家屋の奥からは、塀を隔てた本殿へと繋《つな》がる屋根付きの渡り廊下が延びている。ものぐさな蟹江が、雨が降る日に本殿へいくのが億劫《おっくう》だという理由で最近増築したものだ。一部の氏子からは罰当たりだとの声が出たが、豪快な笑いで一蹴《いっしゅう》してしまったのが彼らしい。

杜弥は庭に面したサッシを開け、こんにちはと声を張り上げる。しばらくしてから内側の障子がゆっくりと開き、白髪で好々爺然《こうこうやぜん》とした皺《しわ》だらけの顔が現れた。

「なんだ、杜弥か」

「爺《じい》さん、こんちは。体大丈夫？」訊くと、彼は疑うような目つきでこちらを見た。

「心配で来てくれたのか？」

答えあぐねていると、彼は小柄な体を反らし大きく笑った。

「嘘がつけんやつだな。何か頼み事だろう。ほれ、今日は体調がいいから入れ」

杜弥は踏み石でスニーカーを脱ぎ、老人特有の匂いがこもった部屋へ上がり込む。

「何か頼むなら茶でも淹《い》れてくれ。台所にもらった栗羊羹《ようかん》があるからそれも」

尻《しり》を叩《たた》かれるように台所へ行った杜弥は、二人分の茶と切った羊羹を持ち、蟹江と自分の前に置いて座る。

蟹江は黒文字を羊羹に刺して豪快にほおばると、横目でちらりとこちらを見た。

「……で、何の用で来たんだ？」杜弥は居住まいを正して言った。

「訊きたい事があるんだ。あのさ、神社の預言って本当にあるのか？」

「はあー？」

急に素っ頓狂《とんきょう》な声を上げたかと思うと、蟹江は手が届く場所にあったティッシュを取って、盛大に洟《はな》をかんだ。

「預言って、あれか。正月の弓立て神事」

ティッシュを広げて中を確認した後、急に興味を失ったように彼は丸めてゴミ箱へ投げ込む。

「それは豊漁かどうか占うやつで預言じゃないだろ。よく知らないけど昔は神社で宣託とかしてたんだろ？　今もそういうことしてんの？　で、親父か兄貴になんか言った？」

しばらく考えるようにした後、蟹江は湯のみに手を伸ばした。

「なんもやっとらんわ。今の俺の状態見てなんかしてるように思えるか？」

「じゃあ、椰々子が海岸で漂着したものを拾ってるのは？　鯨とかウミヘビの死体が流れ着いたら良くないとかあるだろ？」

「そういうのは、あの子に全部任せきりだからなあ。よほどのもんが来れば知らせに来るだろうが。人間の死体ならよう来るがなあ」冗談めかして蟹江は呵々《かか》と笑う。

自分の考えは見当違いだったのだろうか……。杜弥は息を吐いた。

「お、もうこんな時間か。お前も相撲見ていくか？」

時計に目をやると、蟹江はテーブルの上にあったテレビのリモコンを押す。壁際のテレビに土俵から押し出される力士の姿が映し出され、耳をつんざくような大音量の歓声が響き渡った。杜弥は思わず耳を押さえ呻《うめ》く。この調子ではこれ以上のことを訊くのは無理そうだ。

蟹江にいとまを告げ塀に囲まれた敷地から出ると、夕暮れ時特有の重い潮風が杜弥の肌を撫《な》でた。神社の境内は夕日の赤に美しく染まっている。

そんな中、潮騒《しおさい》の音に混じって竹箒《たけぼうき》で掃く音が小気味よく響いていた。

杜弥は参道を目でたどる。鳥居の下、巫女《みこ》の格好をした椰々子が掃き掃除をしていた。

学校が終わった時間は同じだから、おそらく寄せ室へ寄ってからここへ来たのだろう。

どん、と脈が跳ね上がる。

このまま心臓が暴れて死んでしまうのではないだろうかと思いながら近づいていくと、彼女は手を止め、ゆっくりとこちらへ視線を向けた。小づくりで整った透明感のある顔に潮風で揺れる長い髪。鼓動がさらに加速し、緊張で体が強張《こわば》っていく。

「た、大変だな。学校の後に掃除なんて」

世間話のきっかけにでもなればと話しかけたが、椰々子は小さく頷《うなず》いただけで、興味なさそうに再び掃き掃除を始めた。焦りを覚えながら杜弥は続ける。

「えっと俺、今、蟹江の爺さんに会ってきたんだ。それで打保にちょっと訊きたい事があって……その、お告げっていうか預言の事で」

箒の音がぴたりと止まった。椰々子はこちらを見上げ、不審の念を露《あら》わにする。覚悟を決め、杜弥は口を開いた。

「あのさ、みんなは口をきかないけど、俺はそんなつもりないから。だから打保も話してくれないか……？」

椰々子は手を止めたまま警戒するように杜弥を眺めていた。子供の頃から島民に口をきいてもらえず傷つけられて来たのだから当然だろう。

「本当に、何か企《たくら》んでるとかじゃなくて、ただ話を聞きたいだけだから。頼むよ」

恥ずかしさで視線をそらしたい衝動に駆られながら、じっと彼女の目を見据える。

椰々子は周囲を見回し、桜色の唇をためらいがちに動かした。

「どういうこと？　お告げって」

杜弥はぽかんと口を開ける。椰々子の声があまりにも優雅で涼やかだったからだ。まるで風鈴の音のよう。ずっと聞いていたい衝動に駆られる。

「あ、いや、爺さんが漂着物の管理は椰々子に任せてるって言ってたから、何か不吉な預言みたいなものが来なかったか訊きたいと思って」

「どうしてそんな事が知りたいの？」

まっすぐに見つめられて心臓が止まりそうになる。しかし、父と兄の事を言う訳にはいかないので、杜弥は適当にごまかした。

「イサナ浜の客船とか磯貝さんのことで、なんか良くない予感がしたから……」

椰々子は大きな瞳《ひとみ》で心を見透かすように杜弥を眺めていたが、俯《うつむ》いて息を吐いた。

「そう。生憎《あいにく》だけど、凶兆になるようなものはなかったわ。あれば禰宜《ねぎ》さんに知らせるし」

彼女は箒を握り再び掃き掃除を始める。

何かを忘れようとするかのように一心に砂を掃くその姿に、ここで会話を終わらせたらこれからずっと話すことができないような気がして、杜弥は勇気を振り絞り声をかけた。

「えーっと、俺たち同じクラスなのにほとんど喋《しゃべ》らないよな」

椰々子は答えなかった。代わりに夕暮れの荒さを帯びてきた潮騒が応《こた》える。

「みんながどうかは知らないけど、俺は打保とも仲良くできたらなあと思ってて……」

「――無駄だわ」

背を向けたまま、椰々子はピシャリと言い放った。

「……なんで？」

振り返ると、彼女は呆《あき》れたように目を細める。

「白波君なら分かってるでしょ。私が島の人たちからどう扱われてるか」

「それは……」

「これまでだって、島の掟《おきて》に逆らって私に話しかけてくれた人はいたわ。でも、みんな周囲の圧力に負けて、いつしか私をいないものとして扱うようになる。それに白波君だって、これまでちゃんと私と話そうとしたことなんて一度もないでしょ。どうして今更こんな事言い出すの？」

図星を指されて杜弥は俯く。確かに、これまで椰々子の存在を知っていたけれど手を差し伸べたことなんて一度もなかった。

しかし、それには理由もあったのだ。

椰々子の養母であるウツボ婆《ばばあ》こと「打保きね」は、体が不自由だった事もあり、始終椰々子を離さず手足として使っていた。昨年きねが亡くなったことで、ようやく彼女は学校へ毎日登校できるようになったから、それまで杜弥は椰々子の事をよく知らなかったのだ。だが、そんなことは免罪符にはならないのかもしれない。これまでだっていつでも彼女を知るチャンスはあったし、手を差し伸べる事もできた。それに、自分が彼女を気にするのは、美しく成長した容姿に惹《ひ》かれているからでもあるし――

「昔はそうだったけど、今はどうしてもどうにかしたくて……」

自己嫌悪に陥りながら呟《つぶや》くと、沈み始めた夕日が赤を濃くする中、彼女は子鹿のような目で空を見上げていた。風が吹いて彼女の長い髪を揺らす。

「もういいの」椰々子は微笑した。

「何が？」

「――全部」

そう言った彼女の瞳は暗かった。すべてを諦《あきら》めたような夜の海の色。

「打保……」

潮騒の音だけが幾重にも響き、風が森を鳴らした。杜弥は何を言うこともできず、ただ立ちすくむ。

　そんな空気を断ち切ったのは、拝殿から聞こえて来る鈴の音だった。

　目をやると、拝殿の前に、半袖《はんそで》シャツと長いスカート姿の女の後ろ姿があった。結い髪に細身の体、特徴のあるまっすぐな細い首。見覚えがある。

「磯貝さんの奥さん……？」

　それは、間違いなく磯貝淑江だった。遠目にも背に力が入っているのが見てとれる。体が小刻みに揺れていることもあり、鬼気迫った雰囲気を感じた。

　彼女が祈りをささげる拝殿の上部には、古びた鯨の絵がある。島の開祖、白波多門《たもん》を大嵐から救い、この島へと導いたという大きな鯨だ。海神の遣いとして神聖視され、須栄島民の厚い信仰の対象になっている。

　鎮守の森の上を、ねぐらへ帰る鳥たちが鳴きながら通り過ぎて行った。

　十分ほど祈りを捧《ささ》げた淑江が足早に去っていくのと同時に、箒を持った椰々子が杜弥の脇を通り過ぎ、砂利道を社務所の方へ歩き出した。

「あ、打保、まだ話が……」引き留めると、彼女は振り返った。

「あなたの言いたい事は分かったわ。でも日が暮れたから帰らなきゃ」

　赤色だった空には、いつのまにか紺が混じり、夕方の強い風が鎮守の森を揺さぶり始めていた。

「あ、じゃあ家まで送るよ。危ないし」

椰々子は眉をひそめた。下心を見透かされている気がして、あわてて付け加える。

「どうせ親父の用で港に寄りたいから北にいくし」

返答はなく、椰々子はくるりと背を向けすたすたと歩き始めた。拒絶された訳ではないらしい。杜弥は、椰々子のあとを追った。

道すがら、九品山の麓《ふもと》、民家がまばらになってきた辺りにさしかかったところで、今度は彼女からもう一度訊《き》いてきた。

「──どうして今更私に構うの？」

こんどこそきちんと答えようと、杜弥は息を整える
「今更かもしれないけど、俺は高校に出て来た打保を見て初めて興味持ったんだ。それに嫌われる感じじゃないのに島で微妙な扱いされてておかしいと思って……」

「そうなの……分かった」

「へ？」

杜弥は目を丸くする。椰々子はさらりと答えた。

「ただ、話してみたいんでしょう？　別に私は構わないわ。特に楽しいことなんて言えないと思うけど」

拒まれこそしなかったものの、別に乗り気でもないといった印象だった。だが、杜弥にとっては十分すぎる答えだった。

彼女の言葉通り、たわいもない話をしながら歩を進めると、島の北側に広がる海が見えてきた。コンクリートで護岸された岸壁に沿って風よけのタブノキが並んでいる。それに倣い右へ曲がってしばらくすると、木々に埋まるように建つ古い漁師小屋が見えて来た。それが、椰々子の家だった。

昔はこの北面一帯にも砂浜があったのだが、波の浸食が激しく、北港を造る際同時に護岸工事をしてコンクリートの岸壁になった。この漁師小屋は、まだ北浜でも漁が行われていた頃の名残だ。さすがに強度に問題があるので、トタン屋根を被《かぶ》せたり断熱材を入れたりしているが、あばら屋という風情でとても粗末だ。もともと養母のウツボ婆の家だったのだが、養母が亡くなってから引き取り手もなく、椰々子は白波家が提供する生活必需品をたよりに、たった一人でそこに住んでいた。

改めてその家を見た杜弥は、胸が痛むのを感じる。

家の手前まで来たところで、タブノキの陰に人の姿がちらついた気がして杜弥は目を凝らした。椰々子が口を開いたのは同時だった。

「送ってくれてありがとう。ここまででいい」

「え？」

「家までって言ったでしょ？　もうすぐだからここで」

あと五十メートルほどあるのにと思いながらも杜弥は頷《うなず》いた。

「先に行って。私は少し海を見てから帰るから」

椰々子はタブノキの間に立ち、夕日が沈みかけた海に向かい合う。

ますます妙だったが、深追いはしないことにした。

「じゃあ、明日《あした》学校で」

杜弥は手を上げる。

少し戸惑ったようにしたのち、椰々子もぎこちなく手を持ち上げた。

「さよなら、また明日」

そのまま道なりに進み、椰々子の家の前を通りかかった杜弥は、一組の老夫婦が玄関先に置かれた長椅子に座っていることに気づいた。ごま塩頭の頑固そうな漁師の夫に、ふっくらとした上品な顔の妻。

顔見知りの赤尾《あかお》という夫婦だ。散歩の途中といった風情の二人は、娘の帰りを待つような待ち遠しげな顔で話している。妻の傍らには、ふろしきで包んだ弁当箱のようなものが乗せられていた。

こちらに気づくと、彼らは飛び上がらんばかりに驚き、弁当箱を隠す。

事情を察した杜弥は、素知らぬ振りをして頭を下げ通り過ぎた。

杜弥の手前、話す人などいないと言ったが、椰々子はあの赤尾夫妻に隠れて可愛がられているのだろう。

「なんだ」

椰々子が完全に孤独ではなかった事が分かり、杜弥は頰を緩ませる。

だが、こんな風にこそこそしなくてはならない原因を作っている白波家のことを考えると、いたたまれないのも事実だった。

＊　＊

「……で、何。島の名士の家に生まれて、不幸な少女を見殺しにしながらぬくぬく生きてる自分が恥ずかしくなっちゃったの？」

こちらに背を向けた徹は、せわしなく手を動かしながら言った。杜弥は、彼が立っている石造りの階段と、その向こうにある所々にヒビが入った蔵の壁を見くらべながら、溜《た》め息を吐《つ》く。

「なんかどうしたらいいのか分からなくてさ。そもそもなんで椰々子が村八分にされてるのかも分かんないし。親父と兄貴は変に秘密主義で、俺には何にも教えてくれないし」

「あっ、くそ。また違うのか。小説とかでもこういうときって無駄に時間かけさせて最後の鍵《かぎ》で開くのがお約束だよな」

こんな状況の徹に言うだけ無駄だった。

杜弥は段差を上って彼に並び、鍵の束を寄越すよう手を差し出す。

「代わるよ」

すでに使用した鍵が混ざらないよう、徹は慎重に手渡してきた。

「ここまでやったからあと半分だな。それにしてもなんでこんなに鍵があるんだよ」

「悪かったたな。よく分かんないから、あったの全部持って来たんだよ」

鍵は、父と兄の目を盗んで持ってきたものだった。昔のものなので時代劇に出てくるそれのように大きい。

杜弥は鍵を選《よ》り分けると、次々錠前へ差し込んでいく。

徹が言うように、最後から三つ目で鍵穴に挿された鍵はくるりと回った。

「やった」

錠前を外し、杜弥は観音開きの扉をゆっくりと開ける。

埃《ほこり》が舞うとともに、外の光が中を照らし出した。

漆喰《しっくい》が塗られた蔵の中は両側と奥に四段の木の棚がしつらえてあり、そこにいくつもの木箱が並べて置いてある。ホコリの積もっている床へ足を踏み入れ、箱の一つを開けてみると、中には和綴《わと》じの本や巻物が整理して入れられていた。

飛び交う塵《ちり》を手で払うようにして、徹がヒュウ、と口笛を吹く。

杜弥は約束していた白波家所蔵の古文書を徹に貸すため、九品山の頂上にある天海寺の文書蔵へと来ていた。

天海寺はもともと島へと渡ってきた僧が開いた浄土真宗の寺だが、いつしか継ぐものがいなくなり、白波家の管理下に置かれている。寺と言っても六畳あるかないかの本堂と蔵と手水場《ちょうずば》、そして敷地の端に六体の地蔵尊があるだけの簡素なものだ。それに管理しているといっても年に数回雑草を刈ったり本堂の掃除をしたりするのみで、地蔵の赤い前掛けは色褪《いろあ》せ、手水場の水は涸《か》れて苔《こけ》むし、廃寺の様相を呈していた。

ペンライトをくわえ中を見て回っていた徹は、しばらくすると働きアリのようにせっせと本を運び、白日の下で取捨選択し始める。

他にする事もなく、杜弥は声をかけた。

「ちょっとその辺歩いてくるわ」

本を見ながら「ごゆっくり」と手を振る徹を残し、境内へと足を踏み出す。

どうせ山の上まで来たのなら、島が見晴らせる場所まで行ってみたかった。島の北西に位置する九品山から島の市街地を見晴らすならば、山の東南側へ出る必要がある。下草を踏み分け、蔓草《つるくさ》が柱に巻き付いた手水場の脇を通り、杜弥は森へと入った。

伊豆諸島に位置する須栄島は海洋性気候に属しており、一歩森へ入るとジャングルのような様相を呈している。細い幹、うねるような太い幹、どれも高くまで伸びてめいっぱい葉を広げており、地上に苔むすような涼しい空間を作り出していた。足元にはシダなどの下草や倒木。周囲からは鳥の声とヒグラシの声がせわしなく響いている。

十五分ほど歩くと目指す山の東南側へ到達し、木の葉の合間にできた空間から眼下に島の平地が広がるのが見えた。

中心部や標高が高い島の西に、家々が身を寄せるように集まっている。視線を左へ移すと、東南のイサナ浜に例の客船が澄ました顔で鎮座していた。

嫌なことを思い出し、杜弥は溜め息を吐く。

父は漂着した客船の所有者と接触をはかろうとしたが、所有者である会社はすでに解散しており、当時の関係者とは連絡が取れなかったとのことだった。このままでは懸念した通り、島の予算でサルベージ会社に撤去を依頼することになる。

上空からは旋回する鳶《とんび》ののんきな声が聞こえていた。

何かを忘れていたような気がして、杜弥は大きく深呼吸してみる。

脳裏に闇に光る小さな炎がちらつき、磯貝敏郎捜索の際に見た大師火を思い出した。

「そういえば――」

あれからずっと、どこで火が燃えていたのか確かめたいと思っていたのだ。船との位置関係からして、火が見えたのは多分もう少し南側だろう。

簡単に見つかると思い三十分ほど捜し回ったものの、海上からでも見えるような火を燃やした形跡は一向に見つけられなかった。

しばらく休んだ後、杜弥は天海寺の方へ足を向ける。ある筈《はず》のものがないのは気持ち悪いが、日が傾きかけている。そろそろ戻ったほうがいい。

茜色《あかねいろ》の木漏れ日が差す中、落ち葉を踏みしめながら元来た道を戻っていく。

妙な音を聞いたのは、寺の裏まで辿《たど》り着いたときだった。

瀕死《ひんし》の動物が辺り構わず暴れているような音と、枯れ葉を散らかすような音、そして、獣のような唸《うな》り声が周囲に響き渡っている。

に思えた。

警戒心を掻《か》き立てられ、徹ではないと確信した杜弥は咄嗟《とっさ》に近くにあったモチノキの幹に身を隠した。猿か鹿かと考えを巡らせるが、狂気に満ちた声はそれらとは違うように思えた。

そろりと顔を出し、暴れているものがどこにいるのか探る。音は右手の林立する木々の向こう、天海寺の手水場の辺りから聞こえていた。向こうがこちらに感づいていないことを確かめると、杜弥は足音を忍ばせながら近づき岩の裏に隠れる。

声の主は、木々に体当たりをしたり、地面を転がって奇声を上げたりしているようだった。

岩からそっと顔を覗《のぞ》かせた杜弥は、目に飛び込んで来た姿に思わず声を上げそうになる。

見覚えのある顔。つい先日間近で見たばかりだから間違えるはずはない。

失踪《しっそう》騒動を起こした磯貝敏郎その人だった。

しかし、以前見せた気弱そうな顔ではない。完全に理性をなくしており、飛び出さんばかりに目を剝《む》き、口を弛緩《しかん》させ、唾液《だえき》を滴らせている。

しばらくすると体力の限界が来たのか、彼は木の根元に座り込み頭を揺らし始めた。

その場から動くに動けず、杜弥は木々の向こう、天海寺の文書蔵へ目をやった。徹がいるはずの蔵はぴたりと扉が閉じられている。

――徹のやつどこいったんだ。気づいてんのかな……。

焦りを感じながら、再び磯貝へ首《こうべ》を廻《めぐ》らせると、彼は傍らに置いていた白いビニール袋から何かを取り出そうとしていた。

太い手が摑《つか》んで持ち上げたのは、タカベというこの辺りではありふれた魚だった。淡白な白身魚で、背から尾にある刷毛《はけ》で描いたような黄色い模様が目印だ。

タカベを両手で持つと、磯貝はそれを愛《いと》おしげに頰へ寄せ目を伏せた。

ずいぶん長い間そうしていたのち、今度は手に持った魚の目をじっと覗き込む。

——なんであんな顔……。

心底悲しんでいるような表情に驚いていると、磯貝は何かを振り切ったように魚へかぶりついた。ひれや骨を砕く音と、べちゃべちゃと肉を咀嚼《そしゃく》する耳障りな音が響く。魚はどんどん磯貝の口に押し込まれ、唇の周りに血痕《けっこん》だけを残し、跡形もなく消えた。食べ終えた磯貝は、口腔《こうくう》内に突き刺さった骨を指で取り出すと、口の中に残った鱗《うろこ》を地面に向けてペッと吐き出す。

「があぁっ……がっ、だ、お、れは、ゆるさん……」

呪詛《じゅそ》のように同じ内容を叫びながら、磯貝は袋に入っていた他の二匹の魚介（オナガ、タコ）に手をかける。

食べ終えたあと、彼はふらふらとした足取りでようやく下山していった。

操り人形のような動きで左右に揺れながら去っていく彼の背を見送った後、杜弥は安《あん》堵《ど》の溜め息をついて立ち上がり、木に背をもたれさせる。気持ちを落ち着けようと深呼吸したそのとき、後ろから肩を叩《たた》かれ心臓が飛び上がった。

振り返ると、立っていたのは徹だった。戦利品である古文書をリュックサック一杯に背負った彼は、ニヤニヤと笑っている。

「お前どこにいたんだよ。いないから心配してたのに……」

「作業は結構前に終わってて、お前を呼びにいこうと思ってた矢先にアレが来たんだ。で、そうっと森に隠れて見てたってわけ」

「なんだよ、もう……」胸をなで下ろすとともに脱力感に襲われ、杜弥は再び木にもたれ掛かった。徹は、磯貝がいた場所を目で示す。

「今のって、この前行方不明になったオッサンだろ？　マジでイカれてるな」

「ああ……」

頷《うなず》きながら、杜弥は不知火神社で一心に祈っていた磯貝淑江の姿を思い出した。

――もしかして、あれは磯貝のことを祈っていたんだろうか……。

「あれじゃあ職質されても仕方ないよな」

話を聞き流してしまっていたが、面倒なので適当に相づちを打つ。

「ああ、そうだな」

いつのまにか徹は磯貝がいた場所に移動していた。

「うわー。杜弥来てみろよ。マジで引くわ。まるかじりするとかあり得ねえ」

磯貝は最後の魚を半身残して捨てていた。血まみれで、肉や内臓が食いちぎられた哀れな残骸《ざんがい》。オカルトマニアの血が疼《うず》くのか、徹は枯れ葉の上に置いたリュックからカメラを取り出し、それを撮り始める。

気乗りしないものの、杜弥はその場に近づいてみた。足元に散らばった魚の骨や磯貝の嘔吐物《おうと》、そして上半身だけ食べ残された魚……。どろりとしたゼリーのようなその目は、虚《うつ》ろに空を見上げている。

急に寒気に襲われ、杜弥は視線を逸《そ》らせた。

深夜になると風が強くなり、家の雨戸をがんがんと揺さぶった。

ベッドに入った杜弥は、眠ることが出来ず、まんじりともしない時を過ごしていた。

心に引っかかっていたのは、今日の磯貝のことだった。

――あれは一体なんだったのか……。

父に話そうかと思ったが、こんな日に限って漁師仲間と飲んで来るとのことだった。

寝返りをうち、豆電球に照らし出される室内を見回す。

普段なら家にいて何かに怯《おび》えるなどということはないが、なぜかこの日は違った。得体の知れない恐怖が体に纏《まと》わりついて離れない。その正体を明らかにしようと突き詰めていき、先日の兄の言葉に思い当たった。

――災い。

兄は磯貝の件も〈災い〉のひとつではないかと言っていた。さらにそれがまだ続くというようなことも。ということは、これから磯貝に関わる何かが起こらないとも限らない訳だ。しかし、こんな不確かな根拠で訴えたところで誰が信じてくれるか……。

溜《た》め息を吐き、目を閉じる。

網膜に残った光の残像が蛇のように不気味に蠢《うごめ》いた。

この不安が、ただの思い過ごしならばいいけど――


翌朝、樋《とい》から激しく滴る水音で杜弥は目を覚ました。昨夜は肌寒かったはずなのに寝間着にしているTシャツが寝汗でぐっしょりと濡《ぬ》れている。

階下から父や兄の気配がして、のろのろと体を起こし一階へ下りていく。

彼らはすでに出かける支度をし家を出るところだった。

「どうしたんだ？」

その表情の固さから、何事か起こったことに杜弥は気づいた。防水具のフードを被《かぶ》った兄は、忌々しげに振り返る。

「今頃起きたのか。何度も部屋の戸を叩いたし携帯も鳴らしたのに」

「えっ？」杜弥は目を丸くする。そこまでされて気づかないはずないのに。

「早くお前も着替えてこい。殺人事件だ。……赤尾さんが殺された」

厳しい表情で父が告げたのは、想像もしなかった凶事だった。

豪雨の中へと飛び出していく彼らの姿を見送りながら、杜弥は呆然《ぼうぜん》と立ちつくした。

赤尾夫妻が殺されているのが見つかったのは、霧の濃い早朝だったという。

彼らの家は、北浜にある椰々子の家から少し内陸へ入った秋西町《あきにし》にある。犬の散歩をしていた老人が開いていた玄関に血が流れているのを見つけ赤尾夫妻を呼んだところ、中から血まみれの出刃包丁をつかんだ裸足《はだし》の男が飛び出してきて、老人を突き飛ばし外へ駆けて行ったのだという。

到着した赤尾家の周辺に住宅はなく、強い雨の飛沫《ひまつ》が霧となって周囲の景色を霞《かす》ませていた。柘植《つげ》の垣根やヤブツバキの木に囲まれた和風の平屋は玄関が開け放たれており、警官の田所によるものと思われる立ち入り禁止の黄色いテープが渡されている。周囲にはすでにたくさんの島民が集まり、惨劇の舞台を悲痛な面持ちで眺めていた。

家の前に集合した消防団の中に父の姿を見つけ、杜弥は駆け寄った。

「今どうなってんの？　手伝うことある？」

「渦先生が二人の死亡を確認したところだ。来栖島の刑事や鑑識が来るのを待ってるんだが、海が大時化《しけ》だから明日になるかもしれん。俺はここでいろいろ指示するから、お前は田所君を手伝え。今、青年団、消防団総出で飛び出してった犯人を捜してる」

「分かった」頷いたのち、杜弥は周囲を窺《うかが》いながら小声で訊《たず》ねる。

「犯人って、本当に間違いないの？」父も辺りを憚《はばか》るようにして答えた。

「ああ。間違いない。玄関で行き合った老人の他にも、奇声を発して血まみれで包丁を振り回す磯貝を見た人がいる」

杜弥は唇を嚙《か》む。昨日見た磯貝は明らかにおかしかった。父に連絡を取って九品山の出来事を話していれば……。

人々が集まっている場所から少し離れた林の前で、紺色の傘をさしぽつんと立っている椰々子の姿が目に入り、杜弥は彼女のもとへ向かった。

「――大丈夫か？」

あちこちにできた水たまりを長靴で蹴散《けち》らしながらたどり着くと、椰々子は首を縦に振った。だが、もともと白い顔はさらに青ざめ、かろうじて傘の取っ手を摑《つか》んでいる手は小刻みに震えている。

「よくは知らないけど、赤尾さんたちは打保に良くしてくれてたんだろ……？」

驚いたように杜弥を見たのち、椰々子は俯《うつむ》いた。うなだれた姿に胸が苦しくなる。

一緒にいてやりたいが状況が許さなかった。

「打保、聞いてくれ。赤尾さんたちを殺した犯人はもう分かってて、皆で捜索してる。気になるのは分かるけど、危ないから今は安全な場所にいるんだ。家に戻って雨戸閉めて――」

「でも……」泣きそうな顔で赤尾家をじっと見つめる椰々子に杜弥は言った。

「来栖島の警察が来るまで誰も赤尾家には入れないんだ。俺が親父に頼んで打保がゆっくりお別れできる時間を作るから。だから今は……」

椰々子は悲しげに頷いた。彼女を家まで送り届けたあと、杜弥は青年団に合流するため島の中心部へ向け駆け出した。

激しくなる雨の中、島の中央を横断する中通りを走っていると、父から携帯に連絡が入った。島を徘徊《はいかい》していた磯貝は追われて自宅へ逃げ込み、妻の淑江を人質にして立てこもっているという。

十分ほどかけて、杜弥は島の東部、勇名《ゆうめい》町の密集地にある磯貝の家へたどり着いた。消防団の男たちや近所の面々が集まっていて、三軒並んだ長屋造りの真ん中の家から磯貝のものと思われる大声が響いている。傘をさした人の隙間を縫い、入り口から内部を覗《のぞ》いたところ、上がりがまちのすぐ向こうにある居間に、こちらに背を向け拳銃《けんじゅう》を構えた田所の姿があった。大きな体越しに奥を見ると、磯貝が淑江の首に包丁を突きつけており、数人の消防団員が刺股《さすまた》を持って二人を取り囲んでいる。

「あんたやめてっ！」

羽交い締めにされた淑江が叫ぶ。間髪を容《い》れず、田所が声を張り上げた。

「やめなさい！　これ以上罪を重ねるな！」

「うるさい！　邪魔だ、どけ！」

磯貝は唾《つば》を飛ばして咆哮《ほうこう》する。顔全体が狂気に歪《ゆが》み、締まりの悪い口元からはよだれが垂れ下がっていた。黄色がかった白目を血走らせ、きょろきょろと辺りを睨《にら》みつける様は、どう見ても常人ではない。

「包丁を下ろしなさい！　奥さんを解放するんだ！」

田所は両手でしっかりと銃を構え、磯貝を見据えていた。微動だにしない背中に、杜弥は彼の別の一面を見てとる。

「どけって言ってるだろ！　淑江を殺すぞ！　いいのか！」

磯貝は淑江を引き寄せ、首に包丁の切っ先を食い込ませた。

「いやあっ！」

淑江が目を剝《む》く。誰もがごくりと唾を飲んだ。

「ひひひ、どうすんだ、どうすんだ？　それで撃とうってのか？　俺を」

挑発的に田所へ笑いかけると、磯貝は突きつけた包丁に力を込める。切っ先は淑江の首に沈み、白い肌に赤い血が滲《し》み出した。

田所の背は恐ろしいほどに張りつめており、杜弥には彼が引き金を引くべきか否か逡《しゅん》巡《じゅん》しているように見えた。距離が近いとはいえ、盾になっている淑江に当たらないと限らないからだろう。でも、迷っている場合ではない。磯貝はさらに手に力を込める――。

次の瞬間、田所は素早く銃を天井に向け、引き金を引いた。パン、パン、パンと乾いた音が三回響くとともに、天井に開いた穴から埃《ほこり》が舞い落ちて来る。

磯貝の気が逸《そ》れた隙を田所は見逃さなかった。素早く銃をホルダーにしまい、正面からまっすぐ突っ込むと、包丁を振り上げようとした磯貝の手を摑んでひねり、もう片方の手で間に挟まった淑江の体を引きはがす。畳に倒れ込んだ淑江は、青年団により保護され部屋の隅へと移された。

磯貝は激昂《げきこう》し、天井を仰いで吠《ほ》えた。体中の血管を浮かび上がらせ、ありったけの力を込めて田所の手を振り払うと、包丁を持ち直し彼に向け突き出す。だが、小柄で動きが鈍い磯貝と、体格がよく普段から訓練を受けている田所では勝負にならなかった。

田所は包丁を持った磯貝の手首を掴んで受け流すと、彼の右足に蹴《け》りを入れる。

「ぐぅあっ！」

バランスを崩し包丁を取り落とした磯貝の腕を後ろに回し、肩の付け根を押さえ、一瞬で田所は制圧する。前傾姿勢で身動きが取れなくなった磯貝を消防団の刺股が取り囲んだ。

カシャンという音とともに田所が取り出した手錠をかけると、皆に安堵《あんど》の空気が広がる。磯貝はさらに腰を縄《なわ》で縛られ、留置場のある駐在所へ移送するため、消防団に引き渡された。

すべてが終わったのち、杜弥はまだ緊張覚めやらないと言った様子で動き回る田所に声をかけた。

「すごかったよ。おつかれさま」

「ありがとう」

田所は額の汗を拭《ぬぐ》い、照れくさそうに笑った。

「あの日……行方不明になって帰って来た日からおかしいと思ってたんです……本当は」

空の色だけが緩やかに闇の色を帯び始めていた。駐在所のサッシの扉越しに、まだ雨が降り続いているのが見える。

父と消防団長とともに壁際に並べたスツールに座り、杜弥は田所と向かい合った淑江が聴取されるのを見守った。留置場からは、ここから出せと絶えず叫ぶ磯貝の声が響いている。

淑江は乱れた髪やよれたシャツを直すことすらせず、ぐしゃぐしゃに丸めたハンカチで何度も目頭を押さえた。机を挟んで正面に座った田所は、疲れの表情を見せながらも、机に広げたノートパソコンに向かって彼女の言葉を入力している。

驚くほど速くすぎた一日を思い、杜弥は息を吐いた。

あれから暴れる磯貝を皆で駐在所へ連行し、留置場へ押し込めるのに一苦労したのみならず、田所とともに赤尾家の殺人現場で現場の保存をしたり、不安がる島民たちへの対応をしたりしたのち、ようやくここへ戻ってきたのだ。

「何か言っても上の空だし、私の名前すら思い出せないようにしてるときもあって……それに、夜だって――」

言いかけて淑江はハッとし項垂《うなだ》れる。この数時間で、彼女の目元は落ち窪《くぼ》み、すっかり老け込んでいた。もともと地味な女だが、今ではさらに萎《しな》びた草のようになっている。

「とにかく、私がもっと早く相談していたらこんなことにならなかったかもしれないと思うと、赤尾さんたちには本当に申し訳なくて……」

杜弥の胸はざわつく。数日前彼女が不知火神社で一心に祈っていたのは、やはり磯貝のことだったのだ。

「磯貝がああなった原因がどこにあるのか分からんが、失踪《しっそう》していた時期に変わってしまったというのは確かだろうな。以前はあんなじゃなかった」

右横から、腕を組んだ父が口を挟んだ。続けて父を挟んだ向こうに座った、五分刈り頭に法被姿の消防団長が言う。

「俺も子供の頃から敏のことはよく知ってるけど、へらへらしてるだけで人を殺したりするなんて想像もできねえな。赤尾と付き合いがあったなんて聞いたこともねえし」

「私も赤尾さんご夫婦とはほとんど話したこともないし、うちの人から話を聞いたこともありませんでした。多分、鬱憤《うっぷん》を晴らすためなら誰でも良かったんだと思います。私がいけないんです。あの人が怒らないのをいいことに、借金まで頼んで休みもないぐらい働かせて。だからきっとあの人はストレスが溜《た》まって……」

淑江は机に泣き崩れる。田所が気遣わしげな視線を向けた。

「今は思い詰めないでおきましょう。以前、脳腫瘍《のうしゅよう》により理性を保てなくなり犯行に至った犯人のことを聞いたことがあります。磯貝さんも借金のせいだけでおかしくなった訳ではないかもしれませんし――」

「そうだな。今我々が話したところで真相は分からない。詳しいことは刑事が来てからにしよう」父が頷《うなず》いてみせた。

苛立《いらだ》たしげに団長が足を踏み鳴らす。

「でもよう、刑事刑事っていつ来るんだよ。朝にはもう連絡が行ってたっていうのに」

「時化《しけ》が思いのほか強くて、船が出られないそうです。明日は和らぐようなので大丈夫でしょう。磯貝さんの身柄は確保できていますし、遺体の方は渦先生が引き取って冷やしてくれてますから、明日になれば刑事とともに監察医も来て事がスムーズに運ぶはずです」

申し訳なさそうに田所が答えた。

「――うちの人は長い刑期になるんでしょうか」

目を赤くした淑江は洟《はな》をすする。島にはもちろん刑務所などあるはずがないので、仮に懲役刑などになった場合、磯貝は本州の刑務所へ収容される。自らも殺されかけたとはいえ、長年連れ添った夫だ。離ればなれになることを心配したのだろう。

「まだ分からんよ。分からん。だから今はただ心を強くしておくことだけ考えるんだ。それに島の皆は家族のようなものだから、一人じゃないことを忘れるなよ」

父は諭すように言う。淑江は口を引き結び、ほつれた髪を揺らして、ただただ頷いた。

弱まるかと思われた雨は、夜の闇が忍び寄るにつれ逆に強くなり、二十二時を回る頃には、車軸を流したように変わった。

留置場からは叫び疲れて眠った磯貝のいびきが大きく聞こえてくる。

杜弥たちは店屋物の夕食をとったあとも待機を続けた。

朝から大分時間が経過していることもあり、誰もが顔に疲れの色を滲《にじ》ませている。

「あとは僕が引き継ぐので。皆さんはお帰り下さい」

田所は気を遣って提案したのだろうが、頑固者の父は首を縦に振らなかった。

「何言ってるんだ水臭い。田所君も、もう島の一員なんだから頼ってくれていいんだ」

最初に会った日とは性質の違う親しみを込めた目で、父は彼を見る。

先ほど捕り物を演じて以来、島民の田所への態度が変わったことを杜弥は肌で感じていた。島は一つの生命体だ。自らを守るものを厚遇する。田所はその役目を果たしたことで、島民に「迎え入れられた」のだ。当人が望む望まないにかかわらず、それは島での待遇が格段によくなることを意味する。

少し眠りたいという淑江を部屋の隅で座ったまま寝かせると、そのまま雨の止まない夜長を男たちだけで話しながら過ごした。大半は父や団長の田所に対する質問だった。島民は一度迎え入れたものの事は何でも知らないと気が済まない。

「じゃあ、本州に彼女を置いてわざわざここへ来たのか？　はあ〜、なんでまた」

団長が大仰に驚いてみせると、田所は苦笑した。

「ちょっと環境を変えたかったんですよ。もうすぐ三十だし、ここらへんで一度警官としての自分を見直してみようかと思って。そんな時にここの駐在所に空きがあると知って志願したんです。彼女は勝手に決めた事に怒っちゃって、連絡もくれません」

「相談しなかったのはまずかったなあ。だが結婚を前提としてるなら、普通話すもんだろう?」

父が言うと、田所は頭を掻《か》いた。

「いや、それが……そうですよね……」

「そりゃお前、本気じゃなかったってことよ。どうだい承《しょう》さん、島にも年頃の娘がいるんだから田所君の嫁にさ。このままずっといてもらえばいいんだし」

機嫌良さげに団長は膝《ひざ》を叩く。父も頬を緩ませ、まんざらでもなさそうな顔をしていた。杜弥は同情を込めた視線を田所へ送ったが、彼は迷惑そうな素振りも見せず微笑んでいる。

深夜一時を回ると、目に見えて皆の口数が減っていった。一日の疲れもあり猛烈な眠気が襲って来る。いつの間にかうとうとしていたことに気づき、杜弥は頭を振った。見回すと父や団長も座ったまま船を漕《こ》いでおり、コーヒーを机に置いた田所だけが、雨が降り続く屋外の景色を眺めている。杜弥に気づいた彼は微笑みかける。

「寝てていいよ。僕は勤務で慣れてるから」

「大丈夫。ちょっと寝たから」

雨は駐在所の天井を打ちつける。留置場からは、相変わらず豪快ないびきが聞こえていた。

「なんか来て早々散々だな。変な客船は漂着するし、こんな殺人事件まで起こって。せっかくのんびりした島に来たのに」心底同情しながら言うと、田所は首を振った。

「何もなさ過ぎるのも退屈だから大丈夫だよ。それに、みんな気さくな人たちでホッとしてる」穏やかに答える彼に、訊《たず》ねたい衝動に駆られる。

「いい島だと思う？」

口に出してから、思わないなんて言えないだろうなと後悔したが、田所は即答した。

「思うよ。来てよかった。皮肉だけど、こういう事がある時に僕がたまたまいたのは、いい事だったと思うし」

「三十前の迷いに答えが出そう？」冗談めかして訊《き》くと、田所は吹き出した。

「そうだね。出るかも」

眠さもあいまってか、田所は目尻《めじり》の涙を指で拭《ぬぐ》った。やはりこの人とは気が合う。杜弥はここに派遣されたのが彼でよかったと心から思った。

机の上のプッシュ式電話が鳴り響いたのは、そのときだった。

妙に甲高い音。田所の顔から笑みが消え、杜弥はびくりと肩を震わせる。父たちや淑江も一斉に顔を上げた。

壁の時計に目が吸い寄せられる――深夜一時五十二分。駐在所とはいえ、こんな時間になんだろう。不吉な予感がして、杜弥は田所が電話に出るのを息を殺して見守った。

「はい、須栄島駐在所」緊張した田所の声。

「……はい、はい、私です。ああ、おつかれさまです」

相手が誰かは分からないが、彼が表情を緩ませたので杜弥はホッとしかけた。

しかし田所はすぐに驚きの声を上げたかと思うと、みるみる顔が凍り付いていった。

「……本当ですか?! 本当に遺伝子レベルで一致したんですか?!」

受話器に取りすがるように彼は叫んだ。杜弥の胸に不安が広がる。

「……はい、はい。分かりました……。ありがとうございました……」

震える手で田所が受話器を置くなり、父が訊いた。

「一体どうしたんだ?」

呆然《ぼうぜん》としていた彼は立ち上がり、口元を押さえながら留置場を見た。それから部屋の隅で心細げに彼を見上げている淑江にゆっくりと目をやった。

「田所君?」

「来栖島の警察署からでした。この間漂着した遺体のDNA鑑定の結果が出たと……」

「漂着した遺体の……? ああ、行方不明になってた磯貝と間違えられた土左衛門《どざえもん》のことか。なんでそんなもんが今更? 磯貝が帰って来て検査は取り下げたんじゃないのか?」父は顔を顰《しか》める。

田所は喉《のど》を鳴らした後、重い口を開いた。こめかみには脂汗が滲んでいる。

「取り下げなくてはいけなかったんですが、僕もばたばたしていて検査に出した事すら忘れていたんです。その結果が今知らされて」

「それが？」

緊張の面持ちで田所は続けた。

「鑑識官の話だと、あの水死体は九十九パーセント以上の確率で磯貝さんの遺体だということでした」

「なんだって――？」父と団長が同時に叫ぶ。

「そんな、そんな馬鹿な事ある訳ないわ。あれはあの人よ、だって――」

淑江が立ち上がり、椅子が倒れて床に転がった。言いかけて、何かを思い出したように彼女は両手で口を覆う。

「そんな……」

彼女はその場にぺたんと崩れ落ちる。父が歩み寄りその肩を支えた。

「何か心当たりがあるんだな？」怯《おび》え切った目で彼女は体を震わせる。

「黒子《ほくろ》……黒子がなかったんです。脇の下の。水死体の方にはあったのに。体つきも前とは少し違って。でも……あの人だと思いたかったんです……」

淑江は泣き崩れる。

消防団長が、ぽつりと言った。

「……そんじゃあ、ありゃ誰だってんだ？」

皆の視線は留置場へ引き寄せられる。入り口から覗《のぞ》き込むと、コンクリートと鉄格子に囲まれたスペースの中で、磯貝ではないそれは、仰向《あおむ》けに寝転び、膨らんだ腹を大きく上下させ、いびきをかいていた。

「顔取りだ……」

団長がぼそりと呟《つぶや》く。問いたげに彼を見た田所に、父が答えた。

「この島に昔から伝わる怪談みたいなもんだ。新月の夜に漁に出ると顔取りが頭を切って取って行くっていう。そんな馬鹿な事が起こるとは思えんが……」

「そういや淑江さん、敏がいなくなった晩も新月だったな」

団長が訊ねると、部屋の隅ですすり泣いていた淑江は、顔を上げ頷《うなず》いた。

皆、半信半疑で顔を見合わせる。

当然だ。いくら漁師は迷信深いと言っても、顔取りが磯貝の顔を取ってここで寝ているなどと信じられる訳がないのだから。だが、九十九パーセント以上同じDNAを持つ遺体が都合よく流れ着くはずはないので、あの水死体は確かに磯貝だったのだ。だとすると、留置場にいるものが何か誰も説明する事はできない。

「……私がいけないんです」

何かのいびきが響く中、淑江は静かに言った。そして、すっと立ち上がると脇に立っていた田所を見上げる。

「私がいけないんです。お金の事でせっついて新月の夜にまで漁へ行かせたから」

「淑江さん？」

ゆっくりと口角を上げ、彼女は妖艶《ようえん》に微笑んだ。

目を丸くする皆をよそに、俊敏な動きで田所の腰についている留置場の鍵《かぎ》を引ったくると、机の引き出しからビニール袋に入った証拠品の包丁を取り出す。

「何をするんだ！」田所が叫んだ。淑江は包丁からビニールを引きはがすと、取り囲む男たちに向け切っ先を振り回す。さらに自分の首に突きつけ声を張り上げた。

「どいて！　どかないと首を切るよ！」

留置場の入り口に立っていた杜弥と父は、顔を見合わせ道をあける。

「許さない。許さない！　あの人のふりして……」

包丁の先を首に向けたまま留置場へ移動し、彼女はもう片方の手でもどかしげに鉄格子の鍵を開け中に入る。この期に及んで図太くいびきをかいている〈顔取り〉に向け、歯を食いしばり言い放った。

「殺してやる……！」

小太りの体に馬乗りになると、淑江は驚いて起き上がろうとしたその肩を渾身《こんしん》の力で押さえ付けた。目を覚ました顔取りは目を白黒させていたが、状況を摑《つか》むやいなや奇声を発し、歯を剝《む》いて彼女を威嚇する。

「やめるんだ淑江さん！」

「やめろ！」

躊躇《ちゅうちょ》する事なく、淑江は逆手に持った包丁を顔取りの首へ振り下ろした。包丁は深々と首に突き刺さり、地面に突き当たった刃が鈍い音を響かせる。淑江が包丁を抜くと鮮血が飛び散り、その顔や胸元に降り掛かった。

「ざまあみろ！」

血を浴びて恍惚《こうこつ》の表情を浮かべた淑江は、再び包丁を振り下ろした。刃が何度もコンクリートを噛《か》む音が聞こえたのち、顔を真っ赤に染めた磯貝の首がごろりと転がる。

「あんた……取り返したよ。あんたの顔」

包丁を投げ捨て首を拾い上げると、淑江はそれを胸に抱え込み愛《いと》おしげに頬を寄せた。大の男が四人もいながら、恐ろしいほどの気迫に誰も彼女を止めることができなかった。皆、魂を抜かれたように呆然として立ちつくし、鉄格子の中の磯貝夫婦を見ている。

赤子のように首を抱いた淑江がそこから出てくると、ようやく我に返った田所が彼女に駆け寄った。血まみれの彼女をどう取り扱ったものか逡巡《しゅんじゅん》している彼を見上げ、淑江は満足そうに微笑む。

「逮捕して下さい。もう十分ですから」

数秒の間固まっていたものの、田所はハッとしたように手錠を取り出し彼女の右手にかけた。さらに手錠のもう一方の輪を留置場の壁にある鉄輪に繋《つな》ぐ。最後に震える手で淑江が抱えている首を取り上げようとしたが、彼女はつい、と身をよじってそれを抱え込んだ。

「これは取り上げないで。いいでしょう？」

田所はしばらくの間放心した表情で見ていたが、それを奪うことなく留置場の外へ出て来た。

駐在所の屋根を叩《たた》く雨足は、さらに強くなっていた。

男たちは先ほどと同じように椅子に腰掛けていたが、誰も口をきくものはない。

聞こえるのは雨の音ばかり。空気の重苦しさに杜弥はTシャツの首元を引き延ばす。

父が、ぽつりと言った。

「今夜の事を警察に話して信じてもらえるんだろうか」

杜弥は留置場の床に倒れている首なし死体を見る。首から大量の血液が流れ出たそれは、完全に生命活動を停止した状態で天井を仰いでいた。

「分かりません……。でも、皆さんが見た事をそのまま話してもらうしかありません」

落ちつかなげに田所は脱いだ制帽を弄《もてあそ》ぶ。

苛立《いらだ》ちを抑えられないように団長が言った。

「訳が分からねえよ。頭は敏のだけど、体は違うんだろ？　淑江さんはそれを殺したけど、人間じゃないもんを殺してお縄《なわ》になるのか？」

「分かりません、僕には……」俯《うつむ》いた田所は制帽をぐしゃりと握《にぎ》り潰《つぶ》した。

父は大きく溜《た》め息を吐《つ》く。

「とりあえず、嵐が止むのを待ってすべてを警察にゆだねよう。杜弥、悪いが皆にお茶を淹《い》れてやってくれ」

頷いて立ち上がると、杜弥は部屋の片隅にある給湯スペースでお茶を淹れ皆に配る。時計を見るとすでに二時半を回っていた。

「皆、疲れただろう。もしもあれだったら、もう帰ってくれてもいいぞ」父が言った。

「しゃらくさい、まだ大丈夫だよ」団長が突っぱねる。

「杜弥はどうする？」

「俺は……」

田所の前にお茶を置いた杜弥は、逡巡する。

視界の端で何かが動いたのはそのときだった。そちらへ目をやった杜弥は、思わず持っていた盆を取り落とした。父の分と杜弥の分、二つの湯のみが床に落ちて割れる。

「おいおい、何やってんだ」父が窘《たしな》める。

あまりのことに声が出ず、杜弥はただ口をぱくぱくと動かすしかできなかった。不審そうに眉根《まゆね》を寄せた父に、かろうじて手を持ちあげ指で留置場を示す。

皆が一斉にそちらへ向く――

同時に、叫び声が響き渡った。

蛍光灯の白々しい光に照らされた鉄格子の中、おびただしい血が流れたその場所にあったのは、まっすぐに立つ顔のない男の体だった。首の切断面からは赤黒い肉や骨が覗き、服を脱ぎ捨てたブリーフ一枚の肥満体は血を拭《ぬぐ》ったためか赤く筋状に染まっている。ふくらはぎの筋肉を漲《みなぎ》らせ、太い足で地面をしっかりと摑むように踏みしめているその様は、まるで明確な意志を持っているかのように見えた。

呆然《ぼうぜん》とする皆の虚を突くように、顔取りの体は留置場の扉をくぐってこちらへ突進した。留置場の入り口に固まっていた杜弥たちは、身構える間もないまま突き飛ばされ、団子状態で床に叩き付けられる。顔取りの体は猿のような俊敏さで駐在所の出入り口の前に移動すると、扉を開け外へ飛び出した。

田所は瞬時に起き上がり、机を飛び越え扉の前に立つ。

「僕は追います。皆さんも追って下さい！　また何をするか分からない！」

雨具も着けず飛び出していく彼に杜弥も続いたが、周囲には煙雨と闇が広がるばかりだった。

その後、非常事態と判断した父が島内放送で安全を確保するよう呼びかけ、島の男総出で顔取りを追った。

夜を徹し、その後も三日かけて捜索したが、顔取りの行方は杳《よう》として知れず、ついに見つかることはなかった。

和邇《わに》

六月の二十三日、我が軍は、名草《なくさ》の村に至り、名草戸畔《とべ》という者を討った。そこから狭野《さの》を越えて、熊野《くまの》の神の村に至り、また、天の磐盾《いわだて》に登った。そこから船に乗って海路を行ったが、海のただ中で暴風が起り、船は木の葉のように翻弄《ほんろう》された。その時、天皇の兄君の稲飯命《いなひのみこと》が嘆いて言うには、「ああ我が祖先は天神であり、我が母は海神である。それなのにどうして、陸においても苦難が続き、また海においても、このように苦難が続くのか?」

こう言い終ると、剣を抜き、海に身を投じて鋤持神《さひもちのかみ》となった。

『日本書紀「神武《じんむ》」東への道』

波は、いつものように〈鬼の寄せ室〉に林立した岩へと打ち寄せていた。

椰々子は岩の上に立ち、泣き腫《は》らした目で東の空の朝焼けを見つめる。

あの日からずっと、心の中は殺された赤尾夫妻のことで占められていた。どうして、彼らは殺されなくてはならなかったのだろうか。どうして他の誰でもない彼らが選ばれたのだろうか。どうして……。この島で自分を理解してくれた二人の突然の無惨な死。乱暴で口の悪い養母が亡くなったときよりも心細く、深い喪失感を覚える。

椰々子は腰を屈《かが》め、碧《あお》く澄んだ海の水に指先を浸した。もうすぐ初夏を迎える水の中は冷たくもなく温かくもない。

指が水をかく滑らかな感触を味わいながらぼんやりと考える。

――やはり自分は島の疫病神なのではないか。

十六年前の嵐の日、自分はこの島へ漂着した。そのためか、島の人々は自分をいないもののように扱う。それは彼らが分かっていたからではないのか――不幸を呼ぶ子だと。

養母は昨年の夏、癌で死んだ。四十九歳だった。

あまのじゃくで健康診断もろくに行ったことがないから、体調の悪さを訴えて渦先生に診てもらった時にはすでに手遅れだった。仕事を世話してもらっている禰宜《ねぎ》に神式の葬儀をあげてもらいながら、ぼんやりと自分のせいなのではないかと思ったが、あの時はここまで深刻には考えなかった。だが、今は違う。惨殺された赤尾夫妻。たった一年の間に自分の最も近しい人が三人死んだ。偶然だと思いたいがそうも思えない。

理由はもう一つあった。水死体の口を借りて告げられた「災いが来る」という言葉。過去において告げは絶対だった。あの気味悪い客船の漂着だけでは済まさず、災いは〈顔取り〉を呼び寄せ、椰々子の愛する人たちを殺した。殺すのは誰でも良かったのだとしたら、彼らが選ばれたのは椰々子の傍にいたからではないだろうか……。

椰々子は海水から指を抜き立ち上がる。指先から水がぽたぽたと垂れ、岩に斑《まだら》を作った。

潮風が濡《ぬ》れた指先の温度を奪っていくのを感じながらぼうっとしていると、沖の方から寂しげな歌が聞こえて来た。

鯨だ。目を閉じ、彼らの声に耳を澄ます。どこか懐かしいような、胎内にいたときのような安心感。優しい歌に心を揺さぶられ、涸《か》れたはずの涙が溢《あふ》れてきた。

彼らの声を聞くと、いつも見たこともない両親のことを考えてしまう。

波は間断なく打ち寄せる。心が落ち着くのを待って、椰々子は袖《そで》で頬を拭い立ち上がった。踵《きびす》を返そうとして、それに気づく。来たときにはなかったのに――

寄せ室の奥、断崖《だんがい》に掘り出された階段前の岩間にそれ《い》は漂っていた。

岩上を移動し、しゃがみ込んだ椰々子は真上からそれを見下ろす。

腐乱しガスで風船のように膨らんだ死体。死後半月以上経過しているだろう。服は着ておらず、体のあちこちが魚に食われほころんでいる。顎《あご》の周りが特にひどく、肉が千切り取られ、ずらりと並んだ歯が剝《む》き出しになっていた。

預言をした死体、磯貝の死体、これで漂着した死体はひと月で三体目だ。すべてのものが流れ着くこの室へ遺体が寄せられる事は稀《まれ》ではないが、それでもこの数は多すぎる。

これも何かを伝えに来たのだろうか……？　椰々子はおそるおそる遺体に手を伸ばすが、死体は膨れた肉に埋まった糸のような目で空を仰ぐばかりだった。

違うのか……。立ち上がり再び踵を返そうとしたとき、足首をつかまれびくりと身を強張《こわば》らせる。ゆっくりと足元へ視線を落とすと、死体は身を起こしたまま、空の眼窩《がんか》でじっと椰々子を見つめていた。

「何を伝えたいの？」

死体は、肉が露《あら》わになった口をぎこちなく開いた。

「わら……な、い」

「え？」椰々子は眉《まゆ》を顰《ひそ》める。

「わざわい、は、おわらない……お、ねがい〈わたし〉に、きをつけて……」

言い終えるや否や、死体は椰々子の手首を離し、泥人形のようにぐにゃりと体を曲げ水面に落下した。飛沫《ひまつ》が椰々子の着ている袴《はかま》の裾《すそ》を濡らす。

「〈わたし〉？　私って誰？」

椰々子は再度しゃがみ込んだ。しかし、ただの死体に戻ったそれは、先ほどまでと同じように空を仰ぎながら波間を浮遊するのみだった。

——災いは終わらない。お願い、私に気をつけて。

椰々子は立ちすくむ。鯨の歌はまだ聴こえていた。

＊　＊

久しぶりに徹の家を訪れると、そこは相変わらず不気味なものに埋めつくされていた。部屋の一面の壁を占領する怪しげな本が詰まった本棚、アフリカの面、よく分からない楽器、装飾された中国風の八角鏡に、何かの大きな角、青いガラスをベースに作られた目玉のストラップのようなもの……。

そういったものに囲まれた部屋の片隅の机で、徹は齧《かじ》られたリンゴマークのノートパソコンに向かい、熱心に黒い背景のサイトを眺めていた。

部屋の空気に圧倒され、土産の炭酸飲料とポテトチップスの入った袋を手にしたまま杜弥が立ちつくしていると、徹はにこやかにローテーブルの置かれたカーペットを示す。

「珍しいな。うちに来るなんて」

「家に一人でいると落ち着かなくてさ」

あいまいに笑うと、杜弥はカーペットに座り、テーブルへ土産を置く。

作業を終わらせノートパソコンを閉じると、徹は杜弥の前へ移動し腰を下ろした。

「親父さんたちはまだあの事件の事後処理に追われてるのか？」

「うん、でももう探すのは諦《あきら》めたらしい。三日もかけて山狩りもして探したのに見つからないってことは、島の外へ逃げたんだろうって」杜弥は袋から五百ミリリットルのペットボトルを取り出すと、徹と自分の前に置き、ポテトチップスの袋を開けた。

「サンキュー。それにしてもあれからもう一週間か。島史に残る大事件だったな」

「ああ……」杜弥は溜《た》め息を吐く。

赤尾夫妻殺人事件は全国ニュースにもなり、所轄の来栖島警察署には捜査本部も設置されている。しかし、そもそも犯人である磯貝は事件の一週間前には死んでいたはずで、さらに赤尾夫妻を殺した〈体〉は淑江が首を切り取ったのち逃走したと島民が証言したため、捜査は迷走した。

杜弥や父、消防団長は何度も何度も聴取され、疑いまでもかけられる羽目になった。田所が杜弥たちの供述を証明してくれなかったら、本当に逮捕されていたかもしれない。

結局、本部は不可解なこの事件を解くには科学の力に頼るより他ないと考えたようで、今は留置場に残っていた血液の鑑定結果を待っている。

「お前から話を聞く限り、迷宮入り確定だろうな。顔取りが操って戻って来た船もあるし、何しろ島中が死んだはずの磯貝を見てるんだから。いくら警察でも幽霊の逮捕状は請求できないだろ。今思えば九品山であいつの写真撮っとけばよかった。世紀の大スクープだよな。顔取りの写真なんて」

「スクープだろうが、とにかく散々だったよ。一日中顔取りに振り回された挙げ句、山狩りでくたくたで……そういえば、お前も参加してたんだっけ？」

「ああ。うちは漁師組じゃないからああいうのは初めてだったけど、九品山の方捜した。最初は何言ってんのかと思ったよ。頭のない男を捜せって」

杜弥は苦笑する。あの夜、島の男たちに説明するのに苦心していた父の姿が甦《よみがえ》った。多くの島民は他ならぬ父の話だからと納得してくれたが、父が町長をしている事を良しとしない一部の勢力から、正気を疑う発言が出たのも事実だった。

ポテトチップスをパリパリとほおばりながら、徹は続ける。

「まあでも俺的にはゾクゾクして最高だったよ。島全体が訳の分からないものに振り回されてる高揚感っつうか。新しい研究テーマも得られたし」

「研究テーマ？」

何気なく訊《き》くと、浮き浮きとした様子で炭酸飲料を喉《のど》に流し込もうとしていた徹の顔が曇った。

「ん、あ、……えーっと、顔取りだよ顔取り。格好のテーマだろ？　島の昔話にはまだ手をつけてなかったし」

わざとらしい笑顔に、杜弥は違和感を覚える。

焦ったようにペットボトルへ口をつけると、徹は二、三口飲んでからテーブルに置いた。

「それよりさ、この前借りた古文書の件だけど」

彼は立ち上がり、勉強机の上に積んであった資料を取るとテーブルの上に広げた。違和感を引きずりながらも杜弥は応《こた》える。

「ああ、これこの前の古文書……。何か分かった？」

「いや、何も分からない。それより謎が深まった」

たった今起こったばかりの不協和音など忘れたかのように、徹は顔を輝かせた。

「メインディッシュの話はこれからするとして、島の事で先に何か訊いときたい事ある？　いろいろ調べたから今なら何でも答えられるぞ」

杜弥は呆《あき》れつつも思いを巡らせる。真っ先に思い浮かんだのは、預言についてだった。不知火神社の禰宜《ねぎ》や椰々子はないと答えたが、釈然としない。一度ここで徹から講義を受けた方がいいだろう。

「そもそも不知火神社ってどうやってできたんだ？　あと、昔爺《じい》さんから聞いた事あるけど島では預言みたいなのが行われてたって。そういうのって誰がどうやるんだ？」

「杜弥にしてはいい質問だな。いいか、不知火神社の創祀《そうし》は室町時代。鯨に助けられこの地にやって来たという白波多門が、漁民の安全のため伊勢《いせ》から天照大神《あまてらすおおみかみ》を勧請《かんじょう》したのが始まりだ」

「勧請って？」

「お前の先祖が伊勢神宮の神様に『うちの漁民のために来て下さい』って頼んだってこ

と。神社は分祀といって神霊を分けてもらう事ができるからな。多門が来る前にも島民はいて信仰はあったみたいだけど、それらの神社を末社として合祀したりして不知火神社っていう一つの神社に統合したらしい」
「へえ」
「神社に鳥居が二つあることは知ってるだろ。一つは海へ。もう一つは変な方向を向い
てる。あれは昔、平行に立ってたらしいんだ。といっても、稲荷《いなり》社みたいに並んでたっ
て訳じゃなくて、もう一つは本殿に向けてあった。変な配置だけど本州にも三方にある
山に鳥居を向けたら、たまたま正三角を形成したなんて場所もあるし、有名な三柱《みはしら》鳥居
なんてのもあるから、二つの鳥居が向かい合ってても殊更におかしいってもんでもな
い」

杜弥は首を傾げる。分かったような分からないような話だった。

「じゃあなんで今は変なんだ？　本殿の方が明らかにあさってな方見てんじゃん」

「それがさらに謎なんだけど、江戸時代中期には北の本殿を向いてた鳥居がなぜか北北
西向きになってるんだ。そんで十六年前に改修したときには、がらっと変わって北北東
になった」

腕を使って、徹は角度を示してみせる。

「なんだそれ？　すごいおかしいじゃん」

「それが深まった謎なんだよ。まあこれはメインディッシュと関わって来るから一旦《いったん》置

いておくとして、とにかくいろいろまとめてできた不知火神社だけど、やっぱり元々あった海の神由来の信仰が色濃かった。島に漂着するものは神社の物と決められていて、鯨なんかが漂着したときも、まずは神社に奉納して、それから皆で分けて食べるみたいなルールが慣習として島民の生活に根付いてたんだ」

「椰々子が今も寄せ室で拾い物してるのは、その名残ってことか」

「そう。それから預言な。これについてはまあ昔から言い伝えられてる通りで、漁場や船を出す方向とかを神社の禰宜が占って神に訊いて示すこともあったらしい」

「島の方向性を決めるとか、悪いものが来るとかそういうのは？」

「そういうのも、あったにはあった。もう廃《すた》れて形だけみたいだけど」

「じゃあ、今この島には預言とかそういうのを授ける場所はないってこと？」

「だな。でもなんで預言に拘《こだわ》るんだ？　お前そんなの興味ないだろ」

徹は不思議そうにこちらを見る。

杜弥は彼に父や兄の事を話そうかと迷ったがやめた。これは〈白波家〉という家の問題に関わって来ることだ。徹のことは信頼しているが、おいそれとは話せない。

「なんとなくだよ。変なことばっか起きるし、預言とかでいい感じにならないかなって」

ごまかしたつもりだが、徹は訝《いぶか》るような瞳《ひとみ》でこちらを見ていた。

杜弥は息を吐く。今日は妙に疲れる。

「ま、いいか。じゃあ、ここからメインの話に入るぞ。この間、天海寺に行っただろ？　そのとき御堂の中を覗《のぞ》いたんだけど、本尊が大日如来《だいにちにょらい》と不動明王だったんだよね」

「それが？」

「詳しい説明は省くけど、大日如来とか不動明王っていうのは、だいたい密教系の寺が本尊にしてるものなんだよ。この前した大師の話は覚えてるか？　〈大師〉っていうのは死後に贈られることの多い称号だし、空海《くうかい》ぐらいの業績がないと与えられないから、こんな辺鄙《へんぴ》な島に住んでた密教僧がそんな位にあったとは考え難《にく》いんだけど。まあ、とにかく島では〈大師〉と呼ばれている僧が、この島の周囲に結界となる石碑を張り巡らせた訳で、そいつが大日如来や不動明王の像を持ち込んだか造ったかしたことは、別におかしなことじゃない」

「うん……それが？」杜弥が頷《うなず》くと、徹は目を輝かせ身を乗り出した。

「面白くなるのはここからなんだよ。そんなだから天海寺は密教系……多分真言宗だと思うだろ？　なのに、縁起を見たら浄土真宗の寺だったんだ」

「そんなにおかしなことなのか？」

興ざめしたように徹は息を吐いた。前のめりだった体を引いてベッドに背を預け、ポテトチップスを一枚つまむ。

「こういう狭い島だし、いろいろごっちゃになっていてもおかしくない。でも調べてみたんだ。天海寺の本尊は阿弥陀《あみだ》如来像だった。けど俺が堂を見たときにはそんなものはなかった。変だろ？」

「変か？　大師とかいう人に住職が代わって仏像を入れ替えたとか？」

「そんな罰当たりなことするやつがどこにいる。宗旨替えするなら別の寺作るだろ」

「そういうもんなの？」

「続けるぞ。〈大師〉っていう人物についても調べてみたんだが、江戸時代中期いきなり文献に現れる。記述は少なくて、人となりはほとんど分からない。分かってるのは島に来てすぐに宗教的指導者となり、百八個の〈石碑〉を建てたことと、島の怪談に出てくる〈大師火〉の大師と同一人物だってこと」

「ふうん。この前話してた、人骨があるっていう〈鬼の口〉のことは？」

「何にも書いてない。それどころか、その大師が現れる前の辺りの文献がごっそり抜けてる」

「抜けてる？」

「そう。ちょうど天海寺が浄土真宗から真言宗に変わった頃で、それに関する資料もない。前後の部分はあるのに。で、さっき話した鳥居の角度が変わったのもこの時で、さらにおかしなことがもう一つ。同時期になぜか神社の禰宜の血筋も変わってるんだ」

徹は資料の中から歴代の禰宜の系譜が示された台帳を取り出し、付箋《ふせん》の部分を開く。

「ほら、ここまでは海東《かいとう》姓だったのに、ここからはなぜか蟹江《かにえ》姓になってる。蟹江さんは変わった後の禰宜の血筋だな。とにかくいろんなことが一気に起きてて、肝心のその部分の資料が意図したみたいにごっそり抜けてるんだ」

一度に説明され頭が混乱しそうになりながら杜弥は口を開いた。

「でも、それってそんなに大げさなことなのか？　一気にいろいろあったのはたまたまかもしれないし、鳥居の角度のことは分からないけど、禰宜は跡取りがいなかっただけとか」

徹は、台帳のある部分を指しながら答えた。

「ここ見ろよ。この印は養子をもらったって意味だ。前の神職の海東家は途絶えそうになると養子をもらってきた。蟹江家だってそう。お前の家だって何度か養子取ってるって書いてあったぞ。一つや二つのことが重なってるならともかく、これだけ不自然なことが一気に起こってるんだ。しかもその時期の部分だけ資料が抜けてる」

「抜けてるって、一つか二つだけだろ？　だったら何かの手違いで……」

傍らから重ねられた本を取ると、徹は杜弥の前にどんと置いた。

「饐島《すえじま》郷土史、饐島史叢考《そうこう》、不知火縁起本、島内神明帳《しんめいちょう》──まだあるけど、これまで調べた本全部なくなってるって言えば分かるか？　どれも該当のページだけ綺麗《きれい》に抜き取られてる」

徹は一番上の本の付箋の場所を開いてみせた。確かにそこだけ刃物で切ったように紙が切り取られている。切り口は変色し、昨日今日こうなったのでないことを示していた。

杜弥は、ようやくことの異常さを理解した。

「誰かが意図的に隠そうとしてるってことか？　でもうちの蔵にあったってことは……」

「それは何とも言えないな。これらの本はいろいろ持ち主が変わってるみたいだから。とにかく、こういう風に謎は深まった訳だ。この時期には絶対何かある。そこを明らかにできるように調査を進めるつもり」

杜弥は頷く。

「結果楽しみにしてるよ」

「ん」

徹は満足げにノートや古文書を片付けた。

話が一段落したところで、彼は汗をかいたペットボトルに手をかける。

「……で、お前の方はどうなの？　打保のこと」

「どうもこうも、せっかく話せるようになったのに、赤尾さんがあんなことになってさ。目に見えて落ち込んでてどうにもならないよ」

事件後、杜弥は田所に頼み込んで渦先生の診療所で椰々子に赤尾夫妻の遺体を対面させてもらった。安置された二人の遺体の手を握った彼女は、感情を抑えながらただ俯《うつむ》くだけで、可哀想で見ていられないほどだった。

「打保に親切にしてる人がいたのは意外だったけど、まさか殺されるなんてな。ウツボ婆《ばばあ》が死んだの去年だっけ？　さらに養父母代わりだった人たちまでか……結構きついな。

うちは家族みんなピンピンしてるから想像もできない」

「うちだって、お袋はいないけど親父も兄貴もいるし。テレビで見たけど、近しい人が死ぬってすごいストレスなんだろ？　正直言って今は恋愛とかそれどころじゃないと思う」

「だろうな」徹はペットボトルに口を付ける。

空気が重苦しくなるのを感じ、何か話の接《つ》ぎ穂を探そうと室内を見回した杜弥は、テレビ台の前に重ねてあるプリント写真の束に目を留めた。一番上には、イサナ浜に突っ込んだ客船が夕日に染まる姿が写っている。

「そういえば、幽霊船に忍び込む話どうした？　もう見張りもマスコミもいなくなったろ」

徹は、ああ、と笑う。

「四日前かな。実は山狩りが終わった後、ノーガードになってたから行ってきたんだ。お前忙しそうだったし、言い忘れてたわ」

「行ったって、デッキまで十五メートルぐらいあるだろ。どうやって登ったんだよ」

「五メートルの脚立と、俺が独自に改良した非常用縄梯子《なわばしご》を使えば楽勝だった」

呆《あき》れて物が言えない杜弥に、徹は写真の束を取って渡した。杜弥はそれを一枚一枚眺める。船自体は大きく優美な曲線を持っていたが、外側も内側も海生生物や堆積《たいせき》物に覆われており、正直なところあまり見て面白い写真ではなかった。

「実はマニアの間で流れてる噂があるんだ。東京帝山《ていざん》大学工学部が調査隊組んで来るって」

「大学？」杜弥が首を傾げると、目を輝かせていた徹はもどかしげに口を尖《とが》らせる。

「知らないのか？　あの帝山大だよ。オカルトハンターとして有名な鷲見二郎《すみじろう》教授の。彼らがこの客船を調査しに来るかもしれないんだよ。――いいか、鷲見教授はオカルトを科学的に証明するのをライフワークにしてる人で、著作を読んで興味がある学生が集まるようになり、教授が主宰してる学内の非公式ゼミはアンチオカルト研究室になってる。オカルトマニアはもともと信じたいタイプが多いから蛇蝎《だかつ》のように嫌ってる人もいるけど、俺は筋が通ってるしこの人の言ってることはアリだと思ってんだ。『すべてのオカルトは説明できる』とか『解明シリーズ』とか著書は全部持ってて……とにかくこれはすごいことなんだよ」

まくしたてる徹に気圧《けお》され、杜弥は思わず後ずさる。

「……よかったじゃん」

「あーもう、この喜びを分かち合える人間がリアルでいないのが悲しい」

心底悔しそうな徹は、ポテトチップスを鷲摑《わしづか》みして口に放り込む。

この島では無理だろうと苦笑した杜弥の脳裏に、ある考えが閃《ひらめ》いた。

「じゃあ、その人が来たら頼んで、顔取りのことも調べてもらえばいいんじゃないか？」

予想に反して徹は乗って来なかった。

妙な空気が漂う。先ほどと同じような……。

何かを考えていた様子の徹は、杜弥の視線に気づくと取り繕うような笑みを浮かべた。

「や、何でもない。そうだな。調べてもらえば分かるかも」

噛《か》み合わないものを感じながら、杜弥は頷《うなず》く。

その後、たわいない話をして徹の家を辞したが、最後まで杜弥の中に違和感は燻《くすぶ》り続けたのだった。


顔取りの事件から十日近くも経つと、緊張していた島の空気もようやく緩んできた。

多少の事後処理は残っているものの、父と兄の帰宅時間は以前と比べ明らかに早くなっている。

赤尾夫妻の死についても、彼らが父の手配で手厚く葬られてからは悲嘆の声は前ほど聞かれなくなってきていた。

あれだけのことがあっても学校はあるし、日常は続いて行く。

杜弥は、学校帰りにイサナ浜へと立ち寄り、スタンドに座ってぼんやりと考えていた。

何かが釈然としない。災いが起こるという預言があり、不気味な客船が漂着し、磯貝と赤尾夫妻が得体の知れない化け物に殺された。

これだけでも十分すぎる災いだ。ならば災いはもう終わったのだからいいはずなのに……。

視線を海へ向けると、西へ向かう太陽の光が穏やかに海原を照らし出していた。客船は当たり前のように浜の左端に居座り、長い影を東へ落としている。

ゆったりとした波の繰り返しを聞きながら、杜弥は学校指定のバッグを枕にスタンドへ寝転んだ。茜色《あかねいろ》の混ざった青い空には、入道雲が覆いかぶさるように浮かんでいる。

——一体島に何が起こっているのか、これからどうなるのか……。

授業中にさりげなく見た椰々子の顔が浮かんだ。赤尾夫妻の死が影を落とす暗く沈んだ顔。どうしたら、笑顔にしてあげられるのだろう。どうしたら……。

椰々子の澄んだ声が耳に飛び込んできたのはそのときだった。

慌てて体を起こし辺りを見回すと、スタンドを登った先にある遊歩道に彼女が立っているのが見えた。

椰々子が一緒にいる人物に、胸がざわめく。

笑顔で彼女と話していたのは、自転車を押している警官の田所だった。

島に馴染《なじ》んではきたものの、制服の着こなしや髪型から都会育ちの雰囲気が滲《にじ》み出ている田所と、高校の制服を着ているとさらに美しさが際立つ椰々子。二人は島らしくないという空気を共有していて、妙に似合いに見える。

焦りにいても立ってもいられなくなった杜弥は、立ち上がり、スタンドを駆け上がった。

「田所さん、ちわっす」

「あ、杜弥君。こんにちは」

田所は、いつもの柔和な笑みを浮かべる。屈託のない様子に杜弥はホッとし、杜弥は椰々子にも手を挙げ挨拶《あいさつ》する。彼女は少し戸惑った表情を浮かべたものの、笑顔を見せて小さく頷いた。

「何話してたの？　二人、知り合いなんだ？」

馬鹿なことをしているなと思いながら探りを入れる。そんな意図を知らない田所は楽しそうに答えた。

「島にきたばかりのとき、椰々子ちゃんに道を訊《き》いたのがきっかけで仲良くなってね。今もここでばったり会って、不知火神社の話をしてもらってたんだよ」

「そうなんだ……」

「面白い風習だねえ。寄せ室で流木を拾うなんて。僕はずっと町中で暮らしてたからそういうのすごく新鮮に思えるよ。ところで杜弥君は何してたの？　家は反対でしょ？」

「俺は……ちょっとぶらぶら昼寝してただけ」

苦し紛れに答えると、田所の視線は海へ向けられていた。

懐かしげに目を細め、海を眺める彼。何か海に特別な思い入れがあるのだろうか。訊《たず》ねようかと思ったところ、何かを思い出したように田所は慌てて腕時計を見た。

「じゃあ僕はこれで。お年寄りの家に巡回にいかなくちゃ。そうだ、最近物騒だから杜弥君、椰々子ちゃんを送ってあげてくれないかな」

お見通しだとでも言いたげな彼の瞳《ひとみ》に、杜弥は苦笑した。

暢気《のんき》に自転車を漕《こ》いで去って行く田所の後ろ姿を二人で見送った後、気恥ずかしさを感じながら杜弥は椰々子とともに北浜へ向け歩き始める。

「行こうぜ。寄せ室の方から帰るんだろ？」

「……うん」彼女は小さく答えた。

西の空はすでに赤く染まり始めていた。鳥たちは群れをなしてねぐらのある九品山へ飛んで行く。島の周囲を巡る道路には、ほとんど人通りがなかった。別に椰々子といるところを見られるのが恐い訳ではなかったが、なんとなくホッとする。

浜から聞こえる潮騒《しおさい》を聞きながら、しばらく無言で歩いた。

そのうち少しだけ空気がほぐれてきて杜弥は口を開いた。

「あれから……大丈夫だった？」

風になびく髪を耳にかけて椰々子は頷く。その顔は生気がなく青白い。

「そういえば、また水死体見つけただろ？　きつくない？　もしも嫌だったら俺から親父に言って誰かと代わってもらうように――」

彼女は遮るように首を振った。

「ありがとう。でも、いいの。仕事があるだけで大分気持ちが紛れるから」

「……そっか、分かった」

再び無言で歩く。何か話した方がいいのかといろいろ考えてみたが、夕日に輝く海を見つめながら歩いている椰々子を見ていると、余計なことは話さないのが一番のような気がした。

彼女と歩幅を合わせていると、最初はドキドキとして落ち着かなかった気持ちが、凪《なぎ》の海のように平らになって行くのが分かる。心地よくて、なんだか不思議な感覚。

椰々子が「あ」と立ち止まったのは、ちょうどイサナ浜の西端までやってきたときだった。

その見つめている方へ目をやると、橙色《だいだいいろ》に染まった波打ち際で海に腰まで浸《つ》かる人々のシルエットが見えた。

「迎え入れね……」

彼女は呟《つぶや》いた。

〈迎え入れ〉は古くから島に伝わる儀式だ。ここでは、人間の魂は海の向こうにある常世からやってきて、死ぬとまた常世へ帰って行くと信じられている。

常世から現世へやってきた魂――新生児を七日以内に波間にさらし、海の神へその存在を知らせ加護を願うのだ。

島の首領の家の息子として生まれて来た杜弥は、もちろん迎え入れを受けた。だが、一歳の時に島の外部から流されて来た椰々子は受けていない。

島には、「迎え入れもしていない」という外部から来た人間を揶揄《やゆ》する言い回しがある。島民が椰々子を疎んじるのは、このことも原因の一つなのだろう。

波打ち際では、一人の大人が赤子を大切そうに海に浸し、すぐさま持ち上げた。驚いたのか苦しかったのか、赤子は火がついたように泣き出し、潮騒の合間に泣き声が響き渡る。

大人たちが寄り添って赤子をあやしているのを、椰々子は静かな――しかし、何かを渇望するような瞳で見つめていた。

杜弥は心臓を摑《つか》まれたような苦しさに襲われる。

両親と迎え入れ。それらは彼女がどんなにあがいても手に入らないものだ。どうしたら彼女は幸せになれるんだろう。どれだけの欠けているものを揃えれば――

「あのー、ちょっといいかな」

ふいに声をかけられ振り返ると、いつの間にか後ろに若い男女のカップルが立っていた。二人とも杜弥たちより十ぐらい年上だろうか。顔に見覚えがないし、格好が洗練されているので島の人間ではない。おそらく観光客だろう。

ぽかんとしていたら、ハーフのチノパンに襟を立てた黒い半袖《はんそで》ポロシャツ姿の少しいかつそうな男が、笑みを浮かべてデジカメを差し出した。

「悪いけどさ、ちょっと写真撮ってくんない？　向こうの客船バックにして」

「あ……いいすよ」

杜弥がカメラを受け取ると、水色のサマードレスにレースのボレロを羽織った女性が口を開く。

「ごめんねー。すぐだから」

ふわりとしたパーマをかけた栗色のボブヘアと、目尻《めじり》の下がった瞳が優しげな印象を与える人だった。

杜弥は微笑むと、寄り添って立つ彼らと浜の東に佇《たたず》む客船をフレームに収める。ちょうど逆光にならず、夕日が色を添えていい塩梅《あんばい》になっていた。

「客船は前の方だけ写ってればいいから」

ぶっきらぼうな感じのする男は、そう言って女性の腰をぐっと引き寄せる。女性は一瞬困ったような表情を浮かべたものの、カメラを見つめ直した。

液晶の枠の中で寄り添う彼らは心から幸せそうに見えた。杜弥はシャッターを押し、その瞬間をデータに閉じ込める。

カメラを返すと女性は丁寧に礼を言った。

「ありがとう。写真撮って欲しくてうろうろしてたんだけど、全然人がいなくて困ってたの」

杜弥は苦笑する。漁師はこの時間、夜の漁に備え家で仮眠を取っているから、平日はもともとこんなものだが、あの顔取りが逃亡した日以来、それに輪をかけて余計な外出を控えている人が多かった。留置場に残っていた血液が磯貝自身のものだったことが分かってから警察の捜査もお手上げ状態だし、未《いま》だ怯《おび》えている島民は多い。

「なんか前来た時と違うなあ。殺人事件があったから？」

少しだけ顎《あご》に残した髭《ひげ》を触りながら男は島を見回す。

「まあ、多分」杜弥は苦笑した。

なるほどなあ、と相槌《あいづち》を打った男は、杜弥の後ろにいた椰々子に目を留める。そのまま無遠慮に彼女の顔を覗《のぞ》き込むと、不思議そうに言った。

「君、島の子なの？」

「え……はい」急に話を向けられた椰々子は、戸惑いながら頷《うなず》く。

男は大げさに驚いたジェスチャーをしてみせた。

「へー、びっくり。可愛いよね。スタイルもいいし、髪もツヤツヤで」

椰々子は怯えたように後ずさって俯《うつむ》く。彼女を守るよう杜弥が間に立つと、すかさず女性が割って入った。

「ちょっと、直《なお》ちゃん、失礼よ。ごめんなさいね。思ったこと何でも言っちゃうのよ」

女性にはたかれた男は、ふざけた顔で肩を竦《すく》める。何かに気づいたようにポケットへ手を突っ込み、携帯電話を取り出した。

「ごめん、電話」

手で謝るポーズをすると、彼は話しながら砂浜の方へ歩いて行く。

取り残された女性は、息を吐いたあと杜弥と椰々子を申し訳なさそうに見た。

「ごめんね。でもああいう人で、悪気があったわけじゃないの」

優しげな彼女の瞳にホッとしたのか、椰々子は微笑して首を横に振る。

「二人で観光ですか？」

杜弥が訊ねると、女性はにこりと笑って左手を持ち上げてみせた。その薬指には銀色の真新しい指輪が光っている。

「実は、新婚旅行なの」

「それは……おめでとうございます。でも何でこんな島に？」

伊豆諸島の東の外れにある須栄島は、観光地としてはマイナーである。たいていの観光客は観光地化され設備が整った来栖島など、他の島を目指す。わざわざこの島へ来るのは、釣り人かマニアックなダイバーぐらいだろう。

「彼が昔仲間とダイビングで来て、忘れられないぐらい綺麗《きれい》だったから私にも見せたいって。それにほら、あの客船の漂着騒ぎもあったでしょ。ロマンチックよね。映画のタイタニックみたいで」

少し興奮気味に話したのち、微笑んで彼女は自己紹介した。

「あ、私は荻原美和《おぎわらみわ》っていいます。彼は直幸《なおゆき》」

「どうも。白波杜弥です」杜弥も自己紹介する。こういう場面があまりないからか、椰々子は少しためらうようにして言った。

「打保……椰々子です」

美和は椰々子を見ると、嬉《うれ》しそうに目を細める。

「よろしくね」

椰々子は目を白黒させていたが、やがて美和の笑顔に溶かされるように顔をほころばせた。杜弥は胸が痛むのを感じる。この島に流れ着いていなければ、椰々子はこうやって気軽に人と会話を交わせていただろうに。

「あっそうだ、ちょっと手を見せてくれる？」

美和の声色からは、明らかに椰々子を気に入っていることが伝わってきた。彼女は椰々子の手を取ると、マネキンのように手首を動かし眺めている。

椰々子は驚いた顔をしているものの、されるがままになっていた。

「直ちゃんじゃないけど、本当に可愛いわね。手も細くて綺麗」

恥ずかしそうに椰々子は俯く。美和はショルダーバッグから小さなビニール袋に入ったブレスレットを取り出すと、椰々子の手首に嵌《は》め、いろいろな角度からチェックした。

「うーん、やっぱり似合うわ。ぴったり」

杜弥は心の中で美和に同意する。華奢《きやしや》なビーズのブレスレットは、椰々子によく似合っていた。

美和は満足げに微笑む。

「よかったらこれもらってくれない？」

「――え？」椰々子は目を瞬《しばた》かせる。

「私、実は駆け出しのアクセサリーデザイナーで、似合う人がいるとプレゼントしてるの。そのかわり二、三枚写真撮らせてもらいたいんだけど」

照れくささそうに言うと、美和は先ほどのカメラを鞄《かばん》から取り出した。

「い、いただけないです」

椰々子がブレスレットを外そうとするのを美和は押しとどめる。

「お願い、モデルがいいといいものに見えるの」

加勢を頼むように美和がこちらを見るので、杜弥は口添えした。

「いいじゃん。手の写真撮るだけだし。こんなお洒落《しゃれ》なの島じゃ買えないぞ」

「でも……」

「それに、美和さんに会った記念になるだろ」

杜弥の言葉に、椰々子はブレスレットと美和を見比べる。そして、頷いた。

「……ありがとうございます」

美和は、やった、と手を叩《たた》く。

約束通り数枚の写真を撮ったのち、彼女は砂浜でこちらに背を向け立っている荻原に目を向けたが、彼の電話はまだ終わりそうになかった。

小さく溜《た》め息を吐《つ》いたのち、彼女は思い出したように西側の海へ視線を移す。

「そうだ、一つ訊《き》いていい？　さっきから気になってたんだけど、あれって何をしてるの？」

美和は迎え入れをしている家族を指差した。

「ああ、あれは〈迎え入れ〉っていう儀式です。赤子を波間にさらして海の神様に挨拶《あいさつ》することで、島の一員として認められるっていう」

そうなの、と美和は呟《つぶや》く。波打ち際の家族をじっと眺めるその顔には、先ほどまでとは違う影が差しており、杜弥は戸惑いを覚える。

「いいわね。両親に祝福されながら、神様に生まれたことを認めてもらえるんだ」

羨《うらや》ましげな眼差《まなざ》しには見覚えがあった。先ほどの椰々子と同じ――

沖から大きな波がやってきて、ひときわ潮騒《しおさい》を響かせる。父親とおぼしき男に抱かれた赤子が大きく泣いた。大人たちは赤子をあやすように笑い合う。

夕日に顔を染めた美和は、ぼんやり呟いた。

「……私ね、赤ちゃんの時に両親が死んじゃったの。車の事故で。ベビーシートに乗ってた私だけが助かって叔母《おば》に育てられて……。だから両親っていうものを知らないの」

潮風が美和のふわりとした髪を躍らせる。椰々子へ目をやると、彼女もまた驚いたように美和を見つめていた。

「でも……、美和さんは幸せを摑《つか》んだんですね」

美和は頷く。その瞳《ひとみ》は潤み、夕日に輝いていた。

「そう……そうなの。やっと幸せになれるの。自分の家族を持つの」

唇を震わせ口元を押さえた後、美和は洟《はな》をすすり椰々子に向かい合う。感じるものがあるのか、椰々子へ投げかけるその眼差しはまるでもう一人の自分を見るように優しかった。椰々子が彼女へ向ける視線も、映し鏡のように柔らかい。

この二人は双子だ――

杜弥は直感した。深いところで互いを理解し、労《いたわ》りあうことができる。

「美和、ごめん。行こうか」

そのとき、通話を終えた荻原が戻ってきた。美和は名残惜しそうに微笑む。

「……じゃあ、これで。変な話しちゃってごめんね。ありがとう。会えて良かった」

「私も、会えて良かったです」珍しく椰々子は声を張り上げた。

「あなたも……幸せになってね」美和は潤んだ瞳で、椰々子を見る。椰々子は頷いた。

太陽はすでに神社の森に隠れ、空では夕日が残した赤と夜の紺がせめぎあっていた。

美和たちと別れ、寄せ室の辺りまで歩いたところで椰々子の方から口を開いた。

「美和さん、幸せそうだったね」

杜弥は頷く。美和と会ってから、椰々子の表情や雰囲気が目に見えて明るくなったのを感じていた。同じ境遇でありながら、自らの手で幸せを掴んだ美和の存在は、彼女の希望に繋《つな》がったのかもしれない。

「打保も同じように幸せになれるよ」

何気なく呟くと、椰々子の足がぴたりと止まった。

「打保？」

振り返ると、椰々子は真剣な顔でこちらを見ている。こちらへひたと向けられた眼差しに思わずどきりとした。

「白波君は本当にそう思う？　私が、幸せになれるって……」

ハッとした。杜弥はなんとなく口にしたけれど、椰々子にとっては切実なことなのだ。本気で幸せになりたいと思っている。島でこんな扱いを受けても……。

崖下《がけした》の寄せ室には、薄闇の中幾重もの白波が打ち寄せていた。

これ以上ないほど真剣に考えたあと、杜弥は口を開く。

「……なれるよ。絶対」

根拠はなかった。でも、確信はあった。誰かが椰々子を幸せにする。誰もいなければ自分が幸せにすればいい。だから――。

夕闇の中、瞳を潤ませ薄く微笑んだ彼女は、本当に綺麗だった。


その夜、久しぶりに父と兄と三人で夕食をとった杜弥は、キッチンを片付けてから部屋へ戻り、ベッドに突っ伏して椰々子のことを考えた。

――彼女を幸せにする。

先ほど初めて自覚した気持ちだった。これまでは、ただ綺麗な椰々子と話したいとか、心を開いて欲しいとしか考えていなかったから、自身の変化に自分が一番驚いていた。

でも、どうやってそうすればいいのか上手《うま》くイメージできない。

きっとこのまま行けば、自分は高校卒業と同時に漁師になって父の手伝いをし、ゆくゆくは船を譲り受け漁師のまとめ役として島での役割を果たして行くことになるだろう。

椰々子はどうするのだろう。島でずっと暮らすのだろうか。こんな彼女を苦しめる島で。

ここで自分は彼女を幸せにすることができるのだろうか——？

考えれば考えるほど、自分ではなく島の外の〈誰か〉が椰々子を幸せにする適役のような気がした。椰々子は何もしがらみのない土地で、これまでのことなど忘れて暮らすのが一番だ。

杜弥は溜め息を吐き顔を上げる。壁の時計は夜十時を回っていた。

明日の学校の支度のために風呂《ふろ》を沸かそうと、起き上がり一階へ下りていく。

キッチンを通り、風呂場へ向かおうとしたとき、父の仕事部屋の方から声がした。

「——別の石碑が壊されてた？」

父と兄があの話をしていることに気づき、足音を忍ばせて父の部屋へと近づく。気づかれないよう耳を澄ませた。

「客船に壊された分を建て直したばかりなのに」

「誰かが故意にやったんだろう。西浜のそばのがハンマーで叩いたように割れていた」

「それも災いの一環？　それとも……」

「何とも言えんな。災いなのか、〈白波家〉に悪感情を持っている反対派か。私費だと言っているのに、石碑建て直しを見張るようにしていた奴らがいたからな」

「それで、今回の修理の手配は？」

「もう済んでる。こうたびたびじゃ、さすがに痛手だが」

長い沈黙の後、兄が口を開いた。

「もっと早く石碑を直していれば赤尾夫妻の件はあんなことにならなかったかもしれないね。石碑を壊したのがもしも〈災い〉ならば、建て直しまでにまた犠牲者が……」

足音が近づいてくる気配を感じ、杜弥は慌てて階段まで移動する。父の部屋のドアが開き、兄が顔を覗《のぞ》かせた。彼は、不信感を滲《にじ》ませた瞳で階段に立つ杜弥を睨《にら》みつける。

「どうかした？　恐い顔して。風呂入るだろ？　沸かすよ」

ドキドキしながら、努めてなんでもないように杜弥は振る舞った。

「お前、今下りてきたのか？」

「そうだよ。それが何？」

釈然としない顔をしている兄の前を通り過ぎ、風呂場へと向かう。

一歩一歩進みながら、兄が自分を呼び止め、すべてを話してくれればと思った。

話してくれれば、自分の疑問も氷解するし、彼らが白波家の役割としてしようとしていることに協力できるかもしれない。何より、家族の一員として、白波家の一員として、自分を認めて迎え入れて欲しかった。

だが、風呂の脱衣所の扉を開けて入っても声がかかることはなかった。

後ろ手で扉を閉めたあと、杜弥は固く下唇を噛《か》んだ。

本州の南、伊豆諸島に位置する須栄島は暑さがやってくるのも早い。翌日は猛暑の先触れのように気温が上がり、教室の窓を全開にしていてもムッとした熱気が滞留し続けた。

英文を黒板に写している教師を余所《よそ》に、杜弥は昨夜から持て余していた気持ちを収めようとあれこれ考えていた。

〈白波家〉のことは自分には関係ない、そう思えばいいのだ。父と兄がどうしていようと自分を加えることを拒否したのだから、彼らが何をしていようが与《あずか》り知らないことだと割り切ればいい。

しかし、何度そう思い込もうとしてもできなかった。

彼らの隠していることは島の事件に関わっている。磯貝の顔取りの件や、赤尾夫妻の殺害。そして兄が呟いた、また犠牲者が出るかもしれないという言葉。椰々子のことだって、彼らが村八分の理由をはっきりさせてくれない限り幸せになるのは無理だ。

イライラとしながら、杜弥は教科書に描かれた能天気な外国人のイラストをシャープペンシルで塗りつぶす。

顔を上げると、前の席には夏服に身を包んだ徹の背中があった。この間、部屋を訪ねた時は少しぎこちない空気が流れたが、あれ以来特にぎくしゃくすることもなく普通に過ごしている。こんな気持ちの日には早く授業を終え、彼とたわいない話をしたかった。

目の前のピンとした背中が船を漕《こ》ぐように揺れ、杜弥は目を瞬《しばたた》かせる。

普段からつまらない授業で眠っていることはあるが、徹がこんな目立つ寝方をするのは珍しかった。古文書の解読に夢中になっていると言っていたから、睡眠時間が足りていないのだろうか……。

起こしてやろうと杜弥が徹の背中に手を伸ばしたのと、彼の上体が前のめりに沈み込んだのは同時だった。

ゴツ、という鈍い音とともに徹は机に突っ伏し、クラス中の視線が集まる。

教師が教科書を教卓に伏せ駆け寄ってきた。

「綿積《わたつみ》、どうした⁈」

覚醒《かくせい》したらしい徹は、億劫《おっくう》そうに体を持ち上げると、ゆっくり首を振る。

「ちょっと、体調が……」

言いかけてうっと呻《うめ》き、彼は両手で頭を押さえる。教師は頷《うなず》いた。

「熱があるみたいだな。誰か保健室に連れてってやれ」

「俺が行きます」

杜弥は、すぐさま立ち上がった。

クラスメイトの視線に見送られ、杜弥は徹に肩を貸し保健室を目指す。

他学年の教室の前を通る度に、廊下側の生徒が物珍しそうにこちらを見た。

開放された廊下の窓からけたたましい蝉の声が聞こえていた。空は青く、入道雲が湧き上がっている。

徹の体は触れてすぐ分かるほど発熱していた。意識が朦朧《もうろう》とするらしく、足元がふらついている。

「根詰めすぎたのか？　古文書の件」

訊《き》くと、徹は大きく首を振った。

「違う……」

「じゃあどうしたんだよ。まさか、また変な葉っぱ乾かして吸ったんじゃないだろうな」

「ばーか、ちげーよ。なんか体調が悪いんだここ数日……。昨日までは気づかれないで済むぐらいだったんだけど、今日、急にがくっときて」

「風邪？」

「分かんないけど多分そう。もう夏だし風邪引くようなことしてねーのに」

「季節じゃなくて、ウイルスだか細菌だかが体に入ったんだろ」

「そんなんかな……」徹はぼんやりと呟《つぶや》く。

「お前は自分を過信してるんだよ。風邪引く時は風邪引くの。ほら、ついたぞ」

保健室の前で立ち止まると、徹はゆっくりと杜弥の肩にかけていた腕を外した。

「とりあえずここで寝てろよ。荷物とかは帰りに持って来てやるから」

「サンキュー」

徹は微笑して保健室の扉に手をかける。

彼が中へ入るのを見届けたのち、杜弥は教室へ戻った。

放課後、徹を家へ送って行くつもりだったが、午前中の授業が終わったところで養護教諭が彼を家に帰すと告げ、鞄《かばん》を預かっていった。

皆が早々に帰宅した教室で、杜弥はぼんやりとしながら帰り支度をする。父と兄の件は未《いま》だに心の中でわだかまっていたが、徹の早退のせいか朝ほど気にならなくなっていた。

徹の机が傾いていることに気づいた杜弥は、それを直し鞄を持って教室を出る。

上履きから靴に履き替え外へ踏み出すと、決して大きいとは言えない校庭では六人の野球部の生徒たちがキャッチボールをしながら声を上げていた。

須栄島分校では、建前上部活動は必須《ひっす》ということになっているが、実際は任意だった。だいたい全校生徒二十人弱では、どの運動部も大会に行けるほどの人数が揃わない。杜弥も一年時はサッカー部に入っていたが、部員が足らずいつのまにか空中分解し、今では気の合った島の仲間を集めてたまにフットサルをするぐらいだ。おそらくこの学校で実質機能している部活動は、片手ほどもないだろう。

そういえば、と杜弥は思い出す。部活動に所属しなくてはならないという一年次の教師の言葉を真に受けているのか、椰々子は未だに部員一人だけの美術部に在籍していた。たまにふろしきで包まれたキャンバスを学校へ持ってくることがあるし、放課後美術室の方へ向かうのを見たことがあるから、一応活動はしているようだ。

――椰々子はどんな絵を描くんだろう。

真っ青な空を見上げて杜弥は考える。綺麗《きれい》な絵なのか、暗い絵なのか。どんなものでもいいから、見てもっと彼女を知りたいと思った。

正門から出ると、杜弥は自宅を目指し東へ向かう。徹があんな風だったし、何となく今日は寄り道する気にもならなかった。

学校を左手に見ながら道なりに北上すると、勇名町と白波町の境にある四つ辻《つじ》にさしかかる。エンジン音がして見ると、北港の方から原付バイクに乗った男がやってきた。見覚えのある風体に、杜弥は立ち止まって手を挙げる。昨年高校を卒業した先輩で、今でもフットサルをする仲の漁師だった。

彼は杜弥に気づくと、道の真ん中に原付を止め半帽のヘルメットを上げた。

「おう。杜弥」

「ちわ。珍しいね、こんな時間に」

髪を茶色に脱色した太めの先輩は、原付のハンドルに顎肘《あごひじ》をつき息を吐いた。

「残業だよ、また海で行方不明が出てさ。海保が来るまで時間かかるからって、お前の親父さんに捜索頼まれちゃって」

「——え？」

心がチリリと擦《こす》れる。まさかまた——

顔に表れていたのだろう。先輩は苦笑した。

「違う違う。今度は漁師じゃなくて観光客。ダイビング中にいなくなったんだって。俺もこの前のこと思い出して、ちょっとびびったけど」

漁師でないことにホッとするものの、ダイビングという言葉に嫌な予感を覚える。

つい昨日、誰かがそんなことを話していなかったか。

「観光客ってどんな人？」

おそるおそる訊くと、もみあげに滲《にじ》んだ汗を首にかけたタオルで拭《ぬぐ》いながら、先輩は答えた。

「若い女だよ。新婚旅行で来たとか旦那《だんな》が言ってたな。気の毒なこった。詳しいことが知りたいなら北港に行けば分かるよ。親父さん指揮してるから」

先輩に礼を言うと、杜弥は港へ向け駆け出した。

仲買業者の倉庫が建ち並ぶ裏道を通り抜け港へ出ると、すでにたくさんの漁師や島民たちが集まっていた。父や兄がいないかと首を廻《めぐ》らせたところ、一人港の隅に立ち、心配そうに出入りする船を眺める椰々子が目に入る。人の合間を通り抜けてたどり着き声をかけると、振り返った彼女は悲しそうに目を伏せた。杜弥はごくりと唾《つば》を飲む。

「——美和さんなんだな？」

肩を震わせ、椰々子はゆっくりと頷いた。

「荻原さんと床与岬の南でダイビングしてる時、いきなり消えたって」

「床与岬？　あんなところで？」

杜弥は眉《まゆ》を顰《ひそ》める。床与岬は、島の南西、鬼の寄せ室に隣接した、切り立った崖《がけ》で形成されている岬だ。南側の海は遠浅で、潮の流れも緩く魚影も濃い絶好のダイビングスポットとなっている。何かあっても崖伝いに西側へ回り込めば不知火神社正面の砂浜から上陸できるので初心者向きとされ、これまでに深刻な事態になったことは一度もなかった。

「それで、いつから姿が見えないんだ？」

「荻原さんが通報してから、もう五時間経ってる」

杜弥は唇を噛《か》んだ。

もし美和がまだ海中にいるとして、通常ダイビングで使う十二リットルタンクでは、浅場でも一時間呼吸をするのがせいぜいだ。上陸していない限り絶望的だ。

港に集まっている人々が声を上げ、防波堤の向こうから白波を立てて一隻の船が滑り込んで来るのが見えた。船は父のもので、デッキに荻原が同乗している。

桟橋に船を泊《と》めた父は、ＢＣ（浮力調整装置）にセットされたままの空気タンクを持ち降りてくる。後ろの荻原は、グレーの地にエメラルド色の差し色が入ったダイビングスーツの切れ端を手にしていた。

成果を問う人々の声に、父は首を振った。

昨日とは別人のように気弱な表情をした荻原が、嗚咽《おえつ》を漏らす。

「見つかったのはこれだけで、美和はいませんでした……」

父は荻原を促しダイビングスーツを地面に置かせ、自分もBCを下ろした。

杜弥は人垣ができている場所まで近づき、隙間からそれらを眺める。BCと空気タンクにはとくに損傷はなかったが、ダイビングスーツは引き裂いたように破れており、胴体の一部分しかない。

杜弥は息を飲んだ。この穏やかな海で一体何があったらこうなるのか……。

父は皆に向かって大声で説明した。

「BCは岬から少し離れた場所、スーツは寄せ室の岩に引っかかってた」

杜弥は、ハッとして離れた場所にいる椰々子を振り返る。

彼女は真っ青な顔で口元を押さえていた。

寄せ室は此岸《しがん》と彼岸の汀《みぎわ》。スーツがそこへ来たということは――

集まっていた人々の間に諦《あきら》めの溜《た》め息が広がる。荻原を励ますものはなかった。

人波が散り散りになったのち、荻原は魂が抜けた様子で岸壁のブロックに座り込み、頭を抱えていた。杜弥は椰々子とともに彼のもとへ行き、声をかける。

「君ら……」

荻原は疲労を滲ませた顔をゆっくりと上げた。

「こんなことになって……残念です」

どう慰めていいのか分からず、杜弥はありきたりな言葉を口にする。

目に涙を浮かべて頷《うなず》き、荻原は握った拳《こぶし》をブロックにぶつけた。

「くそっ、なんでこんなことになるんだ……。美和は急にいなくなったんだよ。ボートインして最初は何の問題もなかったんだ。海はクリアで明るくて珊瑚《さんご》や綺麗な魚も一杯いて。彼女が魚を写真に撮るっていうから手を離して、少し後ろを向いた間にいなくなって……。たった三十秒とかそのぐらいだったんだぞ？」

これまで必死で捜索をしていたのだろう。昨日は整っていた彼の髪はへたり、肌は赤く焼けていた。

「あそこは浅いし安全なポイントなんだろ？　どうしてこんなことになるんだ？　どうして美和だけ……まだ、入籍して一ヶ月しか経ってないのに」

俯《うつむ》くと、彼は手のひらで顔を覆い嗚咽を漏らす。

杜弥は椰々子と二人、彼に寄り添うことしかできなかった。

〈災い〉という兄の言葉が頭をよぎる。

これは、ただの事故なのだろうか。それとも……

椰々子についても思いを巡らせる。美和は、椰々子の希望だった。その美和がこんな運命にさらされることは、彼女の希望を奪うに等しい。

目を向けると、椰々子は静かな瞳《ひとみ》で港の向こうに広がる海を見つめていた。

海保も交えて、空と海から美和の捜索は続けられた。杜弥も父とともに船を出し島の周辺の海を捜したが、二日経っても美和の行方は分からなかった。

島の漁師の間ではさまざまな臆測《おくそく》が流れていた。ダイビング初心者ゆえに遭難したのではないか、やって来た船のスクリューに巻き込まれたのではないか……。

どれもあり得なくはないが、可能性は低かった。

そもそも荻原たちのいたポイントは水深十五メートルほどで、ダイビング初心者にありがちな減圧症や窒素酔いになるとは考えにくい。それに、島の南港に発着する定期高速船はダイビングスポットを避ける航路が取られているし、漁協が把握している限りあの日のあの時間帯に床与岬の南へ行った船はない。荻原たちがボートインするために乗って来た民宿の船も、西浜から上陸する予定になっていた彼らを降ろしすぐに帰港したので、美和がスクリューでの事故に遭ったとも考えづらかった。

これだけ捜索しているのに彼女の遺体が見つからないのも不可解だった。死体となれば、島を取り巻く海流により必ず寄せ室へたどり着く。腐敗しガスが溜まって浮くものなので今はまだ沈んでいるのかもしれないが、海保のダイバーたちもさんざん捜したのだ。これが意味するのはどういうことなのだろうか。

溜め息を吐《つ》き、杜弥は教室内を見渡した。六時間目の授業が終わったばかりで他の生徒たちはまだ残っているのに、椰々子の姿はない。

美和がいなくなってから彼女の表情には絶望が覆いかぶさっていた。話しかけても一言二言返すだけでそっけなく、空いた時間は、寄せ室の岩の上でただ海を見ながら佇《たたず》んでいる。

椰々子に寄り添ってやろうと、杜弥は鞄《かばん》を肩にかけ教室の後ろの扉へ向かう。

ふと気になって振り返ると、あの日から空いたままの徹の席が目に入った。

彼は熱が一向に下がらず、まだ学校へは来られないらしい。

まるで最初から主《あるじ》を持たないかのように、机はよそよそしく佇んでいた。

何かが胸にわだかまるのを感じながら、杜弥は教室を出た。

正門を出て、イサナ浜沿いに遊歩道を歩いた杜弥は、この間美和たちと会ったあたりで足を止めた。

目を凝らすと、そう遠くない沖に漁船が十艘《そう》ほど集まっているのが見える。漁をする時間ではなかった、そもそもあんな浅い場所では、この島の多くの漁師が行う底建て網漁は不可能だ。

しばらく思案したのち、閃《ひらめ》いた杜弥は踵《きびす》を返し北港へ向け駆け出す。

息を切らせながら港に到着すると、漁協の前に漁師たちが集まり、厳しい顔つきで話していた。杜弥は知り合いの漁師に声をかける。

「イサナ浜の沖に船が出てたけど何かあった？　いなくなった女性が見つかったとか」

白髪頭にタオルで鉢巻きをした年配の漁師は、無精髭《ぶしょうひげ》の生えた顔を顰《しか》めた。

「姉ちゃんはまだ見つかってない。あれは、鮫《さめ》が出たからだよ。〈はまや〉の息子が客乗せて釣り行った帰りに、六メートルの鮫を見たって言うんだ」

はまやというのは島の東の海沿いにある釣宿だ。毎日のように客を乗せて沖合で釣りをしている。

「え、鮫？」

思いも寄らない答えに声を上げると、漁師は手のひらで顎《あご》をさすった。

「あそこんちの船はそう大きくないだろ。それでも十三メートルはある。その船と並んで半分弱あったって言うんだから六メートルぐらいだろうな。図々《ずうずう》しい鮫《やつ》で、漁船が近づいても逃げるどころか寄って来てしばらく並んで泳いだらしい。味をしめてる奴なのかもな」やれやれと漁師は息を吐く。

鮫は漁師にとって悩みの種だ。漁船の下で待ち構え、網を食い荒らし、苦労して捕まえた魚を横取りする。沿岸の海では主にクロトガリザメ、イタチザメ、ヨシキリザメ、ヨゴレなどが害を与えるため、あまりにひどい時は島を挙げて鮫を捕獲し駆除することもあった。しかし、六メートルというのは……。

「まさかホオジロザメ？　他の鮫はそんな大きくないっしょ」漁師は頷《うなず》く。

「だろうな。イタチでもせいぜい四メートル。毎日海に出てる島の男が、ウバザメなんかと見間違える訳はないし」

言葉を切ると、彼は杜弥の耳元で囁《ささや》くように言った。

「ここだけの話だけど、あのスキューバの姉ちゃん、そいつにやられたんじゃないかってみんな言ってる」

口の中に苦いものが広がった。確かに島の周囲に鮫がいることが分かったのなら、それが美和を襲った可能性はゼロではない……。

漁協のガラス扉が開くとともに、若い男の怒声が響き渡ったのは、そのときだった。

「じゃあ、美和の体はもう戻って来ないっていうのか⁈　鮫が食っちまったなんてそんな馬鹿な話あるかよ！」

出て来たのは、荻原と杜弥の父だった。エントランスの階段を下りると、父は持っていた漁協のキャップを被《かぶ》り、荻原に向かい合う。

「まだそうとは言ってない。なんとか見つかるように皆協力してくれてるから」

「でもほとんどの船が戻って来てるじゃないか。もっとちゃんと捜してくれよ。結婚したばかりの大事な嫁さんなんだよ！　見つからなきゃ困るんだよ！」

杜弥の父に摑《つか》みかからんばかりの勢いで叫ぶ荻原に、脇で聞き耳を立てていた漁師たちが眉《まゆ》をひそめた。新婚旅行だったという話を聞き、彼らは燃料費のことも口にせず善意で捜してくれているのだ。荻原が通常の心理状態でないことは理解できるが、捜して当然のように言われるとよい気持ちはしないだろう。

父は周囲を見回した後、息を吐いた。

「とにかく、我々もできる限りのことをするし、海保もずっと捜してくれてるから」

荻原の肩をぽんと叩《たた》くと、父は桟橋へ向かい歩いて行く。おそらく鮫の見つかった現場を見に行くのだろう。

なだらかな航線を作って父の船が港内から出て行くと、岸壁に立っていた荻原は「くそっ」と呟《つぶや》き、しゃがみ込んだ。目を赤くしてぶつぶつと悪態をつきながら、港の向こうに広がる海を見ている。

杜弥が横に立つと、うなだれた彼は膝《ひざ》に顔をうずめた。

「なんで海ってこんなに広いんだよ……。捜しても捜しても美和の体が見つからない」

慰める言葉もなく、杜弥は日に焼けて皮がめくれた彼の首筋へ目を落とす。

「寄せ室にも流れ着かないしどうなってんだ。本当に鮫の餌になっちまったのかよ。漁師はすぐに捜すのやめちまうし」

「でもみんなできる限りのことはして……」

荻原は顔を上げ、血走った目で杜弥を睨《にら》みつけた。

「やれることはやってるって聞き飽きたんだよ！　それ。見つからなかったらどうしてくれるんだよ！　見つからないと困るんだよ！　見つからないと――」

顔をゆがめ怒りを爆発させた荻原は、ハッとしたように口をつぐむ。

バツが悪そうに顔を背けた彼を杜弥は見つめた。

この人は何か違う。何かが――

結局、その日寄せ室へ行くことはできなかった。

帰宅した杜弥は部屋に閉じこもり、ベッドに寝転がる。

頭の中では、先ほどの荻原の言葉が何度も繰り返されていた。

あの時抱いた違和感。彼が焦っていたのは何か別の理由があるのではないだろうか。

天井の木目を眺めながら、杜弥はこれまでの経過を思い返す。

美和がいなくなった時一緒にいたのは荻原だった。美和は忽然《こつぜん》と消えたというが、それは彼の証言だ。BCやウェットスーツの様子から、おそらく美和は生きていないだろう。そして、荻原は彼女の遺体が見つからないことにいらついている。

――彼が昔仲間とダイビングで来て、忘れられないぐらい綺麗《きれい》だったから私にも見せたいって。

荻原は以前にもこの島へ来ていた。ダイビングをしたそうだから、潮の関係で島の周囲のものが寄せ室へ流れ着くことは当然聞いていただろう。

海中で消えた美和。遺体が必ず寄せ室に来ると知っていて、遺体が見つからないことに苛立《いらだ》っている荻原。

「まさか――」杜弥は首を振る。

そんなはずはない。美和は心から幸せそうだった。そんなことがあっていいはずがない。

目を閉じると、瞼《まぶた》の裏にはあの日の幸せそうな椰々子の笑顔が描き出された。頰に希望という色の紅を刷き、瞳《ひとみ》を輝かせる彼女。いたたまれず、杜弥は頭をかきむしった。

運命なんてものがあるなら、もうやめてくれ。

頼むから、これ以上彼女を傷つけないで――


時折メールで連絡は取っていたものの、倒れた日からずっと徹は学校へ出て来ていなかった。翌日の放課後、教師から溜《た》まったプリントを渡すように頼まれ、杜弥は西の丘陵地にある彼の家へ向かった。

用事ができた杜弥は、内心ホッとしていた。本来ならば寄せ室へ行って椰々子についていてやらなくてはならないが、荻原への疑念もあって、彼女と顔を合わせるのがつらかったのだ。

学校の裏門を出て中通りを西へ歩くと、だんだん土地が上がっていき、小高い丘にたどり着いた。住宅が密集して建つその場所の、奥まった角地に徹の家はあった。

門を開け柘植《つげ》の木に囲まれた敷地の中へ入り、洋風二階建ての玄関チャイムを押す。はーいと声がすると、玄関が開き徹の母が顔を出した。いつもどおり挨拶《あいさつ》をしたところ、彼女はホッとしたように表情を緩ませ、杜弥を中へ招いた。

玄関へ足を踏み入れる際、ドアの前に何かの粉で線が引かれていることに杜弥は気づく。さらにカシャンという音がしてドアの内側の取っ手を見ると、青い背景に目玉模様がついたガラス製のストラップのような物が取り付けられていた。

徹の母親は、困ったように笑った。

「トルコの魔除《まよ》けですって。最近徹がつけたの。玄関の前の線も同じようなものよ。あの子の趣味ってほんと分からないわ」

部屋まで案内してくれた彼女に礼を言った後、杜弥は久しぶりに徹の部屋へ足を踏み入れる。同時に、その変わりように目を丸くした。

前から珍妙な物がたくさんある部屋ではあったが、整然と並べてあるせいかそれほど気にはならなかった。しかし、今の状態はどうだ。本棚の本や訳の分からないボロ布、生き物の剝製《はくせい》、ホルマリン漬けの瓶、木の板、小箱、乾燥した椰子《やし》の葉、その他いろいろなものが、まるでばらまいたかのように散らばっており、足の踏み場がないばかりか、不気味な様相を呈している。

ベッドの上、大判の本がいくつも積まれた山の中から、徹はゆっくりと体を起こした。

「よう」

声を掛けると、水色のパジャマを着た徹は微笑し手を挙げる。その姿に杜弥は目を見張った。

数日ぶりに見る彼は頰が痩《こ》け、パジャマ越しにも分かるほど痩《や》せている。手も脂っ気がなく枯れ木のようだ。おそらく十キロは体重が落ちたのではないだろうか。

母親が二人分の麦茶を持って来ると、ベッドの上でそれを飲みながら、徹はここ数日の状況を話した。

「メールでも言ったけど、あれからずっと熱が下がらなくて意識が朦朧《もうろう》としてたんだ。抗生物質もあんまり効かなくてさ」

床に堆積《たいせき》したものを避《よ》けてスペースを作り、杜弥は腰掛ける。饐《す》えたような臭いが鼻を掠《かす》めたが、部屋を占領する怪しげな物品のせいなのか、病気で風呂《ふろ》に入っていない徹のせいなのかは分からなかった。

「渦先生には診てもらったんだろ？　インフルエンザ？　変な病原菌？」

徹は即答しなかった。コップを摑んで中を覗《のぞ》き込みながら何事か考えている。

「……いろいろ検査はしたけど渦先生は分からないって言ってた。最後はお手上げで来栖島の総合病院を勧められたけど、クソつらいのに高速船で行くなんて御免だし」

「今はもういいのか？」

徹は苦笑して肩を竦《すく》めたあと、腕を回してみせた。

「なんとか。ここ数日が嘘だったみたいに熱も下がって体が楽になった」

「全快ってこと？　よかったな」

「うん……まあ……」口ごもり、徹は俯《うつむ》いた。

「徹？」

しばらく逡巡《しゅんじゅん》するようにしたのち、彼は何かを決心したようにゆっくり顔を上げる。

らしくない真摯《しんし》な顔つきで、じっと杜弥を見た。

「変な話していいか？　これまでもお前にはいろいろ話してきたけど、その中でも一番荒唐無稽《こうとうむけい》に聞こえる話だけど」

戸惑いながらも杜弥は頷《うなず》く。

徹はコップを脇に積まれた本の上に置くと、大きく息を吸った。

「俺の病気だけど、西洋医学――薬飲んだり注射打ったりして治るものじゃないと思う」

「え？」

「これは呪いだと思う」

言い終わった徹は、探るようにこちらを見る。

ぽかんと口を開けていた杜弥だったが、あまりに切実なその顔に、言葉を選んで口を開いた。

「……なんでそんな風に思うんだ？」

「俺は健康体で両親とも長寿家系だし、渦先生に調べてもらった通り感染症の類《たぐい》でもない。それに」起き出してベッドから下りると、徹は足元に堆積したものを蹴《け》散《ち》らし、ローテーブルを動かそうと手をかける。細くなった手首を見かねて、杜弥は立ち上がった。

「俺がやるよ。病み上がりだし。何をどうするんだ？」

徹の指示通りにテーブルをどかし、壁際に備え付けられていたベッドを部屋の中央へ移動させる。ベッドが載っていた青いカーペットの上には、小さな巾着《きんちゃく》のような麻の袋と、黒い紐《ひも》でぐるぐるに巻いた乾燥した草が落ちていた。

「なんだこれ？」

徹はしゃがんでそれを拾った。

「ブードゥーで使う護身のグリグリと、魔除けのセージだ。熱で朦朧としてたんだけど、呪いじゃないかと思い立って家にあった魔除けグッズをいろいろ試してみたんだ」

部屋を見回し杜弥は得心する。荒れているのは、熱でふらつきながら棚などを引っ搔《か》き回したからか。

「これをベッドの下に置いた途端、熱がぴたっと下がったんだ。信じられないだろうけど。解熱剤も抗生物質も効かなくて、渦先生にも匙《さじ》を投げられたぐらいなのに」

徹の手にある袋と草を眺める。正直なところ、オカルトに縁がない杜弥にとって彼の話はにわかに信じ難かった。だが病み上がりの体で真剣に訴えられると、一笑に付してしまうこともできない。

「……まだちょっと、よく分からないんだけど、仮にお前が言う通り呪いなんだとして、一体誰が呪ってるっていうんだ？　なんか心当たりでもあるのか？」

徹は口を引き結ぶ。心当たりがあるらしかった。

「誰だよ。学校のやつ？　でもお前恨まれるようなことしてないだろ？」

彼は俯いたまま顔を上げなかった。じっと手のひらに乗せたグリグリを睨《にら》みつける。

前にも同じような感覚を抱いたことを杜弥は思い出した。たしか新しい研究テーマについて話したときと、顔取り事件の調査を大学の教授に依頼したらどうだと話したときだ。それとこの呪いが関係あるのだろうか。

話してくれるまでどれだけでも待つつもりだったが、徹にその気はなさそうだった。

「悪いんだけど、疲れたからそろそろいいか？」

痩せこけた顔で言われ、頷かざるを得ない。辛抱強く待っていれば、いつか話してくれるだろうか。

「じゃあ、またくるよ」

ベッドやテーブルを元に戻し去ろうとすると、徹は何かを思い出したように言った。

「そういえば、回復してから古文書を読んでて一つ気になったことがあって。島の戸籍台帳みたいなのがあって読んでたら、ある年を境に人口ががくっと減ってたんだ。そこから緩やかに増えて行ってはいるんだけど、その年に何があったのかが他の資料をあたっても分からなくてさ」

「その年ってまさか……」

この間彼が話してくれた寺や禰宜《ねぎ》の話が甦《よみがえ》る。徹は頷いた。

「当たり。寺の宗派が代わって、神社の禰宜も代わった年だった。やっぱりあの年に何かあったんだよ。回復したらもっかい文書蔵見せてもらっていいか？　どっかに抜けてる部分が隠されてるかもしれない」

「分かった。早く元通りになれよ。痩せちゃって」

ゆっくりとドアを閉め、杜弥は徹の家を後にした。


外へ出た杜弥は、釈然としない思いを抱きながら島の南へ続く坂道を下りていった。傾斜をジグザグに下りて行くこの道からは、高速船の乗り場やその向こうに広がる海原を一望できる。海はオレンジ色に輝き、ちょうど高速船が弧を描きながら南港へ滑り込んでくるところだった。

来島者を迎えるアーチ形の門が建てられた乗降場に、人影が見えた。

見覚えのあるシルエットに、立ち止まって目を凝らす。どことなく洗練されたTシャツにチノパンの後ろ姿――荻原だった。

ここから乗降場まで八十メートルほど離れているが、見間違えるはずはない。何をしているのだろう。まさか帰るのだろうか。それにしては手ぶらで荷物一つ持っていない。

荻原は、港へ船が入ってくるのをタバコを吹かしながら落ち着かなそうに見守っていた。時折、辺りを憚《はばか》るようにきょろきょろと見回している。

速度を落とした高速船はゆっくりと桟橋に到着し、係員がロープで係留する。中から数人の乗客が降りて来た。最後に出て来た若い女性を見つけるなり、荻原はタバコを灰皿に押し付け歩み寄る。彼が出迎えたのは大きなサングラスをかけた、遠目にも派手だと分かる女だった。体の線に沿った黒いミニのワンピースに身を包み顔の半分ぐらいある大きなサングラスをしている。緩く巻いた茶色い髪に真っ赤な口紅は、夜の仕事をしているような雰囲気を醸し出していた。

持っていたブランドもののキャリーバッグを荻原に渡した女は、ごく自然に腕を絡ませようとするが、周囲を気にする彼に窘《たしな》められ距離をとる。

杜弥は拳《こぶし》を固く握り、彼らが東の方へ消えていくまで、ずっとその場に立ちつくした。

心の中は怒りで煮えたぎっていた。

——やっぱりあいつがやったんだ、あいつが美和さんを……


美和の失踪《しっそう》から十日が経った。

なおも遺体は見つからず、漁師たちだけでなく海保までもが捜索の打ち切りを考え始めていた。対照的に、鮫《さめ》の目撃談は日に日に増えていた。なんらかの執着心を持っているのか、体長六メートルのホオジロザメは、輪番で駆除にあたっている漁師の目をかいくぐるようにして島の周囲を回遊している。今のところ被害は出ていないが、客船が漂着した時よりも島の空気は緊迫し、杜弥の父はいち早くイサナ浜の海開き延期の措置を取っていた。

美和の生存は絶望的であるにもかかわらず島に滞在し続ける荻原に対し最初は同情的だった島民だったが、最近ではとある噂が囁《ささや》かれるようになっていた。

——あの夫は寄せ室に流れ着くことを計算して妻を殺したのではないか。だからあれほどまでに遺体に執着するのではないか。

誰しも行き着く考えは杜弥と同じだった。さらに、途中から荻原と合流した石野《いしの》エミという女の存在も荻原への疑惑に拍車をかけていた。島は共同体だ。別々の部屋を取っているはずなのに、片方の部屋の布団しか使われた形跡がないなどと民宿の人間が漏らせば、あっという間に噂は広まる。

そして、噂はそのうち事件へと変貌《へんぼう》した。美和の育ての親にあたる叔母《おば》が、失踪の件を管轄している来栖島警察署に相談したのだ。

資産家の両親から美和が相続した莫大《ばくだい》な遺産の話を聞いた警察は、すぐさま腰を上げた。荻原について調べたところ、彼には詐欺と窃盗の前科があり、それを隠して美和に近づき結婚していた。さらに、彼が現在営んでいるアパレルショップは運転資金不足で閉店寸前なのだという。石野エミは、荻原が数年前から関係を持っているホステスとのことだった。

島には顔取りの件とは別の刑事が派遣され、美和失踪当時の状況などが詳しく捜査された。状況証拠が揃えば逮捕は可能ということで、遠からず荻原は逮捕されるだろう。

古文の授業を受けながら、杜弥は深く溜《た》め息を吐《つ》いた。

思いのほか早く荻原が罰せられそうなのは幸いだったが、椰々子が深く傷つくのを見ているのがつらい。

椰々子の席へ目を向ける。夏らしい日が差す窓辺の席で、彼女は全身に悲しみを漂わせながらただ外を眺めていた。島民から口をきいてもらえないとはいえ、すでに荻原たちのことは知っているのだろう。ショックのためか、ここ二日は寄せ室にも姿を現していない。

このことについて杜弥は椰々子とまだ話せていなかった。慰める言葉なんてどうやっても出て来ないし、どうしても彼女と向き合えない。

——でも、これじゃだめだ。

持っていたシャープペンシルを杜弥はぐっと握る。放課後に今日こそは話しかけよう。

前へ向き直ると、未《いま》だ空席のままの徹の席があった。

見舞いに行った日、回復に近づいていると言っていた徹だったが、まだ学校へは出て来ていない。しかし、こちらについてはもうそれほど心配はしていなかった。おそらく痩《や》せた分の体力を取り戻してから登校するつもりなのだろう。原因が呪いだなどと杜弥には信じられないが、徹が魔除《まよ》けをすることで治ったと思っているならそれでいい。

放課後、杜弥は椰々子に声をかけようとしたが、友達と話している間に姿が見えなくなっていた。追いかけるため慌てて昇降口へ下り靴を履き替えようとしたところ、靴箱にまだ彼女の靴があることに気づく。校内へ引き返し、あちこち探し回ったがどこにもおらず、あきらめかけたとき彼女が美術部員だったことを思い出して美術室へ足を向けた。

　はたして、椰々子はそこにいた。

　カーテンが風にたなびく窓辺で、一人イーゼルに向かい筆をとっている。

　気配に気づき、彼女はこちらを見た。杜弥は微笑む。

「珍しいな、放課後に美術室なんて」彼女は瞳《ひとみ》を翳《かげ》らせ、生気のない顔で答えた。

「……久しぶりに絵を描きたくなったの。描きかけの絵が放ってあったから」

「見せてもらってもいい？」

　椰々子は静かに頷《うなず》いた。

「……どうぞ。下手だけど」

　並んだ机や椅子の合間を縫って椰々子の横に立ち、杜弥はイーゼルに立てかけられた絵を覗《のぞ》き込む。

　アクリル絵の具で描かれたそれは、予想外に明るくポップなものだった。

　カラフルな色使いと細かい筆致で外国の港町が祭りに沸く様子が描写されていて、昔父の部屋のカレンダーに印刷されていたヒロ・ヤマガタの絵を彷彿《ほうふつ》とさせる。

　真っ青な空を飛ぶ色とりどりの飛行船や気球たち。陸の近代化された街並の中では、至る所で楽団が演奏している。手前の海には乗客を乗せた船が停泊し、陸上で見送る人と幾筋ものレインボーカラーのテープで結ばれていた。街はどこもかしこも人で埋まり、皆楽しそうな笑みを浮かべている。

絵と本人のギャップに驚いていると、椰々子は自嘲《じちょう》気味に言った。

「意外だった？」

「え、いや……」

そうだとも言えずに言葉を濁していると、彼女は横の机にパレットと筆を置き、自らの絵をじっと見つめた。

「いつも夢で見る映像なの……子供の頃から何度も何度も。アメリカかどこかみたい。いろいろな人種の人がいて、楽しそうな音楽が流れてて。変よね。外国なんて見たことも行ったこともないのに。その夢を見るといつも心が騒いで……」

外国旅行とまったく縁がない椰々子が見る夢。それほどまでに心に焼き付いているということは、この光景には何か意味があるのかもしれなかった。

杜弥は、赤子だった椰々子がこの島へやって来た時の話を思い出す。十六年前、島を大きな嵐が襲った翌日、椰々子は寄せ室に流れ着き、養母となるウツボ婆《ばばあ》――打保きねに拾われた。空気で膨らんだビニール製のベビーバスに乗せられていた彼女は、軽い脱水症状に陥っていたものの、健康そのものだったという。しかし、警察と海保が協力して周辺の島や付近を航行した船をしらみつぶしにあたったものの、嵐のせいもあり椰々子がどこから流されて来たのかはついに分からずじまいだった。

この絵にそっくりな夢と椰々子の出生には何か関わりがあるのだろうか。だが、椰々子は海を流されて来たのだ。近場ならまだしも、こんな何千キロも離れていそうな場所からなどということはあり得ない。それに椰々子はどう見ても日本人の外見だし、ベビーバスや、着ていたガーゼ地のロンパースには〈日本製〉のタグが付いていたと聞いたから、外国人であるということも考え難《にく》かった。

開けられた窓からは、野球部のかけ声やバットが球を叩《たた》く甲高い音が響いていた。

椰々子は絵を見ながらしばらく黙っていたが、再びパレットと筆を手にとり着色し始める。

「——白波君、荻原さんとエミさんのことで来たんでしょう?」

「ああ、打保が大丈夫かと思って……」

「荻原さんが、美和さんを殺した容疑で逮捕されるから?」

深い悲しみの色が浮かぶ椰々子の瞳に、杜弥は胸を抉《えぐ》られる思いがした。

「やっぱり知ってたんだ……」

彼女は絵に向き直ると、せわしなく筆を動かす。

「二人で寄せ室に来たわ。美和さんの遺体はまだかって。心配なんてしてなくて、遺体が見つかるかどうかって話ばかり。見つからないと余計なことまで調べられて厄介なことになるとか……」

もどかしそうに筆をふるうと、細い筆の先が折れ、塗ろうとしていた建物の部分から色がはみ出してしまう。椰々子は泣きそうな顔で言葉を吐き出した。

「どうして美和さんだけがこんな目に遭うの? 両親を亡くしてせっかく幸せになろう

としてたのに。どうして？　誰かが幸せになっちゃいけないって決めて邪魔するの？」

まるで自分に対して言っているようだった。パレットを睨《にら》みつけると、彼女は絵の具をまぜ、はみ出してしまった部分に乗せる。だが色が合っておらず、そこだけ異物が浮いたような質感になってしまった。

「……もう、いや！」

叫ぶと、椰々子はキャンバスに筆を叩き付けようと手を振り上げる。

杜弥は慌てて後ろに回り、その手を摑《つか》んだ。

「やめろよ」

「――離して！」

「だめだよ。絵にあたっても後悔するだけだ。せっかくここまで描いたのに」

「いいのよ、こんな絵。完成させたって誰が見る訳でもない。みんな私とは口もきかないし絵だって見ようともしない。私なんて透明人間と同じ。いなくても同じなんだから！」

椰々子は手を振り払おうと身をよじる。摑んだ手から彼女の心が流れ込んできたのはそのときだった。深く深く、どこまで沈んでも底に突き当たらない光の見えない闇の風景。寂しくて孤独で……。

自分までも泣きたい気持ちになり、杜弥は思わず後ろから椰々子を抱きしめた。

こんな景色の中にいちゃだめだ。早く誰かが救い出してやらないと――

椰々子が小さく体を震わせ、杜弥は我に返る。体を離そうと腕を開いた。

「……あっ……ごめ……、そんなつもりじゃ……」

突き飛ばされて杜弥は後ろの机に倒れかかる。椰々子は髪をなびかせ脱兎《だっと》のように教室から飛び出していった。

体を起こすと杜弥は呆然《ぼうぜん》とその場に立ちつくす。

カーテンが揺れる窓辺には、描きかけの絵だけが取り残されていた。


その日の午後、荻原と石野エミは逮捕された。

翌日、荻原たちが本州へ移送されると聞き、杜弥は南港の高速船乗り場へ向かった。

多くの島民が遠巻きに見守る中、手錠をかけられ腰縄をつけられた荻原とエミは、刑事に促され警備艇に乗り込む。デッキに立った荻原は開き直った様子で集まった島の人々を見ていたが、杜弥を見つけると、蛇のような目つきでにやりと笑った。

杜弥は唇を噛《か》む。

──あんなやつが、これからものうのうと生きていくんだ。あんなクズが。

警官に腰縄を引っ張られた荻原は、杜弥を馬鹿にするような表情を浮かべたまま中へ入っていった。

エンジンがかけられ、船は緩やかに滑り出す。

後には、警備艇の航線と虚《むな》しさだけが残った。

荻原が非業の死を遂げたのは、そのわずか一時間後のことだった。

杜弥が一報を聞いたのは、一人で夕食を食べている最中だった。

漁協から電話をかけてきた父が切り出したことの顚末《てんまつ》は、次のようなものだった。

南港を出た警視庁の警備艇が島の北西の沖合を走っていたところ、急に下から突き上げるような衝撃を受けた。エンジンが停止し、何をしても動かないため、船を操っていた海技職の警官は規則に従い無線で応援を呼んだ。

応援を待つ間は長かった。もともと落ち着きのない男である荻原は、「船舶免許を持っているので船の様子を見せて欲しい」と申し出た。見渡す限りの海原で逃げる場所もない。見張りを一人付けることにし、刑事たちは荻原がデッキに出ることを許した。

荻原は訳知り顔で船の縁《へり》を歩き点検するような素振りを見せた。どうせ船の直し方など分かりはしないだろうと思った刑事が「何か分かったか」と訊《き》くと、プライドを傷つけられたように意固地になり、縁から海を覗き込んだ。

荻原が何かを見つけたように身を乗り出したのはそのときだった。水面に顔を付けんばかりに身を屈《かが》める彼に、刑事は「おい」と注意を促した。

その後起きたことは、今でも刑事自身信じられないと語っているらしい。

荻原の真下の水面が盛り上がり、中から何かの尖《とが》った鼻先が現れた。猛烈な勢いで浮上するに従い、鋭い三角の歯を幾重にも並べた口腔《こうくう》が現れ、荻原の上体にがっしりと食らいつく。

巨大なホオジロザメだった。

まるで映画に出てくるようなそれは、荻原の体を捕らえたまま飛び上がり、空中で美しい弧を描くと、頭から海に突っ込んだ。

大きな飛沫《ひまつ》が上がるとともに、船は衝撃で大きく揺れる。

刑事たちは荻原の姿を捜したが、血の色に染まった水面はただ穏やかさを取り戻していくばかりで、彼の体も鮫《さめ》の姿も見つけることができなかった。警察は海保にも協力を要請して荻原の捜索を続けているが、体の欠片《かけら》ひとつ見つかっていない——

＊　＊

波は、寄せ室に林立する岩へ絶え間なく打ち寄せていた。夕方の橙色《だいだいいろ》に染まった景色の中、椰々子は一人岩の上に立ち、遥《はる》か沖を大きなタンカーが行くのを眺めていた。

考えていたのは、昨夜見た夢のことだ。——とてもリアルで、不思議な夢。

夢の中の美和はウェットスーツを身につけ、荻原と手を繋《つな》ぎ海中を泳いでいた。

テンジクダイが群れをなして泳ぐ、蒼《あお》い海と神秘的な造形の岩場。

ゆったりとした表情の美和は、安心と幸福に満ちているように見えた。

潮の流れが緩いポイントまでたどり着くと、荻原は微笑みレギュレーターを自らの口から外す。そして美和のくわえているそれにも手をかけた。美和は、信頼しきった表情でされるがままになっている。荻原は美和を抱き寄せると、顔を傾けゆっくりとキスをした。美和はうっとりと目を閉じる。数秒唇を重ね合わせたあと、荻原は顔を離して自分のレギュレーターをくわえた。

　自らもレギュレーターを口へ持って行こうとする美和の手を荻原が遮ったのは、そのときだった。

　冗談はやめて。美和は笑顔で彼に抗議してみせる。だが、荻原は笑ってはいなかった。美和のレギュレーターから空気が柱のように立ち上っていく中、荻原は冷酷な瞳《ひとみ》で首をかしげ、美和を眺める。彼がレギュレーターを返すつもりがないことを察知した美和は、BCを脱ぎ、七メートルほど上で光る海面めがけて浮上しようと海底を蹴《け》った。

　しかし、その足を荻原は摑んだ。

　美和は上昇しようともがいた。だが、荻原は手を離そうとはしない。

　初めは大きかった美和の動きは次第に弱々しくなり、口から出て行く空気も減っていく。

　痙攣《けいれん》を何度か繰り返したのち、ついに彼女の体は自発的な動きを止めた。

　瞳孔《どうこう》が開き、美和の口から漏れる空気が完全になくなったことを確認すると、荻原はBCを着せてレギュレーターを口に押し込む。そして何度も振り返りながら水面へ浮上した——。

　海上が夕日に照らされる中、椰々子は風で顔にかかった髪を耳にかけ、小さな影になってしまったタンカーを眺める。

昨日杜弥から電話があり、荻原が鮫に食われて死んだことを知らされた。

心に浮かんだのは、島に伝わる、ある伝承だった。

――〈鋤持神《さひもちのかみ》〉の話。

漁に出た兄弟が嵐に遭うが、海神への供物として兄が自らの身を波間に捧《ささ》げたことで、海が凪《な》ぎ弟が助かるというものだ。海に沈んだ兄は鋤持神――鮫になったのだという。

日本書紀の稲飯命《いなひのみこと》の話から題材をとったらしいと不知火神社の禰宜《ねぎ》は言っていた。

潮騒《しおさい》を聞きながら椰々子は瞳を閉じる。脳裏にイメージが浮かんだ。

海の中に取り残された美和は、開いた瞳で海面を見つめながら緩やかな潮の流れに翻《ほん》弄《ろう》され、海底をさまよったのち、ゆっくりと海溝へ落ちていく。

落下しながら、その体はだんだんに形を変えていった。体は紡錘形へと膨張し、鼻は突き出て口元が裂ける。目は真円に変わり、手足はヒレへと退化した。伸張の限界に達したウェットスーツが一気に裂けて散る……。

体長六メートルの大きなホオジロザメ――鋤持神に生まれ変わった彼女は、大きく身震いすると光射す海面へ向け悠然と泳ぎだす。そして島の周りを回遊し、海中で荻原への復讐《ふくしゅう》の機会を窺《うかが》った――

沖から大きな汽笛が聞こえ、椰々子はハッと顔を上げる。

日が落ちかけた海は繊細に色を変え、いつの間にか血のような赤に染まっていた。

左袖《そで》を上げ、椰々子は美和がくれたブレスレットを眺める。地味な自分の服には不似合いな都会風のブレスレット。最初は気恥ずかしかったが、美和が行方不明になってから無事を祈ってずっとつけっぱなしにしていた。

貝のように上品なビーズを右手の指でなぞる。これをもらったとき、自分も幸せになれる予感がして心が沸き立った。だが、それは幻想だった。美和は殺されてしまい、自分はまた窓のない暗い部屋へ後戻りしただけだった。

椰々子はふと自分の肩に触れてみる。この間抱きしめられたとき杜弥の胸が当たった場所だ。あのときはただ混乱して逃げ出してしまった。でも、分かっていた。杜弥に妙な気持ちがあった訳ではないことを。そして自分が不快を感じて彼を突き飛ばした訳ではないことも。

最初は猜疑《さいぎ》心《しん》ばかりだったが、今は心のどこかで杜弥がいてくれることに頼もしさを感じていた。彼は拒絶した自分のことを嫌いになっただろうか。分からない。人と関わることに慣れておらず、分からないことだらけだ。

しかし。椰々子は俯《うつむ》く。杜弥がどう思っていようが、これから自分と彼の関係がどうなるということもないだろう。彼は次男といえど白波家の人間だ。今は様子を見ているのかもしれないが、家が杜弥と自分の関わりを許すはずがない。

前方でバシャと、大きな水音がしたのはそのときだった。

十メートルほど先に、何かがいた。椰々子は息を呑《の》む。夕日の照り返しで海中を見ることはできないが、水面から少しだけひれのようなものが出ている。

じっと見ていると、それは水紋をたわませながらゆっくりとこちらへ向かってきた。だんだんに浮上し、水面が割れて紡錘形の大きな背が現れる。

全長が六メートルある巨大な鮫――。夕日に背を染めたそれは、三分の一ほど水面から出した尾びれを優雅に振りながら椰々子の方へ近づいてくる。足元まで辿《たど》りつくと、器用に体を横倒しにし、岩に腹を沿わせるようにして椰々子を見上げた。顔の側面に嵌《は》め込まれた漆黒の丸い瞳に見つめられた椰々子は、一瞬虚空へ落ちて行くような錯覚に見舞われた。不安定になった足元をしっかりとさせ、首を振り意識を強く持つ。

おそるおそる岩にしゃがみ込むと、椰々子は間近で鮫を眺めた。無駄のない美しい筋肉を纏《まと》った体、上面と下面で灰色と白に塗り分けられた大きな顔、厚い歯茎と鋭い歯が見えている口、無数の小さな穴を持つ尖った鼻先……。

これまで恐ろしいとしか思っていなかったけれど、この鮫はどこか違う。

「美和……さん？」

椰々子は、真円の目を覗《のぞ》き込みながら訊《たず》ねた。

少しの間を置いた後、まるで質問に応《こた》えるように鮫は胸びれで水面を打った。

感情の波に突き動かされ、椰々子の目から涙が溢《あふ》れ出す。

やはり美和は鮫になっていたのだ……。

涙を拭《ぬぐ》うと、椰々子は鮫の顔に手を伸ばす。鼻先に触れようとすると、ここには触れられたくない様子だったので、目の後ろをそっと指で触った。

鮫——美和は、おとなしくされるがままにしていた。彼女が何かをじっと見ていることに気づいて椰々子は視線をたどる。

それは椰々子が腕にしているブレスレットだった。

「美和さん、私——」

たった一度会っただけの大切な人。言いたいことがたくさんあるはずなのに、涙が溢れるばかりで言葉が出て来ない。

しゃくり上げる椰々子を美和は長い時間静かに見守っていたが、そのうち椰々子の手から顔を離し、水中に直立するように体勢を変えた。

「美和さん？」

水面から顔だけ出すと、何かを伝えようとしているように、鮫はひたと目を合わせてくる。

「美和さん？　どうし……」

鮫は、これまで開けていなかった口を初めてゆっくりと開いた。大きく開かれたその中にあるものに、椰々子は目を見開く。

上下に幾重もの歯列が並ぶ口腔《こうくう》には、人の首が横向きに入っていた。

喰《く》いちぎられ白色に変色した生首——荻原のものだった。非業の死を遂げたその顔は、目と口を開き、苦悶《くもん》の表情を浮かべている。

鮫になった美和はどんな感情も見せることなく、水中でただ静かに尾びれを動かしていた。

もう一度荻原の首に目をやったあと、椰々子は彼女に向け言った。

「美和さん、私、あなたを責めたりしない。これでよかったんだと思う」

ゆっくりと美和は口を閉じる。そのまま体の向きを変えると、流麗に尾を振りながらなだらかな波紋をつくり、日に染まる赤い海へと潜っていった。

上空では、夕日の赤と夜の薄紺が拮抗《きっこう》し、大きく引き延ばされた雲がその中をたゆたっていた。

頬に流れた涙を拭うと、椰々子は踵《きびす》を返し寄せ室を後にする。

背後から追いかけてくるように、鯨の歌が聞こえてきた。

補陀落《ふだらく》

地球は小さく、そのなかで乾燥した部分は七つの部分のなかの六つを占め、第七の部分だけが水でおおわれています。このことはすでに経験から実証されており、わたくしが他の書簡において、聖書の言葉とともに申し上げたことです。また、わたくしが考えますます地上のパライソ《楽園》の位置につきましても、聖なる協会の承認するところであります。

『コロンブスがカトリック両王に宛てた第四回航海についての書簡』

空は真っ青で、いかにも夏という感じの入道雲が水平線から頭をもたげていた。

気温も日に日に高くなり、日中は容赦ない日差しが降り注ぐ。イサナ浜の周辺では、浜辺に植わった椰子《やし》の木から蟬の声が響いていた。

太陽が砂を白く光らせる浜に立った杜弥は、手で日をよけながら目の前に鎮座する客船を見上げる。

常ならず、船の周りは活気で溢れていた。

客船のデッキからは縄梯子《なわばしご》が垂らされ、〈東京帝山大学　鷲見チーム〉と書かれたおそろいの黒いTシャツに身を包んだ若者たちが、上ったり下りたり、せわしなく行き来している。地上に目を移すと、客船の日陰になる場所にブルーシートが敷かれており、その上に大小さまざまな箱に入れられた機材が集められていた。振り返ると、スタンドでは島民たちが遠巻きにしながら珍しげに彼らの様子を見物している。

作業をしている男女取り混ぜた十数名の若者たちは、東京から客船の調査に来た大学の学生だった。時空を超えたミステリーである客船を目の当たりにしたからだろうか、彼らは浮かれた様子で目を輝かせ作業に取り組んでいる。役割分担が決まっているらしく、動きにも無駄がなかった。

彼らの身の回りの世話をするよう父から頼まれた杜弥は、ここで作業を見守っていた。生き生きと走り回る彼らを見ていると、悔しさがこみ上げ思わず俯いて唇を噛《か》む。目の奥からじわりと込み上げた涙がこぼれそうになり、慌てて上を向きごまかした。

——東京帝山大学工学部が調査隊組んで来るって。オカルトハンターとして有名な鷲見二郎教授の。

嬉《うれ》しそうに話していた徹の顔が浮かび、杜弥は洟《はな》をする。

もう一週間経っていたが、気持ちは治まらなかった。いや、一週間程度では駄目なのだ。この先何十年もかかるのかもしれない。一緒にいた十七年を埋めるために。

青い空を見上げ、杜弥は呟《つぶや》いた。

「バカ、なんで死んだんだよ……」

徹が病死したことを知らされたのは、荻原の訃報《ふほう》を聞いた三日後だった。あれから順調に回復し、翌週からは学校に来られそうだとメールをもらった矢先のことだった。

その日の午後、化学の授業中に杜弥があくびを嚙み殺していると、滅多に教室へ姿を見せることがない校長が入ってきて担任の若い女性教師を呼び出し、廊下で何事か耳打ちした。彼女の表情がみるみる凍り付き、良くない報《しら》せであることが分かった。

最初は徹のことだなんて思わなかった。誰かの家族が漁かなにかで事故に遭ったとかそんなことだろうと。

だが、予想は外れた。

担任は校長に促され教室内に戻ってくると、教卓の前に立ち神妙な顔で皆に告げた。

——悲しいお知らせです。徹が今朝、家で亡くなったそうです。

再び俯《うつむ》いて、足元の砂を見る。それは、杜弥の心をそのまま映したようにぐちゃぐちゃだった。

徹の死因は心不全だった。原因不明と言い換えてもいいような内容に納得がいかなかった杜弥は通夜の席で渦先生に確認したが、「本当に、ただ心臓が止まったのだとしか言いようがない」と溜《た》め息を吐《つ》かれた。

——これは呪いだと思う。

あの日徹が口にした言葉が甦《よみがえ》る。後悔が怒濤《どとう》のように押し寄せていた。どうしてあの時もっと親身になって聞いてやらなかったのだ……。

大きく息を吐く。気持ちを滅入《めい》らせている理由は、もう一つあった。

それは、徹の葬儀で耳にした、島民の間で囁《ささや》かれている陰口だ。

——疫病神の椰々子のせいで、関わりのある人間が死んでいるのではないか。

誰が言い始めたのか知らないが、その仮説は多くの島民の賛同を得て島全体に広まっていた。

人々の無責任な臆測《おくそく》に杜弥は腹を立てたが、彼らの言い分には理がない訳でもなかった。顔取りに顔を取られた磯貝の死体は椰々子が管理している寄せ室に揚がった。赤尾夫妻は普段から椰々子の親代わりとなり世話をしていた。美和は椰々子と知り合い心を通わせていた。そして椰々子とクラスメイトという立場だった徹――。杜弥でさえもこれらの事実が偶然だとは言い切るのは難しい。

けれど、杜弥は誰よりもよく知っていた。無関係であるどころか一番傷ついて悲しんでいるのが彼女だということを。おかしなことばかり起こって島の皆が恐怖を感じているのは分かるが、それを椰々子がわざとやっていると決めつけるのは間違っている。

足元の砂を蹴飛《けと》ばし、杜弥はもう一度溜め息を吐く。

客船の方から怒鳴り声が聞こえて来たのは、そのときだった。

「バカ野郎！　あれほどチェック漏れがないか確認しろと言っただろ！」

顔を上げると、機材が積まれたブルーシートの横で、四十歳ぐらいの太った男が二人の男子学生を怒鳴りつけていた。またか、と杜弥は心の中で舌打ちする。

少しの間でも徹の死を忘れられるように引き受けた仕事だったが、頭痛の種が一つあった。それが、砂色のサファリルックにピスヘルメットを被《かぶ》り、学生を怒鳴りつけている険しい目つきの男――宗澤孝平《むねさわこうへい》だった。冒険映画の間抜けな探検家のような風体の宗澤は、鷲見二郎教授の助手で、妻の急な入院で来られなくなった教授に代わり、チームを率いてこの島へやってきた。

調査隊が来たら徹のことやこの島の怪異について相談できたら、と思っていた杜弥の考えは宗澤の人間性のために早くも打ち砕かれた。彼はどうやら他人の学歴やステータス以外に興味がないようで、小間使いだと認識した杜弥とは話そうとすらしなかった。

それでも何か分かればと食い下がり、呪いのことや顔取りのことを口にしてみたが、鼻で笑われただけだった。

彼に言われた侮辱的な言葉を思い出し、杜弥は顔を顰《しか》める。学生たちの話では鷲見教授は温厚でよく相談に乗ってくれる好人物だというから、その妻の入院は杜弥にとっても不運だった。

砂を踏む音に顔を上げると、怒られていた学生たちが目の前に立っていた。

「ごめん杜弥君。発電機の燃料が足らなくて。どこに行けば売ってもらえるかな。あとヘッドライトと乾電池も調達したいんだけど」

困り顔の彼らに杜弥は笑顔を向ける。宗澤はあんな調子だが、話してみると学生たちは気さくな心の持ち主だった。杜弥より宗澤の毒気に当てられる時間が長い彼らに同情し、ついつい優しく接してしまう。

「燃料は漁協に行けば売ってもらえるし、ヘッドライトはうちの貸すよ。乾電池は島の店にあるからそこまで——」

案内する、と言いかけたとき、体を揺すりながらやってきた宗澤が割り込んだ。

「あーあー、こうやってまた人に迷惑をかけて。恥ずかしいなあ。こんなレベルの学生しかいないことがバレて。田舎のガキにも劣る」

学生らはうんざりとした顔で宗澤を見た。当てこすられた杜弥は反射的に口を開く。いつもなら我慢できたかもしれないが、このときは徹や椰々子のことで心がささくれ立っていた。

「あんたしつこくない？　嫌みったらしくいつまでも」

宗澤は、肉に埋まった腫《は》れぼったい目でじろりと杜弥を見る。

「なんだと？　年長者に向かってなんて口きくんだ？　このガキ」

杜弥は睨《にら》み返す。目線の高さは杜弥の方が上だった。ちょうどいい。好戦的な気分だ。受けて立ってやる。

しかし、それはかなわなかった。学生たちが間に入り、杜弥と宗澤を引き離す。

「杜弥君、いいから行こう」

「でも」

「頼むよ」

学生らが懇願するように見るので、杜弥は仕方なく怒りの矛先を収め彼らについていく。振り返ると、偉そうに腰に手を当てた宗澤は忌々しげにこちらを見ていた。

砂浜を横切り、スタンドから陸地に上がったところで、学生の一人が申し訳なさそうに口を開いた。

「杜弥君、ごめんね。あいついつもああなんだ。行く先行く先で敵作って……。悪いんだけど、なるべく言う通りにしてやってくれないかな」

ずっとあの調子で顎《あご》で使われているのに、意見すら言わない学生たちを杜弥は不思議に思っていた。漁協への方向を示した後、いい機会だからと訊《たず》ねてみる。

「なんであんな奴にへーこらしてんの？　上には鷲見教授がいるし、宗澤は授業持ってる訳じゃないから単位とか関係ないんでしょ？」

彼らは顔を見合わせた後、大きく溜め息を吐いた。背の高い方の学生が答える。

「あいつ教授には愛想いいから予算の管理任されてて、機嫌損ねると渡航費とか自腹になったりするんだ」

「そんなのありなの？」もう一人の痩《や》せた学生が力説する。

「良識で考えたらできない子供じみたことでもあいつは平気でやるんだよ。調査チームって言っても教授が私的にやってる同好会みたいなもんで、予算は教授の本の印税からの持ち出しだから、管理を任されてるあいつの言い分でどうにもなるって訳。もー戦々恐々だよ。立て替えてる機材代の請求却下されたら夏休みは全部バイトで埋めないと」

「みんなで教授に直訴してもだめなの？」

背の高い学生がとんでもないと首を振る。

「教授はみんな仲良くじゃないけど、そういういざこざ嫌うほうだから。それに前から奥さんの具合がかなり悪いみたいで、今はとてもそういう話持ち込める感じじゃないんだ」

杜弥は得心して頷《うなず》いた。大学生というのは何にも束縛されない自由なイメージがあったけれど、かならずしもそうではないらしい。

漁協や杜弥の家、商店などを回り用事を済ませ浜へ帰ると、その日の仕事は終了だった。父からの伝言を思い出し、夜半から低気圧が通過し嵐になるので早く切り上げるよう調査チームに伝えた後、杜弥は帰宅した。

天気はその日の夕方から崩れ始めた。父と兄から今夜は漁協に詰めると連絡があったため、杜弥は自分の分だけ食事を作り、そそくさと食べると部屋へ戻った。

風が強く吹きつけ、部屋の雨戸をガタガタと鳴らしている。

なんとなくベッドに寝転んだ杜弥の心を、再び徹のことが蝕《むしば》み始めた。

天井を眺めながら考える。

徹は本当に呪いで死んだのだろうか……。

だが、どれだけ思いを巡らしても答えなど出るはずもなかった。

体を横向きにすると、本棚に置いた写真が目に入った。

小学生の運動会の時に徹と撮ったものだ。青空と校庭をバックに子供時代の自分たちは肩を組み、屈託なく笑っている。

じわりと涙が浮かんだかと思うと流れ落ち、グレーのベッドカバーを濡《ぬ》らしてしまった。悲しみが怒濤《どとう》のように押し寄せてきて、杜弥は体を丸めると嗚咽《おえつ》を漏らす。母や祖父の死は経験していたが、母が死んだのは杜弥がまだすごく小さい頃だったし、祖父は大往生と言われるほど円満な最期だったので、大きな喪失感を経験したことがなかった。

だから、こんなにも急に訪れた徹の死にどう向き合っていいのか分からない。

一番近くて、一番心を許せた友達。彼はもういない。二度と会えない。

ひとしきり泣いた後、何かを忘れていることを思い出し、杜弥は徹に古文書を貸したままであることに気づいた。あの古文書は白波家が代々保存して来た歴史的資料だ。彼の部屋から見つかると困ったことになる。

「取りに行かないと……」

写真を見ながら杜弥はぼんやりと呟《つぶや》いた。

外の嵐は強まり、誰かが揺さぶっているかのように雨戸が大きく鳴っていた。

泣きつかれたせいか、まどろみに襲われ目を閉じる。ベッドに吸い込まれるように思考が遠のいていった。

意識が途切れる間際、ふと考える。

こんな夜、椰々子はあの粗末な漁師小屋で嵐に耐えているのだろうか——

引き込まれた眠りの先には、夢の世界があった。

記憶の断片や深層意識がごちゃ混ぜになり、脳というスクリーンに再生される。

その日最初に映し出されたのは、椰々子が描いていた絵を実写化したような風景だった。看板がすべて英語で書かれた港町。パレードの楽団がジャズを奏でる町は喧噪《けんそう》に包まれ、さまざまな人種が通りを埋め尽くしている。

次に現れたのは、熱帯の植物が生い茂る荒れた土地にぽつりと建つ小さな家。セピア色の景色の中、ブロックを重ねたような粗末な家から火がついたように赤子が泣く声が響いている。その画に被《かぶ》せるように、聖母マリア像やハートマークを意匠化したようなタペストリー、ろうそくなどがたくさん並べられた祭壇がゆっくり映し出されていく。

場面は変わり、粗末な家の内部と思われる古びた部屋が現れた。荒涼とした部屋の中央では、頭から黒い布をすっぽりと被り胸まで覆った女が背椅子に腰掛けている。ワンピースから伸びる細い手足、黒人だろうか。女の膝《ひざ》には、干涸《ひか》らびた二人の嬰児《えいじ》が乗せられていた。一人は女と同じ黒人、もう一人は東洋人の赤子。

開いていた木の窓から風が吹き込み、女の頭部を隠す布が飛ばされる——

世界が暗転したかと思うと、部屋の壁に掛かっていた大きな油絵がクローズアップされた。薄暗い墓地でステッキを持って立つ黒人紳士の肖像画。重たげな瞼《まぶた》の下から射るような視線で絵の前に立つものを見る——

夢の中、杜弥は目を凝らした。

男の後ろ、掘られた墓穴に寝かされている死人の顔が徹に見えたからだ。

「徹！　徹！」

杜弥は彼の名を叫ぶ。

断線するように、夢はそこで途絶えた。

翌朝、嵐がすべてを掃き清め、窓を開けた時に感じる潮の匂いが普段より薄く感じた。

パジャマ姿の杜弥が寝不足の目をこすりながら一階へ下りていくと、出支度をした父が玄関に立っていた。着替えを取りにきて再び出て行くところなのだろう。声をかけ歩み寄ると、父は持っていた紙のようなものをポケットに隠す素振りを見せた。

「それ何？」

隠しきれないと思ったのだろう、父はポケットから一枚のA4用紙を取り出して渡す。

そこには、ワープロ文字でこう書かれていた。

『島を守れない役立たず。恥を知れ。町長を辞めろ。皆不安に震えている』

「ポストに入ってたんだ。……お前は気にしなくていい」

白波家の反対勢力の仕業だろう。父は苦笑する。

「大丈夫？」

訊《き》くと、彼は杜弥の手から紙を取り上げ、丸めてポケットに突っ込んだ。

「これぐらいのことで騒いでたら町長は務まらんよ。嵐の被害が出てないか見回ってくるから家のことは頼むぞ」

「うん。行ってらっしゃい」

靴をはいた父は、思い出したかのように振り返る。

「あ、放課後大学生たちの手伝いもよろしくな。公民館のクーラーが壊れてるとあの先生からすごい剣幕で町役場に電話があったんで、修理依頼しておいたから」

公民館は島の厚意で調査チームに無料で貸し出しているものだ。半ば呆《あき》れながら杜弥は首を縦に振った。

父を見送ったのち、朝食の準備をしながら昨日の夢のことを考えた。悪夢だったことは覚えているが、内容はすっかり記憶から抜け落ちている。

トースターから焼けたパンを取り出そうとして、杜弥は徹の家へ古文書を取りに行かなくてはならないことを思い出した。

正直なところ気が進まない。だが、行かなくては……

浮かない気持ちで準備した朝食を食べようとしたそのとき、電話が鳴った。


その日の授業が終わるのを待って、杜弥はイサナ浜へ向かった。

西に傾きかけた太陽が、島中を柔らかに照らし出している。

存在を誇示するかのように鳴く蟬の声が、浜中に響き渡っていた。

予想したとおり、客船の西側、普段はビーチとして人々が遊んでいる波打ち際に人だかりができていた。杜弥は集まった人々の隙間をすり抜け最前列へと出る。朝、兄からそれが漂着したという連絡を受けてから、授業が身に入らないほど気になっていたのだ。

はたして、それは砂浜に横たわり、打ち寄せる波に輝く純白の巨体を洗われていた。

三本の帆柱を立てた外洋クルージング用の美しい細身のヨット。全長は三十メートルぐらいだろうか。この大きさならば八人は乗ってゆったりと旅ができるだろう。

計算しつくされたシンプルかつ優美な曲線と、贅《ぜい》をこらした材質で構成され、一目見ただけで普通の人間では手が出ない高価なものであることが分かった。

船首から船尾まで余すところなく眺めた杜弥は、思わず溜《た》め息を吐《つ》く。倒れている姿すら白鳥のようで美しい。船に乗るものでこれに憧《あこが》れずにいられるものはいないに違いない。

一体どんな人たちがこれに乗ってやってきたのだろう——。

問いに答えるように、船の中から三人の外国人が現れた。白人二人と黒人一人。どの人物もよく引き締まった体を高級そうなセイリングウェアで包んでおり、ヨットの外観と相まって、卑しからぬ人物たちであることが窺《うかが》えた。ヨットから荷物を運び出すと、彼らは東へ向け浜を歩いていく。

島に滞在するのだろうかと見ていると、帝山大の男子学生がやってきて傍らへ並んだ。

「ヨットが壊れちゃったみたいで、直るまでいるらしいよ」

「そうなんだ……」

この島に来てからずいぶんと日に焼けてきた学生は、羨《うらや》ましげにヨットを眺める。

「その筋では有名な人たちみたいだよ。アメリカのITベンチャー創業者たちで、早々にリタイヤして世界一周旅行してるんだって。いいよなー。俺もあんな風に大金持ちになって自由に旅してみたい」

客船へ目を向けると、調査チームらは着々と調査を進めているようだった。砂浜に置かれていた機材はすでに運び込まれ、船内で作業をしているのか、外に出ている学生は数人しかいない。

「作業は順調？」

訊くと、学生は苦笑した。

「まあね。実際にあれこれ考えるのは教授の仕事で、俺たちは写真撮ったりデータ収集したりするだけだから」

船のデッキの上に宗澤の姿が現れた。腕を組んだ彼は、昨日と同じように学生たちを叱りつけている。学生らは生気をなくした顔でうなだれていた。

杜弥は眉《まゆ》を顰《ひそ》める。怒鳴ったところで効率が良くなっているようには思えなかった。むしろ萎縮《いしゅく》して作業が遅くなっている気がする。

その後、宗澤や学生たちに必要なものがないか確認したが、特に用を頼まれることはなかった。クーラーの件も、すでに役所からすぐに修理するという回答を得たようで、杜弥は早々に浜を後にした。


期せずして暇ができたが、徹の家へ向かうのはやはり気が進まなかった。彼が死んだことを頭では納得した。だが、心が彼の不在に近づくことを拒む。

結局、どうしても足が向かず、杜弥はわざわざ遠ざかる方の港へと足を向けた。誰かにやぼ用でも頼まれないかと漁協の前を通るが、夕方という時間だけに漁師の姿すら見つけることはできない。仕方なく、今日のところは帰ろうと踵《きびす》を返す。

周囲を見回しながらぶらぶらと来た道を戻っていると、道の脇の商店から田所と茶色い髪の外国人が出て来た。先ほど浜で見た外国人とは別の人物のようだ。

「あ、こんちは」

目が合って挨拶《あいさつ》すると、田所は微笑む。

「こんにちは。学校帰り？」

「うん。田所さんは買い物？」

「いや、僕じゃないんだけど。ちょっと困ってて……」

田所は、二人のやり取りを興味深そうに眺めている白人の男を見た。

「彼はニコラス・ブラウンさん。今朝イサナ浜にヨットが漂着したのは知ってるよね。その船長さんなんだ」

田所が紹介したのを察して、くるくるとした短い巻き髪の男は笑顔で杜弥に握手を求めた。外国人にしてはそれほど背が高くなく童顔。人なつこそうな物腰で、丸眼鏡の奥の瞳《ひとみ》は優しそうな鳶色《とびいろ》をしている。

「ハロー、アイム、ニコラス・ブラウン。コールミー、ニック」

「あ、どうも……あ、アイム、モリヤ・シラナミ」

小柄で体の線は細いものの、外洋を渡るヨットマンだけあって、男の体には無駄のない筋肉がついていた。握られた手が少し痛い。

笑いをこらえるように見ていた田所は、何かを思いついたように顔を輝かせる。

「ちょうどよかった。船に積み込むものをどこで買ったらいいか訊かれてここへ連れて来たんだけど売ってなくて。他の場所も案内したいんだけど、一連の事件の後始末とかでいろいろ忙しいんだ。悪いんだけど杜弥君、代わりに案内してくれない？」

徹の家へ行かずに済む口実ができてよかったと思うものの、相手が外国人なのは想定外だった。

「え、俺英語できないんだけど」

「中学から何年も勉強して来たんだから大丈夫」満面の笑みで杜弥の肩を軽く叩《たた》くと、田所はニックに事情を説明し、店先に停めてあった自転車にまたがった。

「じゃ、あとはよろしく」

「あっ、ちょっと……」

颯爽《さっそう》と走り去って行く田所の姿を恨みがましく見送った後、杜弥はニックに目をやる。彼はこちらを見るとニコッと白い歯を見せた。杜弥もぎこちなく笑い返す。

その後、杜弥は拙《つたな》い英語を駆使しながら購入品リストを元に彼の案内をした。外国人と接する機会はこれまでほとんどなく内心戸惑っていたが、ニックが親しみやすい性格だったのが幸いだった。

道すがら、彼は身振り手振りを交え仲間たちや旅の話を聞かせてくれた。帝山大の学生が言っていた通り、彼と仲間は早期リタイヤした人々で、ニックが所有するあのヨットでクルージングしているのだという。出発地はアメリカのサンディエゴ。太平洋を西に向かって横断しながら南下し、オセアニアへ寄ったあとアジア圏を北上して日本へとやってきたらしい。日本では九州に立ち寄った後東京を目指していたのだが、昨日の嵐のせいで流され、この島へ漂着したのだとニックは説明した。ヨットの状態については大学生の情報が間違っていて、故障している訳ではなく点検するだけとのことだった。

世界一周を目標にしているのかと訊《き》いたらニックは首を振り、とにかく気分次第で行きたいところへ行くのだと答えた。

次第に意思の疎通が取れるようになってきて、杜弥は彼らがどういう仕事をしていたのか訊《たず》ねる。するとニックは苦笑して、ほとんどのパソコンに入っているプログラムを作ったのだと答えた。パソコンに詳しくない杜弥がきょとんとしていると、彼は笑みを浮かべてグッドグッドと杜弥の肩を叩いた。

商店が集まる一角で缶詰やヨットの備品などを揃え、彼らが逗留《とうりゅう》する旅館へ着く頃には、杜弥はニックとすっかり意気投合していた。詳しいことは分からないが、どうやら富豪の彼らには世界各国から投資や事業などのさまざまな勧誘があるらしく、秘書を通して連絡してくる人々にうんざりとしているらしい。現に杜弥と歩いている間、携帯に何度も連絡があったが、彼は溜め息を吐いて出なかった。ようするに、そういう種類の人間よりも、たまたま漂着した島の、もの知らずな高校生と話す方が気楽なのだろう。

買った荷物を台車に載せ部屋へ運び終えると、ニックは仲間を紹介したいと杜弥を中へ呼び寄せた。

島で一番宿泊料が高い旅館の和室に入ると、二十畳ほどの座敷の真ん中でニックの仲間が座卓を取り囲んでいた。ニックは指を鳴らして注目を引き、彼らに杜弥を紹介する。その後、仲間を一人一人紹介していった。

赤毛で背が高い男がトム、焦げ茶の髪で口の周りに無精髭《ぶしょうひげ》を生やしているのがディーン、そして唯一浅黒い肌で、屈強な体を持っているのがノアだった。杜弥の目はノアに引き寄せられる。しなやかな筋肉がかっこいいのと、寂しそうな目をしているのが印象的だったからだ。

彼らは気さくに杜弥を迎え入れ、旅の写真を座卓に並べ見せてくれた。

タブレット端末などで見るのではないのかと訊くと、写真はプリントアウトして見るものだと手に持った一眼レフカメラを振りながらディーンが言った。他の面々は苦笑しているので、彼のこだわりなのだろう。

これまで寄港地で現像した写真は、かなりの数にのぼった。手渡されるまま杜弥は眺めて行く。日本に来る前に立ち寄った台湾からフィリピン、オーストラリア、そしてアメリカと、航路を逆回しにするように写真は重なっていた。彼ら自身も写真を見返すのは久しぶりだったようで、杜弥が写真をめくるたびにここはどうだの、この人は誰だなど説明しながらビールを飲んで盛り上がっている。

そんな中、ノア一人だけ机に肘《ひじ》をつき浮かない顔をしているのが杜弥は気になっていた。もともと物静かな人のようだが、何か悩みでもあるのだろうか……？

彼らの旅のモットーは現地の人とふれあうことのようで、どの港へ立ち寄ってもその土地土地の人々と肩を組んで写真を撮っていた。まさに人生を謳歌《おうか》しているという感じの彼らに杜弥は羨望《せんぼう》を覚える。

金や時間の心配をせずあんな美しいヨットで大洋に漕《こ》ぎだせたら――。

写真の中には、大洋上で撮ったものもあった。目を射るような鮮烈な朝焼け、穏やかな日が降り注ぐ青く凪《な》いだ海、遮るもののない中沈む大きな夕日――。この島を取り囲んでいるのと同じ海なのに、まるで別のものに見える。

須栄島の海は、杜弥たちにとって生きることと結びついたものだ。魚という生活の糧を得たり、生活のための輸送路として使ったりするもの。しかし、彼らが見ている海は違う。これは自由の海だ。すべてのしがらみから、解き放つ海。

思わず口を突いて出ていた。

「ホワイ　ドゥーユー　トリップ　オンザ　シー？」

彼らは互いに目を合わせ微笑する。ニックが穏やかな顔で答えた。

「ウィアー　ルッキン　フォー　ヘブン」

杜弥の胸に驚きとも喜びともつかない思いがこみ上げた。

古来須栄島には、熊野《くまの》や土佐《とさ》などから黒潮に乗った補陀落渡海《ふだらくとかい》の船が時折流れ着いたという。補陀落とは観音菩薩《ぼさつ》のおわす山――すなわち楽土だ。観音信仰の高まりとともに、インドの南方にあるというこの場所へたどり着くことを願い、行者たちは櫂《かい》も帆もない小舟で海へ出るようになった。そんな設備で彼らが真にたどり着けると考えていたかどうかは分からない。ただの信仰のための〈形式〉だったのかもしれない。当然のことながらあるものは海の藻屑《もくず》と消え、あるものは潮に流され別の陸地や島へと漂着した。

この話を聞いたとき、実際の悲惨さはさておき、杜弥は素直に羨《うらや》ましいと思った。島のことは好きでずっと暮らしたいが、杜弥は〈将来漁師を束ねる役目を担う〉という細い鎖で島に縛り付けられている。たまにそのことに息が詰まることもある。だから純粋に憧《あこが》れるのだ。船に乗ってこの島を出て、自由な楽土を目指せたら——。椰々子をよく知るようになり、その思いはさらに強くなった。彼女はこの島から補陀落への船に乗り外へ出るべきではないか。そして幸せになるべきではないか。

美和と会った日に見た椰々子の横顔が浮かぶ。

——そうだ、椰々子はこんな島、出て行った方がいい。出て行くべきなんだ——

「……モリヤ？」

ニックに呼ばれ我に返ると、全員が不思議そうに杜弥の顔を眺めていた。何でもないと言って顔の前で手を振ると、杜弥は写真に目を戻した。

逆回しの航路は、彼らがオーストラリアへたどり着く前、太平洋を横断しているところへさしかかった。そこで杜弥は手を止める。海上で撮られたとおぼしき写真に、ここにいる四人以外の人物が写っていたからだった。ニックたちを見るが、この時はなぜか誰もその人物について説明しようとせず、仕方なく写真をめくって行くとメンバーはさらにもう一人増えた。最終的に出港地であるサンディエゴの辺りに近づくと、ここにいないメンバーは三人になる。さすがに訊かない訳にはいかず質問すると、ニックは最初七人で出航したのだと答えた。彼らはどうしたのだと問うと、おどけながら猫背でカタカタとキーボードを打つジェスチャーをし、彼らは仕事のある生活が恋しくて離脱したのだと話した。杜弥はようやく納得する。人にはいろいろな感じ方がある。三人は自由に耐えきれず日常や仕事へ戻りたくなったのだろう。

写真を見終わった後、これからどこを目指すのかと訊くと、彼らは二、三日のうちにシンガポール方面へ出航すると答えた。インドネシアのリゾート地でしばらくバカンスした後、マラッカ海峡を通り、インド洋へ抜けるつもりだという。ピンと来ない顔をしていたら、ニックがノートパソコンで地図を見せてくれた。画面の中にはブーゲンビリアの咲き乱れるリゾート地の画像が映し出されている。

「わあ」

杜弥は思わず声を上げる。島のものとは比べ物にならない高い椰子《やし》の木、白く輝く砂浜、エメラルドグリーンの海。バナナや熱帯の植物が生い茂るその土地の内部には、傾斜に沿う形で高級なリゾートが形成されている。須栄島も一応観光地であるが、大規模な開発をして洗練された雰囲気を醸し出すその場所とでは勝負にならない。

豪奢《ごうしゃ》な世界に圧倒された杜弥は、ニックが言った言葉の意味を一瞬理解することができなかった。

「ウィル　ユー　カムウィズアス？」

「……え？」

脳内で言葉を翻訳し口をぽかんと開けていると、ニックはもう一度言った。

杜弥は目を瞬《しばた》かせた後、冗談ではないだろうかと思いながら手を振る。

「ノーノー　アイム　ア　ハイスクールスチューデント」

「バット　ユーハブ　ザ　サマーバケーション。ドンチュー？」

「え、いや……」

座卓が、どん！　と強く叩《たた》かれたのはそのときだった。がしゃんという音とともにノアの目の前の湯のみが倒れ、茶がこぼれ出す。一体何事かと杜弥は目を向けた。

ノアが怒りに震えながらニックを睨《にら》みつけていた。

お茶がニックのパソコンを濡《ぬ》らしそうになり、杜弥は慌てて茶櫃《ちゃびつ》にかけてあった布巾《ふきん》で拭《ふ》く。その間、ノアは牽制《けんせい》するようにずっとニックを凝視していた。ニックもまた静かにノアを見ている。

喧嘩《けんか》でも始まるのだろうかとドキドキしていると、ノアがふいに視線を外したことで、それは免れたようだった。ノアは立ち上がるとそのまま部屋から出て行ってしまう。

一連の様子から、杜弥は自分を旅に加えようとしたことにノアが憤っているのだと感じた。あそこまで怒る必要があるのかと思うものの、会ったばかりの訳の分からない人間と旅をすることを嫌がる人がいても不思議ではない。

部屋の空気は白けていた。居心地の悪さを感じ始めていた杜弥は、布巾を洗って茶櫃に戻すと、ニックにいとまを告げた。

ニックは杜弥に謝罪し部屋の入り口まで送ると、もう一つ頼まれごとをしてくれないかと言い、マイクロSDカードを渡した。日本へ来てからの直近の写真を現像して欲しいのだという。それを受け取り、杜弥は旅館を出た。

大量の写真をずっと見ていたため、外はすっかり日が暮れていた。家々の合間にぽつんぽつんと電灯が灯《とも》る道を家に急ぎながら、結局今日徹の家へ行けなかったことを思い出した。立ち止まり、徹の家がある島西の丘陵地へ目をやる。

引き延ばせば引き延ばすほど、行くのが怖くなる。明日こそは行こう。

そう思い、再び歩き出した。


家へ帰ると、先に帰宅していた兄が不機嫌な顔で食事を作って待っていた。杜弥が遅くなったことで夕食を作る羽目になり怒っているのだろう。杜弥は自分のパソコンを持っておらず、徹にはもう頼めないので、写真をプリントしてもらうならば兄に頼むしかない。機嫌を損ねないよう静かに夕食を食べ、その後面倒そうな顔をする彼に頼み込み、プリントしてもらうことになった。

家の二階、杜弥の部屋の階段を挟んだ向こう側に兄の部屋はある。

年単位で久しぶりに入ったその部屋は、相変わらず主《あるじ》の性格をそのまま反映させたような味気ない空気を漂わせていた。ベッドとパソコンデスクと椅子、そして本がたくさん詰まった本棚があるだけ。家でも仕事をするので、パソコン周辺機器にお金をかけていることだけは分かる。

「厄介な〈客〉が来たもんだ。桁外《けたはず》れの金持ちで父さんも気を遣わざるを得ないみたいだし、お前まで小間使いにされるとはな」

本棚の前に立ち本のタイトルを目で追っていると、パソコンデスクに座った兄は呟《つぶや》いた。杜弥は、なるべく彼を刺激しないよう答える。

「案外いい人たちだよ。ニックは気さくだし、他の人たちも」

ふうんと呟いて、兄は杜弥から受け取ったマイクロSDカードをアダプターにセットし、ノートパソコンの側面に差し込んだ。

杜弥はパソコンデスクの横に積まれた通販の箱に目をやる。昔は欲しいものを手に入れるのが一苦労だったが、最近ではインターネットの発達によりさまざまなものを買えるようになった。兄も数年前から使うようになり、二、三週に一回は宅配便が届いていた。交流がほとんどないので何を買っているのかは知らないが、島嶼《とうしょ》料金を払ってまで買うのだから彼にとって重要なものなのだろう。

「マジで超フランクだよ。会ったばっかの俺のこと旅に誘ってくれたり」

視線を本棚に戻し、杜弥は退屈しのぎにタイトルを目で追っていく。漁業関連の本、地方行政に関する本、パソコン関係の本、ベストセラーとなったいくつかの小説。あまり自分とは趣味が合いそうにないなと思っていると、背中越しに厳しい声が聞こえた。

「――旅に誘ってくれるだって？」

惰性で一番下までざっと見ると〈須栄島の民話〉という本が少しだけ飛び出した状態で入れられていた。杜弥はそれを押し入れた後、振り返った。

「うん。今度はインドネシアのリゾートでバカンスだって」

兄は右手でマウスを握ったまま、難しい顔で何かを考えている。

「なんだよ」

杜弥が訊《き》くと、彼はそっけなくパソコンに向き直り言った。

「都合が良すぎるというか、無防備すぎるだろう。どこの馬の骨とも分からないお前をあの富豪たちが誘うなんて」

「俺もそれは思ったけど、気楽だからじゃないの？　単純に船に乗るもの同士気が合ったし、俺は高校生で、あの人たちを利用しようとか金を奪ってやろうとか考える頭もないし」

「ならいいがな」兄は背を向けたまま呟いた。

「何それ」

不満を漏らす杜弥をよそに、彼は無言でパソコンを操作する。思い当たることがあり、杜弥は口を開いた。

「……島でいろいろ起きてるから？」

彼は答えなかった。だが、その沈黙こそが自分の言ったことの正しさを証明していた。確かにそうなのかもしれない。短期間であれだけのことが起きて、それが終了したかどうか確証もない今、ニックたちも〈災い〉に関わっていないとは言い切れない。

「なあ、教えてくれよ。親父や兄貴はなにを心配してるんだ？　災いって何なんだ？」

「災い？　どういう意味だ？」兄は首《こうべ》を廻《めぐ》らせる。

立ち聞きしていたとは言えず、杜弥はお茶を濁した。

「だって、今島に起きてることは災いそのものだろ。顔取りとか、鮫《さめ》とか、変なことばっかで、徹だって……」

徹の名を出すと同時に喉《のど》が熱くなり杜弥は黙り込んだ。兄はパソコンを一瞥《いちべつ》する。

「出力したぞ。すぐに印刷が始まるから、あとは用紙切れしないように紙を補充しろ」

パソコンデスクの上部に置かれたプリンターのライトがついたかと思うとガタガタと揺れ始め、印刷が始まる。何も言わないまま、兄は杜弥の肩をポンと叩いて部屋のドアへと向かった。

「杜弥」

外に出る間際、兄は呼ぶ。憤りを感じながら杜弥は振り返った。

「……なんだよ」

「俺も父さんも、やるべきことをしてる。〈白波家〉を守るために。だからくだらないことで拗《す》ねたりするな」

「島に何が起こってるかぐらい教えてくれたっていいだろ。いくら鈍くたってなんかおかしいのは分かるよ。俺だって白波家の一員なんだぞ⁈」

冷たい瞳《ひとみ》で杜弥を見ると、兄は再び背を向けた。

「長男は俺だ。たしかに俺は体が弱くて父さんのようにすべてを一人でこなすことはできない。漁師のとりまとめに関しては、お前に助けてもらわなくてはならないこともたくさん出てくるだろう。でも、俺はすべてに責任を背負うつもりだ。それが長男の責務だから。お前は悩まなくていい。もっと自由に生きていいんだ。進んで俺みたいに縛られる必要はない」

プリンターが耳障りな音を立てる中、兄は部屋から出ていった。ドアが閉じると同時に、杜弥は椅子のキャスターを軽く蹴飛《けと》ばす。

「俺だって役目に縛られてるよ。なのに兄貴だけいいとこどりで被害者面かよ！」

――杜之じゃなくて、丈夫な杜弥が長男なら良かったのにねえ。

子供の頃からずっと親族が陰で囁《ささや》いていたことを思い出し怒りが萎《しぼ》むのを感じた杜弥は、椅子にどかりと腰を下ろす。子供の頃からいつも兄はそう言われて来た。口には出さなかったがその度に傷ついていただろう。その状況を彼は自力で覆そうとしているが、杜弥には自分を蚊帳《かや》の外に置くことで復讐《ふくしゅう》しようとしているように思えてならなかった。そうでなければ、なぜここまで頑《かたく》なに隠し、自分を真実から遠ざけようとするのだ。

プリンターが止まったことに気づき、杜弥は印画紙を補充しようと立ち上がる。紙を袋から取り出しセットしようとしたとき、手が止まった。

「…………？」

印刷が終わり吐き出された写真に吸い寄せられる。

ここへ漂着する前に九州にも寄って来たと言っていたから、おそらくそのとき撮ったものだろう。写っていたのは日本人と思われるふくよかな若い女性と、彼女と肩を組んでいるニックだった。彼らは海を挟んで見える山――鹿児島県の桜島《さくらじま》をバックに立っている。なぜこの写真に引きつけられるのか気になり、杜弥はさらに凝視した。そして、背景ではなく彼女の顔が気になるのだと気づく。市松人形のようにふっくらとした輪郭と、三日月のように弧を描いた人の良さそうな目、小鼻の脇に特徴のある黒子《ほくろ》があって、どうもそれに見覚えがあるような気がする。だが、どれだけ思い返しても、女性が誰なのか思い出せなかった。

首を傾げながら、杜弥は写真を戻す。

――ならいいがな。

兄の言葉が甦《よみがえ》る。本当にニックたちは〈災い〉と関係ないのだろうか。美和のこともあり、島に関係ない人だからと安心することはできない。いい人たちだから彼女のようになって欲しくない。

〈災い〉は簡単にその存在を忘れさせてはくれなかった。

翌日の放課後、父に呼び出されて漁協へ向かうと、慌ただしい事務所内で、彼は漁師の一人がまた行方不明になったと告げた。誰かと問い、青柳佑介《あおやぎゆうすけ》だという答えが返ってきた杜弥は絶句する。佑介は兄と同級の青年で、子供の頃杜弥は体が弱い兄に代わって彼によく遊んでもらった。彼の親は父と懇意でよく白波家の手伝いもしてくれていた。父の頼みで椰々子へ食料や生活必需品を運んでいたのも彼だ。

また、椰々子の関係者が……。

「昨日漁は休みで〈たから舟〉に飲みに行ったようなんだが、そこを出てからの行方が分からないらしい。船は港に繋《つな》いだままだから、島からは出てないはずだ。田所君や青年団消防団、漁師たちが手分けして捜してる」

「誰かの家に泊まって寝過ごしたとかじゃないの？　佑介なら友達も多いし」

佑介はさっぱりとして気持ちのよい気性で、人懐っこく昔から友達が多かった。背が高く精悍《せいかん》な顔をしていることもあり、女性にもよくもてる。付き合っている女性がいてそこにいるということも考えられるだろう。

「いや、あいつは浜地《はまち》さんちの洋子《ようこ》ちゃんと付き合ってるらしいんだが、そこにも寄ってないそうだ。他の友人も全員知らないと言ってる」

杜弥は頷《うなず》いた。それならば失踪《しっそう》が濃厚だ。

「そっか……。じゃあ俺も皆と一緒に捜すよ」

「いや、お前には別の用を頼みたいから呼んだんだ。今まで佑介が椰々子への届け物をしてくれてただろう？　彼がいないからお前に頼みたい。変な噂のことは知ってるだろう。そのせいか、どうしてもやってくれるという者がいなくてな」

父は探るように杜弥を見た。最近は所構わず椰々子と話していたから、自分が彼女と関わりを持っているという報告が父にももたらされているだろう。しかしその目からは、彼がそのことを咎《とが》めている様子は読み取れなかった。

「それは……いいけど」

「このリストを見て店で物を揃えて届けろ。それが終わったらこっちのことは気にせず帰っていい。徹君のこともあったし、お前は今大変だろうから」

揃えるものが書かれた紙を渡すと、父は微笑み杜弥の肩をぽんと叩《たた》いた。

誰に対しても父は細やかな心配りを忘れない。ほとんど家におらず一緒にいられる時間も少ないが、このようにされると嫌でも自分を気にかけてくれていることが分かる。母がいない状況でも自分や兄がおかしい方向へいかなかったのは、彼の心遣いの賜物《たまもの》だろう。

「……分かった」

素直に頷くと、杜弥は漁協を後にした。

さまざまな品物を揃えた箱を載せ台車で椰々子の家へ向かったが、彼女は留守だった。

美術室で気まずい別れ方をして以来、話したのは荻原が鮫に食われて死んだことを電話で伝えたときだけだった。いつまでもこのような微妙な距離感を持つのは嫌なので、自分が配達の担当になったことも含めて話そうと、杜弥は椰々子を捜すことにした。

椰々子が行くとしたら、神社か寄せ室しかない。

あたりをつけて捜したところ、案の定、彼女は寄せ室にいた。

夕焼けと青空が絶妙なグラデーションを作り上げる空の下、椰々子は寄せ室の岩の上に立ち、夕方の強い潮風に吹かれながらじっと水平線を見つめていた。杜弥は断崖《だんがい》に穿《うが》たれた階段を下り、岩を渡って隣に並ぶが、彼女はこちらを一瞥することすらなかった。

波が打ち寄せ、岩に砕ける音だけが響いている。どう声をかけていいのか分からず、しばらくその音に耳を傾けていると、椰々子はぽつりと呟《つぶや》いた。

「佑介さんのこと聞いたわ……。また私に関わりがある人に何か起こったのね」

まるで魂の抜けた人形のような表情だった。

杜弥の胸は軋《きし》む。どうして神様は椰々子にだけこんなつらい思いをさせるのだろう。

「……別に打保のせいじゃない」

口に出すが、彼女にとってどんな慰めにもならないことは分かっていた。

「でも現にみんな不幸になってる。赤尾のおじさんおばさんだって、美和さんだって、綿積君だって。私、耐えられない。何度も自分のせいじゃないって言い聞かせようとした。白波君が励ましてくれたから嬉《うれ》しかったし、またがんばろうと思った。なのに……

「……」

彼女は目に涙を滲《にじ》ませた。杜弥は首を振る。

「徹のことだって気にするな。あれは病気だ。だいたい打保がどうやって徹を病気にできるんだよ」

一瞬呪いのことがちらついたが、彼女を混乱させるだけなので口には出さなかった。

「打保のせいじゃない。絶対に。俺はそれを分かってる。だから……」

潮風が二人の間を引き裂くように強く駆け抜けていった。

椰々子は、ぽつりと呟く。

「――違うの」

「え？」

「違うの。私は私のせいだって知ってる。だから罪悪感から逃げられないの。ずっと考えていてようやく分かった。すべてが私への警告だったんだって」

「それどういうことなんだ？」

椰々子は足元に視線を落としたまま答えなかった。

「打保」言いかけたとき、彼女は顔を上げまっすぐに杜弥を見た。

「私ともう関わらない方がいいと思う。白波君も巻き込まれる」

「巻き込まれるって何に」

「それは私にも分からない。でも、このまま私と関わってたら確実に他の皆みたいになる」

杜弥は首を振った。

「意味分かんないよ。もしかして、この前のことで怒って――」

「この前のことは怒ってないし、それとはまったく違う次元の危険なことよ！」

もどかしげに椰々子は叫ぶ。その目からついに涙が溢《あふ》れ出した。

「……とにかくもう、白波君は私と一緒にいない方がいい。お願いだから言う通りにして」

顔を伏せると、椰々子は肩を震わせしゃくり上げた。

杜弥は戸惑う。

だが、これ以上彼女を困らせることも泣かせることもしたくはなかった。

踵《きびす》を返し、杜弥は寄せ室の出口の階段へ向かう。背中越しに彼女の押し殺した泣き声が聞こえていたが、すぐに波の音に打ち消され分からなくなった。

断崖に掘られた階段へ足をかける。一連の事件が心底憎らしかった。なぜこうも執拗《しつよう》に彼女の周囲にいる人間ばかりを狙うのか。

――私のせいだって知ってる。すべてが私への警告だったんだって。

これはどういう意味なのだろう。しばらく考え、杜弥は足を止める。彼女の言う通りならば、何かが彼女を孤立させようとしているということではないか？　だが、もともと彼女は島では孤立している訳だし、そんなことをする意味が分からない。

脳裏に、ある絵画の姿がよぎった。

それは墓地の中で杖《つえ》をつき立っている礼服を来た黒人の絵だった。

どこでそんなものを見たのだろうと思ったそのとき閃《ひらめ》く。

──そんなことをする理由があるとすれば、どす黒いヘドロのような悪意だ。それは彼女の数少ない知り合いさえ奪い、生きる希望を失わせ極限まで追いつめる。

足元から悪寒が這《は》い上がり、杜弥は自らの肩を押さえた。

──私ともう関わらない方がいいと思う。白波君も巻き込まれる。

ふり返り、室の底に佇《たたず》む椰々子を見る。来たときと同じように彼女は海を眺めていた。

頼りなく立つその背中に、杜弥は呟く。

「巻き込まれてもいいよ。俺は……」

拳《こぶし》を握ると、杜弥は再び階段を上り始めた。


崖《がけ》の上にたどり着いた杜弥は、そのまま海岸伝いに東のイサナ浜へ向かった。空はすでに半分が夜の藍色《あいいろ》に侵食されている。沈んだ気持ちを引きずりながらスタンドまでやってくると、薄闇に包まれた浜の方から大きな声で呼ばれた。

客船の下からこちらへ向かって来たのは、宗澤率いる帝山大学調査チームの面々だった。全員揃って大きな荷物を持っており、ちょうど今日の調査を終えて帰るところらしい。

「今日は顔出さないのか？　待ってたんだぞ」

一番先頭にいた宗澤が、目の前に来るなり不満げに口を開いた。

気持ちがささくれ立っていることもあり、杜弥は早々に立ち去ろうと適当に答える。

「必要なものが何かあったんですか？」

「何かって、何かないか訊《き》きにくるのがお前の仕事だろう。これだから責任感のないガキは嫌なんだ。仕事を請け負ったなら最後までちゃんとしろ」

勝手にやってきて無償でこき使っているくせに。杜弥は宗澤を睨《にら》みつける。しかし、後ろへ目をやると、学生たちが疲れた表情で済まなそうにこちらを見ており、怒りを鎮めざるを得なかった。

「……すみませんでした。今日、何か不都合なことがあったんですか？」

しおらしく謝ったふりをすると、宗澤は恍惚《こうこつ》とした表情を浮かべ、腕を組んだ。

「今日は別にいい。それより、今日はやたらと島の人が集団で行き来して騒がしいみたいだが何かあったのか？」

ああ、と杜弥は頷《うなず》く。

「ちょっと行方不明者が出て、島総出で捜してるんです」

佑介が見つかったという話はまだ杜弥にもたらされていなかった。見つかったら見つかったで大騒ぎになるはずだから未《いま》だ捜索中なのだろう。

「行方不明？　誰が？」

超常現象好きの血が騒ぐのか、人の不幸が嬉しいのか、宗澤は瞳孔《どうこう》を広げんばかりに目を輝かせ身を乗り出してくる。杜弥は顔を顰《しか》めた。

「佑介……島の漁師です。昨夜から帰らなくて」

「ハッ？　一日姿が見えないだけで皆で捜索するのか？　子供じゃあるまいし田舎は人間関係が濃密で自由もないな」

馬鹿にしたように目を細め、宗澤は鼻で笑う。

――こっちにだってこっちの理由があるのだ。顔取りのことだってあるし。どうしてこの男は断片的な情報だけで勝手に思い込み、人を悪い方へ裁くのだろう。

食って掛かって時間を無駄にするのも嫌だったので、杜弥は口を閉じた。

暑いのか、宗澤はいつも被《かぶ》っている探検帽を持ち上げ、見るからにべとついた髪をかきあげた。杜弥は、彼の目の周囲に視線を向ける。これまで帽子の陰に隠れて気づかなかったが、眼窩《がんか》の際に沿うように、うっすらと小豆《あずき》色の痣《あざ》ができていた。

「その目どうかしたんですか？」

訊くと、宗澤はムッとした様子で応えた。

「……昨日ちょっとね。飲み屋で絡んで来た男とやりあったんだ。やっぱり都会と違ってこういう場所は不調法な人間がいて嫌だね。まあ、私が殴ってやったら相手はしっぽ巻いて逃げてったが……じゃあ我々はこれで失礼するよ」

ばつが悪いのか、宗澤は杜弥を押しのけ、のしのしと横断歩道を渡り行ってしまう。

彼の姿が小さくなったところで、その場に残っていた学生たちが口を開いた。

「何が『殴ってやった』よ。絡んで殴られただけで、相手には指一本触れられなかったくせに。あいつって見栄《みえ》っ張りの嘘ばっかり」

すでに顔見知りになっていた女子学生が、微《かす》かに見えるだけになっていた宗澤の背にあっかんべーをしてみせる。その隣にいた別の女子学生が、うんうんと頷いた。

「あいつの運動神経で現役の漁師さんに勝てる訳ないじゃん。殴られて肉団子みたいに転がってったくせに」

杜弥が思わず吹き出すと、男子学生が苦笑しながらこちらを見た。

「悪いね杜弥君。あいつのことで気を遣わせちゃって」

「いーえ、俺は四六時中あの人といなきゃいけない訳じゃないから、みんなの方が大変っしょ。それより居酒屋で殴られたって？」

「昨日の調査の後、宗澤が飲みに行くって言い出してみんな無理矢理連れて行かれたんだよ。あいつ絡み酒で飲むとパワーアップするんだよね、毒舌が。それで女子が仲良く喋《しゃべ》ってた若い漁師さんに絡みだして、案の定——」

ぱあん、と言いながら男子学生は自分の顔を殴るふりをしてみせた。

女子学生たちが不満げに口を尖《とが》らせる。

「もてないから嫉妬《しっと》したんだよねあれ、いきなり相手に向かって変な自慢話し出して、みっともない」

「ほんと、せっかくイケメン漁師さんが仲間の人とスキューバや海釣りにつれてってってくれるって言ってくれたのに」

杜弥は男子学生と顔を見合わせて苦笑した。女子学生の一人は何かを思いついたように顔を輝かせ、もう一人に言う。

「ねえミナ、今日も行ってみようよ私たちだけで。行きつけの店だって言ってたからあの人また来てるかも」

「えー、来てるかなあ。青柳さん昨日は漁が休みだったって言ってたじゃん？」

杜弥の脳天に稲妻に打たれたような衝撃が走る。

「あ、じゃあさ、杜弥君に頼めばいいじゃん。携帯番号とか――」

「……ちょっと待った。青柳さん？」

声が掠《かす》れるのを感じながら、杜弥はなんとか声を絞り出す。女子学生は不思議そうに首を傾げたあと、笑顔で答えた。

「そう、青柳さん。知り合いでしょ？　杜弥君のお世話になってるって言ったら、昔から兄弟みたいに仲いいって言ってたよ？」

――そんな馬鹿な。

杜弥はごくりと息を飲み、もう一度慎重に訊く。

「青柳さんが、昨日の夜、宗澤と喧嘩《けんか》して殴ったの？」

「うん。杜弥君、何でそんな恐い顔してるの？」

女子学生たちは怪訝《けげん》そうにこちらを見ている。杜弥はただ愕然《がくぜん》として立ちすくむしかなかった。当然だ。青柳姓の若い男で杜弥の知り合いは島で一人しかいないのだから。行方不明になっている青柳佑介しか——


膨らんだ月が東の空を昇り始めていた。南西に見える床与岬の先端では灯台が回転し、道沿いに立てられた電灯が薄い闇を照らしだしている。

学生たちと別れた杜弥は、早足で駐在所へ向かった。到着して覗《のぞ》き込むと、エントランスの赤色のランプの下、田所は窓の傍の机に座り熱心に書き物をしていた。ガラス張りのサッシを開けて挨拶《あいさつ》すると、彼は顔を上げ笑みを浮かべる。

「ちょっといい？」

彼はもちろんと答え、招き入れた。デスクの向かいに杜弥を座らせるとともに、机上に広げていた帳面を横に避《よ》ける。

「今日も捜索してたんでしょ？　そのことでちょっと話したいことがあって」

「ひょっとしたら宗澤さんのこと？」

「知ってたの？」杜弥は目を丸くする。田所は苦笑した。

「〈たから舟〉のご主人も捜索に来てたからね。酔ってやりあったことは聞いたよ。でも宗澤さんは殴られた後もずっと店にいて閉店前に学生に引きずられて帰ったそうだから、今のところ特に問題視してないんだ」

「そっか……」杜弥は納得する。それに宗澤は虚勢を張ってはいるが、精神的にも肉体的にも大それたことをできるタイプのように見えなかった。

田所は、なまった体をほぐすように肩を回す。

「でも今日一日捜索しても見つからなかった訳だし、一応明日話を聞いてみるよ」

杜弥が頷いたそのとき、駐在所の扉がカラカラと開いた。顔を出したのは、割烹着《かっぽうぎ》を着た中年の女性だった。杜弥とも顔見知りの彼女は、田所に笑顔を向ける。

「田所さん、ご飯持って来たよ」

見ると、彼女はラップをかけた料理が並んだ盆を手にしていた。

「いつもすみません」田所は立ち上がると入り口まで移動し、盆を受け取る。

「遠慮はいいったら、お皿は軒のところに出しておいてね」

女性は金歯を見せながら人の良い顔で言うと、杜弥にも会釈して出て行った。

壁に掛けられた時計を見ると、すでに七時半を回っていた。杜弥は帰ろうと腰を上げかけたが、一人で食事をする田所が気になって、再び椅子に腰掛ける。

「ご飯食べ終わるまでいていい？　ここに来てからずっと一人で食べてるんでしょ？」

「帰らなくていいの？　最近治安がよくないし」

「まだ大丈夫だよ。八時までには帰るから。それより邪魔？」

「そんなことないよ」

田所は微笑んで立ち上がると、給湯室で二人分のお茶を淹《い》れて戻り、杜弥と自分の前に置いた。いただきますと手を合わせ、食事を始める。盆の上に載っていた献立は、みそ汁と、タカベの塩焼き、野菜炒《いた》め、ご飯、香の物だった。

職業柄か普通の人よりも早くご飯をかき込む田所を見ながら、今更ながら彼とゆっくり話すのはこれが初めてだなあと杜弥は思った。同時に、たいして話したこともないのに、すでに彼が生活の一部になり、気安く言葉を交わせるようになっていることに驚く。島へ嫁いで来たりして馴染《なじ》めずにいる人もいるが、田所はその対極だ。物腰柔らかく、温厚で親しみやすい。

「そういえば田所さん、連絡くれない彼女とはどうなったの？　仲直りできた？」

湯のみを両手で包み込みながら訊《き》くと、田所は瀬戸物の皿の上に載せられたタカベの骨と格闘している最中だった。箸《はし》でつまんで、半透明の細かな骨を皿の端によけると、彼は大きく溜《た》め息を吐《つ》く。

「それがねえ、なんとか修復しようと思ったんだけど、ここ最近忙しくしてたじゃない。久しぶりにメールしたら、『私のことなんて忘れたと思ってた』って返ってきて、もうどうしていいのか」

「あー……」

「こういうところはのんびりできるってイメージがあるでしょ。そんな場所にいる僕が全然電話もメールもしないから、余計怒ってるみたい」

「でも、それは田所さんのせいじゃないじゃん。現に事件事件で忙しかったし」

「僕の方もさ、仕事で忙殺されてるうちに分かって欲しいって気持ちがだんだん薄れちゃって。ヤバいよなあ。やっぱり距離って結構な障害なのかもしれない。今までなあなあで付き合えてた部分がシビアになっちゃって」彼は息を吐く。

「前も言ったけど、僕、この島は嫌いじゃないんだよ。本当にみんな親切だし。確かに、ここ最近の変な事件は正直気分がよくないけど」

「ああ、うん」

茶碗《ちゃわん》を持つと、田所は野菜炒めを美味《おい》しそうにほおばる。目を細めて嬉《うれ》しそうに料理を食べる姿はごく普通の男性で、以前磯貝を取り押さえた時の彼とは別人のように見えた。

――あの時、一瞬躊躇《ちゅうちょ》する顔を見せてから天井に向けて発砲した田所。

ふと、これまで訊けなかったことが口を衝《つ》いて出る。

「田所さんって、なんでこの島に来たの？」

箸でご飯をすくおうとしていた彼の手がとまった。

「……まだ詳しいことは言ってなかったっけ？」

「うん。三十のなんとかは方便だろ？　言いたくないならいいけど」

そうか、と言うと田所は茶碗と箸を置き、お茶を一気に喉《のど》へ流し込む。居住まいを正すと、何かを決意したかのように話し出した。

「ごめんね。まだちょっと自分の中でわだかまってて。……簡単に言うと、銃を撃てなかったんだ。東京で僕は交番勤務をしてて、ある日路上で薬物中毒者らしい不審者に職務質問したとき、急にナイフで切りつけられた。その男、元格闘技選手でね。もみ合った挙げ句、僕は足払いをかけられて逃げられた。咄嗟《とっさ》に起き上がって男の大腿部《だいたいぶ》に向けて銃を構えたんだけど、警官の仕事は複雑で、凶器の種類や状況によって、撃つことが不適当だったと判断されると、後から罪に問われたりするんだ。男が持っていたのは果物ナイフで、僕の経験ではグレーゾーンだった。だからその時点で撃つのを諦《あきら》め、僕は男を追った」

「それで……？」

続きを促すと、視線を落としていた田所は寂しそうな笑みを浮かべた。

「男は大通りに繋《つな》がる道の角を曲がって逃げていった。後を追って僕も曲がろうとした時、大きな悲鳴が聞こえた。通りに出てみたら、人が遠巻きに眺めてる中、胸に果物ナイフが刺さった状態の老人男性が倒れてて。たまたま角から出てきた男とぶつかって刺されたんだ。すぐに救急車を呼んだけど、傷が肺にまで達してて死亡が確認された」

彼は、骨だけになったタカベの皿に視線を注ぐ。

「倒れてる男性を見たとき、すぐに僕のせいだって思ったんだ。僕が規則……規則を守らないと相手に訴えられて訴訟になったり、自分自身の出世に響いたりいろいろあるんだけど……とにかくそういうことにとらわれていたせいで、この人はこんな風になったんだって」

杜弥は二ヶ月ほど前に夕方のニュースでそんな事件を見た事を思い出した。警視庁は警官の対応は適切だったという見解を示していたと思う。実際、田所の話を聞く限りそうなのだろう。だが、目の前の田所はそれを割り切れていないように見えた。

「これまでも何人も死ぬ人なんて見てきたよ。でも、今回だけは違った。僕のせいで、僕のさじ加減一つでどうにでもなったことで人が一人死んだんだ。それを考えたらよく分からないけど、仕事が恐ろしくなって。いい歳して甘いと思うし警官として乗り越えなきゃいけないことなんだと思う。先輩の警官たちもそう言ってくれた。でも、違うんだ。そういうことじゃなくて……」

机に両肘《りょうひじ》をつき、田所は頭を抱えうなだれる。しばらくそうしていた後、彼は下を向いたまま言った。

「……結局犯人は捕まって、もうすぐ裁判が始まる。誰が悪いのかって言われたら犯人が一番悪いってことは分かってる。でもやっぱり僕も悪かった気がするんだ。いや、悪いんだ。結果として人の命より保身を優先したんだから。だから……だから、思ったんだ。僕も罰せられるべきだって。いっそ刑務所にでも入れてくれれば楽になるのに……」

「もしかして、それでこの島へ？」

田所は頷《うなず》き、ゆっくりと顔を上げる。

「島の人には失礼だけど、日本には昔から流刑ってあるでしょ？」

「自分を島流しにしたって訳？」

彼は苦笑した。

「そう。島も通わぬってね……。ちょうどこの島の駐在所に空きがあるって聞いて、転属願を出したんだ。警官の仕事への熱意をなくしたとかそういうことじゃなくて、一度何かの形でけじめをつけて自分を見つめ直してみたかったんだ。結果として前よりも慌ただしくはなったけど、後悔はしてないよ。新しい環境で一人で仕事をこなすことでだんだん前向きになれてるのを感じる。毎日島の人のために働くことで、少しずつだけど罪を減らすことができてるような気がするんだ。この間も、淑江さんや島の人たちを守ることができてよかった。それが僕の仕事だから」

杜弥は微笑む。最近は嫌なことばかりの島だが、外から来た田所を良い方向へ変えていることは唯一の救いのような気がした。

このまま島がよい方向へ向かってくれればいいのに――

翌日の放課後になっても、未《いま》だ佑介の行方は分からなかった。

学校を出た杜弥は漁協に寄り、後ほど捜索に加わることを父に告げると、ニックに頼まれてプリントした写真を届けに旅館へ向かった。

入り口で旅館の主《あるじ》に挨拶《あいさつ》し中へ入る。彼らの部屋をノックするとニックが顔を出した。

「ヘイ、モリヤ。ワッツアップ」

「あー、写真……ピクチャー」

杜弥は、昨日渡されたマイクロSDカードと写真の入った袋を持ち上げて見せる。笑顔で礼を言い、ニックは受け取った。

中から怒鳴り声のようなものが聞こえてきたのは、そのときだった。

ニックの体越しに中を覗《のぞ》き込むと、他のメンバーたちは座卓を取り囲むように座っており、一人だけ立ち上がったノアが厳しい表情で彼らを睨《にら》みつけていた。

雰囲気がおかしい。どうにもまずい場に居合わせてしまったと困惑していると、ニックはたいしたことないよとでも言いたげに笑顔で肩を竦《すく》めてみせた。

帰ると伝えたところ、ニックは明日の朝インドネシアに向けて出発すると告げた。

釈然としない気持ちを抱きながらも、笑顔で別れの握手を交わし、杜弥はその場を後にした。

佑介の捜索に加わるため漁協へ引き返すと、捜索に出ている父から公民館へ行って調査チームの用件を聞くようにと伝言が残されていた。

また宗澤がわがままを言っているのかとうんざりしながら公民館へ向かうと、エントランスで不安げな顔をした学生たちが杜弥を待ち構えていた。

「……どうかしたの？」男子学生に訊くと、彼は表情を曇らせた。

「朝、駐在所のお巡りさんが来て、宗澤に青柳さんのことを訊いたんだ。ぜんぜん疑ってる感じじゃなくて、本当に話を聞くだけってふうだったんだけど」

「うん」

この間の女子学生二人がやってきて、申し訳なさそうに口を開いた。

「杜弥君、ごめんね。私たち行方不明になったのが青柳さんだなんて知らなくて。捜索に加われば良かった」

「ほんと、ごめん」彼女たちの真剣な眼差《まなざ》しに、杜弥は首を振る。

「いや、いいよそんな。学生さんたちに非はないし。――それで宗澤は？」

男子学生を見ると、彼は寝癖がついたままの頭を掻《か》いた。

「それが……実はお巡りさんが把握してた話と実際はちがって。俺が言っちゃったんだ。酔いつぶれて俺らが連れて帰ったのは宗澤と体型が似てる学生で、青柳さんが店を出てすぐ宗澤も出ていったって」

「――え？」

エントランスの端で他の学生とともにこちらを見つめている太った学生を、彼は視線で示した。

「あいつとちょっと似てるっしょ？　あの日はさらに似てるミリタリーっぽいベージュのシャツ着てたし、店が混んでたから店の人は混同したんだと思う」

「ってことは……」

男子学生は、深く溜《た》め息を吐《つ》く。

「アリバイがなくなって、お巡りさんが宗澤を連れてったんだ。駐在所に。それで俺らはこれから調査をどうするか、教授の指示待ちしてる状態で……」

「調査の続行が危ないの？」

「うん。実は教授の奥さんの状態相当悪いみたいで、とてもプロジェクト維持する余裕がないみたい。その上、宗澤が逮捕なんてことになったら……」

女子学生が怯《おび》えたように訴える。

「それより仕返しが恐いよ。私たちは事実を言っただけだけど、あいつ絶対根に持つ。もう渡航費も機材費も返って来ないよ」

「だよなあ」男子学生は、お手上げといった様子で髪をかき回した。

そのとき、公民館のドアが音を立てて開いた。

開いたガラス戸の隙間に大きな体を押し込み中へ入ってきたのは宗澤だった。彼は乱暴にドアを閉め、耳に当てていた携帯を閉じてポケットにしまう。ロビーに溜まっている学生たちを睨みつけると、大声で怒鳴りつけた。

「こんなところで何をしてるんだ！　密告者の役立たずどもが！　さっさと部屋に戻れ！　俺の視界から消えろ！」

「……容疑は晴れたんですか？」

男子学生がおそるおそる訊ねると、宗澤は血走った目を向ける。

「当たり前だろう！　幸いにも俺がまっすぐここへ帰るのを見た人がいたからよかったものの、いなかったらお前らのせいで俺は殺人犯にされてたんだぞ！　それによくも教授に告げ口してくれたな。今、調査の中止を聞かされたよ。このミッションが終わったら共同名義でマスコミに結果を発表すると決まっていたよ。このミッションが終わった

「でも、私たち学生だし誰かの指示を仰がないと……」

女子学生が怯えた表情で口を開く。

「だったら俺の指示を仰げ！　余計なことをするな！」

「そんな……」

「うるさい！　黙れ！　どいつもこいつも、俺の足を引っぱりやがって！」

塩をふられた菜っ葉のように学生たちが萎《しお》れるのを見て、宗澤は満足げに鼻を鳴らした。

「ふん、まあいいけどな。俺はどうせもうお前らの引率役じゃないし」

「は？　どういうこと？」

杜弥が言うと、よくぞ訊《き》いてくれたとばかりに彼は目を見開いた。

「イサナ浜に漂着した例の豪華ヨットの面々がいるだろう？　隣で調査していて何度か言葉を交わす機会があってね。親しくなった彼らからクルージングの招待を受けたんだ。次に向かうのはインドネシアのリゾートだったかな。彼らの厚意に応《こた》えて、それについていくつもりだ。大学は休職すると今教授に話した」

「ちょっと、あの人たちの話、本気にしてんの？」半ば呆《あき》れながら杜弥は訊く。

「もちろん本気に決まってるだろう。ニック――彼らのリーダーからは明日の出航の段

取りも聞かされてる。どうせお前のことだから彼らについて何も知らないだろう。彼らの価値も。少し会話しただけだが、彼らは私のキャリアに相応の敬意を払ってくれてね。まあ捨てる神あれば拾う神ありってことだよ。学生どもの面倒を見てやったのに、私の非をあげつらう教授なんかに仕えるよりも、世界的にもコネクションを持っている彼らと親交を温めた方が実りも多いだろうし。道が拓《ひら》けるっていうのはこういうことを言うんだろう」

啞然《あぜん》として言葉も見つからない杜弥と学生たちを優越感たっぷりの視線で見回したあと、宗澤は黄色い歯を見せにやりと笑った。

「これでおしまいだな。もうお前たちに煩わされることはない」

言い捨てると、太った体を揺らし彼は階段を上って行く。

杜弥も学生もしばらく動くことすらできなかった。

「ばかじゃないのあいつ……」

女子学生の声がエントランスに響いた。

その後も佑介の行方は分からなかった。宗澤も無関係だったことにより状況は昏迷《こんめい》を深めていたが、失踪《しっそう》から三日が経ち捜索する島民の間に疲弊が見え始めた頃、急展開した。

放課後、杜弥が携帯をチェックすると、兄から衝撃的なメールが届いていた。ヨットが漂着し島に滞在していた外国人グループの一人、ノア・ジョンソンが青柳佑介を殺したと駐在所に自首したのだという。

詳しい事情を聴こうと、日の照りつける中、杜弥は学校から駐在所へ駆けつける。

すでに父をはじめとした島の役付きが集まっており、神妙な顔で電話をしている田所の横に腰を下ろしていた。道の脇から中を覗き込む杜弥の姿に気づいた父が、他の面々に断り外へ出てくる。

「どうしたんだ、わざわざ」

驚いている父に、摑《つか》みかからんばかりの勢いで杜弥は訊いた。

「本当にノアっていう外国人が佑介を殺したのか？　少しだけ話したことあるけど、そんな悪い人のようには……」

空は青く、周囲の木々から蟬の声が響いている。

父は頭に手をやった後、やれやれといった様子で腕を組んだ。

「自首してきたのは本当だ。明け方駐在所にやってきて、田所君に血の付いた佑介のキーホルダーを見せ自分が殺したと言ったらしい。彼は今、留置場に入ってるよ」

「でも……なんで？　佑介と接点なんてないだろ？」

辺りを憚《はばか》るように見回したあと、父は息を吐く。

「本州の刑事を待ってる所だからまだ詳しいことは分からんが、どうやら彼が話した所によると、これが初めてじゃないらしい。一種の快楽殺人者とでもいうのかね。ヨットで港へ寄るごとに獲物を物色しては殺してたようだ」

その言葉に閃《ひらめ》くものがあった。あの見覚えがあった写真の九州の女性――。

彼女はテレビで写真を見たことがある行方不明者だ。ニックと肩を組んで写っていたということは、当然ノアとも接触したことだろう。では彼女も……。

「ヨットがこの島に漂着して、たまたま目の前に現れたのが佑介だったんだろう。彼は夜中に旅館を抜け出し、居酒屋帰りの佑介の後を尾《つ》けて気絶させた後、人気のないところへ引きずって石で殴り殺したと言ってる。死体は北浜から海に捨てたそうだ」

「北浜から？　じゃあ死体はどうして出なかったんだ？　寄せ室につくはずだろ」

「死体が浮くのは腐敗したあとだからな。まだ海の底にあるのかもしれない。それに最近思うんだが、何でも寄せ室にたどり着くというのは我々の過信なのかもしれないな。この間のダイビングの女性も結局遺体は出なかったし」

父は留置場へ目を向ける。

「他で何人殺してるのか知らないが、全貌《ぜんぼう》が解明されれば大事件になりそうだよ。自責の念に駆られるぐらいなら、こんなことをしなければいいと思うんだがな」

杜弥もまた留置場を見た。そこは、忘れもしない顔取りが首を切られた場所だ。どうしてここにはこのような禍々《まがまが》しいものばかりが集まるのか。

ノアの姿を思い返す。少し様子はおかしかったものの、理性的な目が印象的で、とてもそんなことをするような人間には見えなかった。それにニックたちだって――

「そうだ、ニック……ニックたちはこのこと知ってたのか？　今どこに？」

父は肩をすくめた。

「昼過ぎに田所君が他の外国人たちも呼んで話を聞いたが、彼らは一様に驚いていたよ。刑事じゃないんで俺には本当かどうか分からないが」

「でも、気づかないもんかな。何人も殺してるのに……」

「個人主義ってやつだろう。さっぱりしたもんだったよ。一緒に旅はしているものの、プライベートには干渉しないと皆口を揃えて言ってた。IT長者か何か知らんが、彼らはそれが過ぎる気がするがな」

「他にも何かあるの？」

忌々しげに太陽を見上げ、父は首にかけていたタオルで汗をぬぐう。その後、イサナ浜に佇《たたず》む彼らのヨットへ目を向けた。

「本来彼らは、今朝出発するはずだったんだって？　田所君が島から出ないよう頼んでるんだが、どうしても明朝出航するときかないんだ。国を跨《また》いだ大量殺人事件の犯人と行動をともにしていたんだから事情を聴く必要があると言っても『それは彼の問題だ』と譲らない。おそらく本州の警察が出国審査で足止めしようとするだろうが、いろいろコネのある連中だから止められないかもしれない」

もやもやとした気持ちで、杜弥はヨットと駐在所を見比べた。

なぜ彼らはそこまで急ぐのだろう。ともに旅した仲間であるノアのことはどうでもいいのだろうか……

翌朝杜弥がイサナ浜へ足を延ばすと、すでにヨットの姿はなかった。田所や来栖島からやってきた刑事たちの懸命の努力もむなしく、ニックたちは旅立っていったらしい。宣言どおりニックたちは旅立っていったらしい。

ヨットがあった場所に立ち、杜弥は鱗《うろこ》のように繊細に輝く朝の海を見つめた。海は凪《な》いでおり、優しい波が幾重にも打ち寄せ砂を浚《さら》っては潮騒《しおさい》を響かせている。

――ウィアー　ルッキン　フォー　ヘブン。

ニックの笑顔と声が甦《よみがえ》る。彼らはノアやしがらみを振り切って海へと出て行ってしまった。今頃あの美しい船で大洋を南へ向かっているのだろう。楽土を求めて。

杜弥は俯《うつむ》いて波打ち際の土をサンダルで抉《えぐ》ってみる。すぐに次の波が押し寄せてきて元の通りに砂を均《なら》してしまった。

彼らは楽土を見つけることができるのだろうか――？

杜弥にはそうは思えなかった。

まっすぐに帰る気もせず浜をぶらぶらしていたら、調査の機材を引き揚げにきた帝山大学の学生たちに会い、宗澤が荷物とともに姿を消したことを聞いた。彼はニックらとともに旅に出たのだろう。

明日この島を離れるという学生たちを見送る約束をして浜を出ると、杜弥は島の西へ向かった。そろそろ本格的な夏を感じさせる入道雲に見下ろされながら、蝉の声をBGMに西に向かって歩き、丘陵地へ続く坂を上る。吹き出して来る汗をこまめに拭《ふ》きながら、なるべく何も考えないようにして目指す場所まで足を動かした。

久しく足を運ぶことがなかったその場所に到着して見上げると、自動的に彼のことが思い出され、涙が込み上げてくる。

周囲に植えられた艶《つや》やかな柘植《つげ》の葉が太陽を照り返すのを見て、杜弥は洟《はな》をすすった。

──あいつが生きてた時には、季節はもう一歩手前だったのに。

徹の家は、前来たときと何も変わらないように見えた。もう彼はいないというのに。

ずっと理由をつけて避けていたけれど、これ以上訪問を引き延ばす訳にはいかなかった。ニックたちを見ていてその思いは強まった。

──逃げていてはいけない。向き合わないと。

覚悟を決めた杜弥は大きく息を吸い、インターホンを押した。

＊＊

──すべてはあの夜のせいだったのだ。

留置場内はエアコンが入れられているため暑くもなく、寒くもなかった。鉄格子の内側に作り付けられた長椅子に浅く体重を預け、ノアはひやりとしたコンクリートの壁に後頭部をつける。

部屋の外からは、警官や島の男たちが日本語で話すのが聞こえた。理解はできないが、彼らが自分の告白によって動揺し、対応に追われていることは分かっていた。

自嘲《じちょう》の笑みがこみ上げる。どうして日本人の若者が殺されたあと、自分は罪を告白することを選んだのか。最初は自分でもよく分からなかったが、警官にこの檻《おり》へ入れられ薄い夢を見たとき初めて分かった。ここが日本だから。あとは……あの少女を見たからだ。

もともと人を殺すことへの反発心を抱き始めていたものの、あの若者が殺された夜、自らも手を貸していつものように手早く遺体を処理し、すべてを終わらせた。だがそこからが違った。空が白み始める中、島民に姿を見られないよう素早く旅館への道をたどっていたとき、島の南へと向かう坂道の途中で彼女を見つけた。ミステリアスな少女だった。〈ミコ〉の姿をして黎明《れいめい》の島を何かを決意したような表情で歩いていく。

断崖《だんがい》を下りた彼女が〈ヨセムロ〉と呼ばれる小さな湾に入って行くのを目で追い、慌てて坂を下り崖《がけ》の上からその姿を見た。崖の上は隠れる場所もなく姿を見られる恐れがあったが、そうせずにいられなかった。いつもの獲物を追うときとは別の興奮――。そして崖の上からヨセムロを覗《のぞ》き込んだときのあの不思議で崇高さに満ちた感覚。今ならそれが何か分かる。あれは子供の頃、初めて一人で教会へ行ったときと同じものだ。あのとき、薄暗い教会には誰もおらず西のステンドグラスから差し込む淡い光の中で、十字架にかけられたジーザスが自分にだけ微笑みかけているような気がした。数日留《とど》まっただけなのでこの島の事情や習俗など知らないが、あの場所はきっと何らかの信仰の対象となっている場所で、少女は修道女のようなものなのだろう。柱状の岩が林立する聖域で海を見ている少女を見たとき、何か底知れぬ自然への畏敬《いけい》のようなものが突き上げ胸を圧迫し、息ができない感覚に襲われた。それが、自分を変えるきっかけになったのだ。すでに人の資格をなくしていた自分の中に、猛烈な焦りが生まれた。このままではいけない。早く告解しなくては早く早く早く。本当に人でなくなるその前に——。

ノアは、密度の高い睫毛《まつげ》に縁取られた瞳《ひとみ》をゆっくりと開く。

だからこうして出頭したのだ。こんなろくな施設もない島の警察に。

隣の部屋からはまだ話し声が続いていた。先ほどあの警官がもうすぐ本州から刑事と通訳が到着すると言っていたので、それまではこうしてぼんやりとしていられるのだろう。

ふと、先ほど母国語のフランス語で「好きなようにしてくれ」と呟《つぶや》いたときのことを思い出す。警官が一瞬笑った気がしたのだ。しかしすぐに馬鹿馬鹿しいと思い直し、首を振る。ただの気のせいだろう。自分がおかしくなっていることは自覚している。静かな夜には死者たちの声が耳元で聞こえるほどなのだから。

懐かしい匂いが鼻を掠《かす》め、ノアはコンクリートの床に目をやる。そこにはどす黒く広範囲な血の痕《あと》があった。まだ新しい。洗浄はしてあるものの、漂白剤を使っていないいため色や匂いまで取りきれなかったのだろう。蠱惑《こわく》的なその香りを胸いっぱいに吸い込むと、脳が痺《しび》れるような快感が駆け抜けた。

――ああ、だめだ。だめだ、だめだ。

心を奪われそうになり、目を閉じたノアは懸命にヨセムロとあの少女のことを思った。

気持ちが静まったあと、目を開きぼんやりと考える。

思い返せば、すべてはあの夜のせいだったのだ――自分が人の資格をなくしたのも。

＊＊

「ごめんね。徹がいろいろ借りてたなんて知らなくて」憔悴《しょうすい》しきった様子で家から出て来た徹の母は、事情を話した杜弥を家に上げ、徹の部屋まで案内してくれた。

「いえ、こっちこそすみません。まだ大変なときなのに……」

家の中はいつも通りだった。ただ、足元に線香の匂いが濃く淀《よど》んでいる。

気丈そうには見せているものの、やはりまだ一人っ子の徹を亡くした悲しみを癒《いや》すことはできていないのだろう。一階から二階へと移動し部屋の前まで来ると、徹の母は体を強《こわ》ばらせる。触れることすら恐ろしいといった様子で、ドアノブに手をかけることなく彼女は振り返った。

「好きに見てちょうだい。あの日からまだ何も手を付けてなくて……。杜弥君が欲しいものがあったら持って行っていいから。その方が徹も喜ぶと思うし」

杜弥は礼を言い中へ足を踏み入れた。

徹の部屋はあの日から何一つ変わっていなかった。

窓辺に寄り閉じていたカーテンを開ける。すべてのものがひっそりと息を潜めながら主人の帰りを待っていた。床に散らばっているさまざまな物を避《よ》けるようにして、杜弥は掛け布団が半分めくれたままになっているベッドへ歩み寄った。

水色のシーツは人の形によれていて、徹が最後までそこにいたことが見てとれる。喉《のど》を締め付けるような感覚に襲われながら、ベッドに腰掛けシーツに触れた。しかし、そこに温度を感じることはできない。ただの抜け殻。ここにも、窓際の机にも、テレビの前のローテーブルの前にも、もう彼はいない。

洟《はな》をすすると、杜弥は古文書を探すために立ち上がった。

目当てのものはすぐに見つかった。机の横にもたせかけるように置いた紙袋の中。もしかしたら徹は何かを予期していて分かりやすい場所に置いたのかもしれない。そこには、ビニール袋に包まれた見覚えのある和綴《わと》じの本が丁寧に入れられていた。カーペットの上に中身を取り出して数える。貸した数と一致したのでひとまず安堵《あんど》した。

紙袋に本を戻そうとした杜弥は、底の部分に何かが入っているのを見つけ、取り出す。手のひらに少し余るサイズのキャンパスノートと、それより一回り小さい黒い合皮カバーの手帳だった。

ノートを開いてみると、そこには徹の直筆で古文書に関するメモがしたためられていた。最初のほうにはそれぞれの資料内容の走り書き。ぱらぱらとめくって行くと、最後のほうには徹の見解が示されていた。初見の自分にも分かるようにすべてを嚙《か》み砕《くだ》いて書いてある。

ざっと目を通した後、家でじっくり読もうと決め、杜弥は次の手帳に手を伸ばした。杜弥の手帳の表紙には今年の西暦、そして〈DIARY〉と金色の型押しがされていた。杜弥は逡巡《しゅんじゅん》する。外装から察するにおそらくプライベートな内容のものだろう。いくら一緒に入れてあったからといって読んでいいのだろうか。一旦《いったん》、手帳を脇に置きかけ、杜弥は徹のベッドに目をやる。なぜか自分に申し訳なさそうにしていた徹。あの日の徹はどこかおかしかった。その答えがここにあるとしたら。

杜弥は手帳を強く握り、意を決して開く。中は日付のページごとに罫線《けいせん》が引かれた日記帳になっていた。その日あったことや考えなどが、徹らしく几帳面《きちょうめん》に書かれている。自分のこと、家族のこと、杜弥のこと、学校のこと、ブログのこと、オカルトの情報など。思わず苦笑する。いつもパソコンに向かっていたくせに、日記は手書きだったのか。

関係ない部分はなるべく見ないようにして、杜弥は最近の部分までページを飛ばす。すると付箋《ふせん》が付けられたページで手が止まった。

二人で九品山に登り、古文書を取りにいった日だ。その日は、山頂で魚を齧《かじ》っていた磯貝――顔取りに遭遇した日でもあった。

『杜弥と九品山へ行き、古文書をゲットした。途中、面白いものを見た。数日前行方不明騒動を起こしたオッサンが山頂で魚を生のまま齧っていた。行方不明になっていたことといい、なんらかの精神的な病気かもしれない。変だけど別に犯罪じゃないから警察もどうにもできないだろう。食べ残しの魚を撮った。シュールだったのでブログに載せてみたら結構好評』

特に不審な点はなく、ただ事実を書き並べてあるだけだった。なぜここに付箋がしてあるのか分からない。その後も付箋が貼られているページがあることに気づいて杜弥は開いた。

顔取りの捜索が行われた日だ。

『朝から殺人事件の報に驚く。あの磯貝というオッサンに、北浜の方に住んでいる夫婦が殺されたらしい。惨劇の舞台を見るチャンスはないかと赤尾家に行くが、野次馬が多くて写真を数枚撮っただけで帰る。杜弥をちらりと見かけたが、どこかへ走っていくところだった。深夜、あり得ない時間に連絡網が回って来て、逃げたオッサンの捜索に加わることになる。九品山の方を捜していて班長とはぐれ、そこで面白いものを見た。あの顔取りはマジでやばい。あれは本物だ。あと、〈あいつ〉も。今考えると、この前九品山で見たものもこの伏線だったんだ。——一体あいつは何をしようとしているんだ？捜索で雨に打たれっぱなしだったし、疲れたから今日は寝る』

——徹はあの夜何かを見てたんだ。

呆然《ぼうぜん》として部屋を見回したあと、杜弥は舌打ちする。そうだ。あんなオカルト的な事件が起こったのに、彼はこの件を積極的に調べるような素振りを見せていなかった。もともと答えを知っていたからこそ、鷲見教授に相談したらという杜弥の提案にもあいまいな返事をしたのだ。子供の頃から徹の性格は知っているのに見逃していた自分に腹が立つ。

杜弥はもう一度手帳に視線を戻した。徹によって書かれたあいつという文字。一体誰なのだろう。付箋がそこで終わっていたので、杜弥は次の日から順に目を通していった。『顔取りの捜索はまだ続いている。欺瞞《ぎまん》だ。あいつはあの日、九品山の西の崖《がけ》から顔取りが落ちて行くのを見ていたくせに、涼しい顔で捜すフリをしている。むかつくけれど、訴え出たところで信用されないだろうし、どうしようもない。ここはひとつあいつを脅してみようと思う。一体何が目的で、何をしたいのか。ぶっちゃけワクワクしている。』『学校帰りにあいつと接触した。最初はとぼけていたが、一部始終を見ていたことを話すとようやく本性を見せたしかし、あいつは一体なんなんだろう。普通の人間にしか見えない。なぜ顔取りが赤尾夫妻を手にかけたのか訊《き》いたら、そのうち分かる、これからこの島で起こるすべての事象は繋《つな》がっていると言っていた。変な感じ。繋がっているということは隠された計画があるんだろうか。必ず吐かせてやる。俺がすべてを話せばあいつはすべてを失うんだから』

杜弥は唾《つば》を飲み、ページをめくる。その後違和感に気づいてもう一度前のページを見直した。新しいページは字が少し乱れており、妙に筆圧が強くなっていた。

『学校を早退。なんか調子悪い……』『発熱。頭がくらくらする。学校休む、寝る。夢を見た。アメリカンテイストな感じのどこかの港町。気球が飛んでて、お祭り？　聖者の行進が流れてた。熱のせいだな』『今日も学校休む、調子が戻らないので渦先生のとこへ行く。寝ていて知らなかったが、観光客の女性が行方不明になっているらしい。お袋に付き添われて帰る途中、あいつが女性の捜索を指示しているところを見た。笑える。というか、あいつが犯人なんじゃないか？　杜弥から心配のメールが来てたから、たいしたことないと返す。杜弥が少し心配だ。あいつ……（判読不能）』『渦先生にもらった抗生物質が効かない。熱はまだ三十八度ある。だるくてマックの電源入れる気にもならない。インフルエンザじゃないし、風邪でもない。学校なんてどうでもいいけど、……（判読不能）』『状態変わらず。夢の中で考えていて、ようやく分かった。これは呪いだ。あいつが呪いをかけたんだ。俺には分かる。とりあえず家中に呪い除《よ》けのまじないをした。これで収まる程度ならいいが』『また同じ夢を見る。最近いつもそうだ。シルクハットを被《かぶ》った黒い礼服姿の黒人がじっと俺を見張ってる。あのどろりとした目を見ると動けなくなる……』『熱のせいで頭の回転が悪くなっていたんだろう。思い出した。あの夢の中の男はブードゥー教の神、バロン・サムディだ。あいつはブードゥー遣いだ。以前アメリカ在住のオカルト友達からもらった魔除けのグリグリとセージをベッドの下に置いたら、嘘のように体が軽くなった。でも、ブードゥーの儀式はおいそれとできるもんじゃない。あいつはこんな呪いをどこで学んだんだ？　何を企《たくら》んでるんだ？　顔取りや行方不明の女性は何か関わりがあるのか？　絶対に調べてやる』『大分体調がよくなったから、家の周囲をトウモロコシの粉で囲んでブードゥー式の魔除けをした。魔術の本の記述が正確であることを祈る。杜弥が来てくれた。久しぶりに顔を見たらホッとした。やっぱ友達はいい。いろいろ話した。あいつのことを話そうかと思ったが、日を改めようと思う。学校はもうしばらく休めるから、その間にこの島で起きてることの謎を徹底的に調べ上げるつもりだ。すべてが分かってから杜弥に言おう』

　もはや日付関係なしに書きなぐられた日記は、そこで一旦途切れた。ページをめくると二枚後のページに続きが書かれている。

『調査開始。親の目を盗んで家から出るのが大変だけど、ダイビング女性の捜索は尻《しり》すぼみになっているし、一旦出てしまえば人通りが少ないのが幸いだ。九品山↓赤尾夫妻の家↓床与岬と巡って、島に起きていることとブードゥーの繋がりを考えてみる』『行方不明の女性を殺した容疑で逮捕された夫が、移送途中に鮫《さめ》に食われたと聞いた。〈鋤《さひ》持神《もちのかみ》〉だ。ようやく頭にかかっていた靄《もや》が晴れてきたかも。昔話でしか語られていなかった怪異が起こる理由。呪いは呪いと共鳴する。ブードゥーの影響を受けてこの島特有の怪異が活性化しているんじゃないか？　そしてあいつはそれを利用して何かを成し遂げようとしている。何かとてつもなく大きなことの気がするが、調べようがない。こればかりはあいつを脅して吐かせるしか……』

　次のページは白紙だった。続きが気になり杜弥は紙をめくっていく。すると、十枚ほどめくった場所、徹が亡くなった日付の場所に書き殴るような文字が記されていた。

『また呪われた。グリグリが効かない。……もう逃げられない』

それが絶筆だった。

杜弥はしばらくそのページを眺めたあと、文字を指でなぞり、静かに手帳を閉じる。胸が突き刺されたように痛い。この日、徹は再び謎の病に冒され命を奪われたのだ。

机にしまい込まれていたキャスター椅子を引き、腰掛ける。混乱していた。

ブードゥー信者がこの島にいてその人物の影響で島の昔話が再現されている？　それにこの日記を見る限り、徹はまるで呪いの力で殺されたようではないか。

机に両肘《りょうひじ》をつき杜弥は頭を振る。これまでこの島でさまざまな怪異を見て来た。顔取りの首のない姿だってこの目で見た。だからといって〈呪い〉という非日常的なものをすんなりと信じることはできない。ここに書かれているブードゥー云々《うんぬん》は陰謀論好きな徹の妄想で、小康状態になっていた病気がぶり返し命を奪われただけではないのか。

息を吐き、杜弥は目の前の窓からレースカーテン越しに外を見る。隣家の屋根の上に九品山のなだらかな稜線《りょうせん》が見えていた。部屋に目を戻した杜弥は、あることに気づく。徹のベッドの下に敷かれたカーペットが、少し傾いていた。

＊＊

蟬の声がコンクリートの屋根や壁から染み込み、ひやりとした留置場中に響く。隣の部屋からはぼそぼそとした話し声がするだけで、警官がこちらへ来る気配もない。

天井を仰ぎ、ノアは回想した。自分をこのような鬼に変えてしまったあの夜のことを。

脳内にはあるイメージが浮かんでいた。深い深い闇の中で青い肌を発光させる、ヒンドゥーの異形の女神《カーリー》像。十対の四肢を持つ彼女は、肉感的な裸体にさまざまな装飾品を纏《まと》い、人間の髑髏《どくろ》を連ねた首飾りを下げている。ほとんどの手は武器を持ち、最後の一本には血の滴る生首を摑《つか》んでいた。黒くくっきりと縁取られた双眸《そうぼう》に、額に開いた第三の目、口から妖《あや》しく伸びる赤く長い舌――。その貌《かお》は美しくも恐ろしくもあった。

ノアは、ニックにヨット名の由来を訊いた時のことを思い返す。

あの日、出航したばかりの浮わついた雰囲気を持つ船上で、ニックは微笑んで答えた。

「航海に女神はつきものだ。どうせならってインドの強い女神の名を借りたんだ」

ニックは仕事柄インドへ足を延ばすことが多かった。ノアも一度だけ行ったことがある。最初に圧倒されたのは、頭打ちを経験したことがない国独特のパワーと躍動感だった。欧米とは異なる色彩と香り、エキゾチックな文化、人々を隔てる階層、聖なる川、この国では生と死が入り交じり訪れるものを魅了する。とくに寺院傍の店先に並べられたヒンドゥー教の神々の姿はノアに鮮烈な印象をもたらした。充実した肉体を持つ彼らはキリストや他の聖人たちとは違い、より直情的でリアルな生への感情を想起させる。

あの国の神秘に触れ感銘を得るものは多い。ニックもその一人だったのだろう。だから彼はその名を美しい自らのヨットに戴《いただ》いたのだ。

「本来、彼女の色は黒だからこの白いヨットには合わないんだけど、仕方ない。でも、こんないい名前はないと思うよ。彼女の名の前につけたサートは何だって？　ああ、これは七って意味なんだ。七人で出航するし、ラッキーセブンだから縁起がいい」

カールした髪を風になびかせ、夕日を受けて美しく輝く海原を見ながらニックは肩を竦《すく》めた。

彼がつけた船の名は、サート・カーリーという。

出航して数日が過ぎた満月の夜、公海上でそれは起こった。旅につきもののちょっとした喧嘩《けんか》が起きた後、船が急に霧に包まれ全員気を失ったのだ。夜が明けて甲板で一番に目を覚ましたのはノアだった。記憶が飛んでいることに気づき辺りを見回すと、甲板の上は血や何かの細かい肉片にまみれ、マストには無数の手形がついていた。そして、昨夜甲板で皆と口論になったメンバー、ライアン・ハリスが姿を消していた。服や口元の汚れから何が起こったのかうすうす感じ取っていたものの、恐ろしすぎて誰もそれについて語るものはなかった。残りのメンバーは口裏を合わせて粛々と船を掃除し、航海を続けた。

次に同じことが起こったのは七日後の夜だった。静かな夜、霧がゆっくりとヨットを包み込み、それが起こる。そのときいなくなったのは、リカルド・ガルシアだった。このときにはノアを含む他のメンバーすべて意識を持っていた。今考えれば陸地から足を離し船に揺られているうちに、だんだんと自分たちは変質していたのかもしれない。

さらに七日後の夜には、とろりと血を滴らせる柔らかい肉を狂おしいほど舌が欲していた。そしてその夜、また一人メンバーが減った。

しかしそこでノアたちは、はたと我に返った。最後の一人になるまでこれを続けるのか。それはできない。ただでさえ、いなくなった三人の死を外界に悟らせないようにすることが大変だったのだから。

以降は、島や陸へ立ち寄り獲物を物色してはヨットに誘い込み、大洋に出てそれを行うようにした。同じことを何度か繰り返しながら、大洋を西へ西へ旅した。初めの方こそ、もうこの旅をやめたらどうかと言うものもいたが、時が経つにつれそんな声は聞かれなくなった。それは食べる度に舌に新しい多幸感をもたらす肉のためでもあり、霧の中で供物を欲する女神の赦《ゆる》しを得られないからでもあった。

誰かを手にかけるたび、月を見上げて考えた。もう帰る場所はない。自分たちがとっくに人間の枠からはみ出てしまったことには気づいていた。ときには涙が溢《あふ》れた。自由になるため海へと漕《こ》ぎ出したはずなのに、海上の白い牢獄《ろうごく》へ閉じ込められた囚人になった。

昔からキリスト教の修道士たちは信仰を携え海に出たという。大航海時代の航海士も同じだ。人は皆、己にとっての楽土を夢見て海に出る。だが、彼らは気づいていたのだろうか。出ない方がいい旅があることに。彼らの多くは戻らなかった。

それは楽土を見つけたからなのか、海の藻屑《もくず》と消えたからなのか、それとも——

蝉の声が意識を現実へ引き戻す。

ノアは目を開くと、自身を外界と隔てる鉄格子を見上げ、苦笑した。

楽土などないのだ。すべてが明らかにされすぎた現代で、そんなものはあり得ない。莫大《ばくだい》な金のせいで傲慢《ごうまん》になり不相応なものを求めた自分たちに神が罰をお与えになったのだ。子供の頃教会で見たジーザスや恋人や家族、すべての生活を捨てて海へ出た。だからあんなことになったのだ。

ノアは目に涙を滲《にじ》ませる。——私は赦しを得たい。もう一度人として我が神に向き合い赦されたい。そのチャンスをヨセムロとあの少女がくれたのだ、きっと。

ニックたちは出頭しようという説得に応じず、自分にはどうにもできなかった。彼らはこれからも海を彷徨《さまよ》い、殺戮《さつりく》の女神の名を冠した白いヨットで贄《にえ》の宴《うたげ》を続けるのだろう。

駐在所の扉が開く音がし、複数人の気配が入ってきたと思うと、隣の部屋が急に騒がしくなった。日本語での会話が交わされたあと、スーツを着た目つきの鋭い男たちが留置場へ入ってきて、鉄格子の中を覗《のぞ》き込む。おそらく彼らが他の島から到着した刑事たちだろう。

——これでいい。ようやく裁きの場に出される——人として。

ノアは瞳《ひとみ》を閉じ、両手を握り合わせて己の神に祈った。

＊　＊

——この前はベッドしか動かしてないのに。

杜弥はベッドの側に歩み寄り、カーペットの位置を確認する。

本来ならば壁に沿って敷いてあったものだが、角度がずれて端が丸まっている。まるで誰かがめくって慌てて戻したようだ。しばらく眺めたあと、意を決しベッドの両端を交互に動かして移動させる。

カーペットの上には、以前徹が置いたグリグリの袋とセージが置いたままになっていた。屈《かが》んでそれをとりあげ、杜弥は唇を噛《か》む。徹は必死で生きようとしていた。彼を助けてやれなかったことが悔しい。

グリグリとセージをローテーブルの上に置くと、杜弥は壁際まで移動し、しゃがんでカーペットの端を摑む。めくり上げると、板の床材が現れた。点検していくと、徹が頭を乗せて寝ていた辺りに文庫本ぐらいのサイズの切れ込みがあった。それを指でなぞる。ここを一度はずしてまたはめ直したのだろうか？　切れ込みの周囲にはまだ新しいおがくずがこぼれていた。隙間に指を入れて、板をはずす。

暗闇の穴に光が入り込み、中のものを照らし出した。

「これは……」

見るなり、全身を寒気がおおった。

穴の中、断熱材の隙間に置かれていたのは、二つの小さな麻袋だった。お守りより少し大きな正方形の袋は、真ん中部分がぽっこりと盛り上がっている。片方のそれからは、くすんだオレンジ色の鶏の足先がはみ出していた。取り出して他の中身を確認したかったが、手を近づけると痺《しび》れたように震えだしてどうしても触れることができない。

ごくりと唾《つば》を飲む。これはおそらくグリグリだ——徹がお守りにしていたものとはまったく違う種類の。一つは最初に徹を呪ったものだろう。そしてもう一つは、二回目に彼を呪い殺害したより強力なもの……。

飛びつくように本箱の前に移動すると、杜弥はブードゥーの本を探し出しグリグリの項目を調べる。

「グリグリ。ハイチではワンガと呼ばれる。小石や骨などさまざまな物を入れた小袋。入れる物により、〈護符〉になったり、〈呪い〉になったりする。ロアという神の力がその根源となる。護符にする場合は精神の安定、家内安全、金銭問題の解決に効き、呪いにする場合は、相手を陥れたり、相手を死に至らしめたりすることも可能であると言われる……」

大型本の開いたページには、ブードゥー教の神々の紹介もされていた。

目を通しページをめくったそのとき、杜弥は弾《はじ》かれるように本を取り落とす。衝撃で、本から一枚の紙がこぼれ落ちた。屈んで拾うと、島に本を取り寄せてくれる来栖島の書店の注文票で、『須栄島、二冊』と書かれていた。それをポケットにねじ込み、杜弥は本を開き直す。

描かれていたのは、シルクハットを被《かぶ》り、礼服に身を包んだ黒人の男だった。男の絵の下には、こうキャプションがつけられている。

『死者、墓場の神、バロン・サムディ』

誰かに見られているような気配を感じたのは、そのときだった。

産毛が逆立つのを感じながら、杜弥は部屋を見回す。

徹が集めていた面や民俗的な装飾品、本の詰まった棚、張り詰めたような静寂——すべてが急によそよそしく感じられ、不安に鼓動が波打ち始める。

——何かいる。何かがいて、自分を監視している。

幽霊や、オカルトなんて信じない。

だが心が何かの存在を確信していた。

——怖い。ここに居ることが……。

言うことをきかない体を奮い立たせ本をローテーブルの上に置くと、杜弥はカーペットとベッドの位置を戻し、古文書の入った紙袋を持って徹の部屋を飛びだした。

気配に気づいて出て来た徹の母におざなりな挨拶《あいさつ》をし、家を辞す。

カラリとした夏空の下に出て蟬の声を聞くと幾分か安心したが、それでも何かが追いかけてくるような気がして何度も振り返らずにいられなかった。

一刻も早く遠ざかろうと、走りながら杜弥は呟《つぶや》く。

「徹、お前は一体誰を脅してたんだ……？」

＊　＊

「――最高だな。ちょっと日差しは強すぎるが」

爽快《そうかい》な北風が頭上の白い帆をいっぱいに膨らませ、ヨットは滑るように海上を走って行く。甲板のデッキチェアに寝そべった宗澤は、かけていた大きなサングラスを頭に押し上げ、自らの太い腕を見た。生白かった肌は、日に焼けて大分赤くなっている。きっとすぐに彼らと同じような小麦色になるだろう。

満足げに微笑むと、宗澤は周囲を見回した。

三百六十度の空と海のパノラマ。誰にも邪魔されることのない贅沢《ぜいたく》な空間と時間。

それを得たことが嬉《うれ》しく気持ちの高揚が止まらない。

今のところまったく不自由はなかった。旅に誘ってくれた友人たちは、これ以上ないほど自分を気遣い丁重に扱ってくれている。彼らとの会話はエキサイティングだ。世界で成功を収めた彼らとあらゆる事象について対等に話すことで、自分もまた世界を制したような気分にさせられる。彼らはきっと分かっているのだ。宗澤が彼らに似つかわしい特別な人間であることを。ニックなど自分のこれまでの話を聞き、たいそう同情してくれた。認めてくれない教授の下などで働くことはない。自分のよく知る大学のポストを用意するので、そこでもっと自由に力を伸ばすべきだと。少しだけ何もかもが上手《うま》くいきすぎなのではないかと思ったが、これまでの艱難辛苦《かんなんしんく》が報われたのだと思えば、そう不思議でもない。

——俺の勝ちだ！

鷲見教授や学生たちに向かって心の中で舌を出す。自分は狭くてくだらない世界から一抜けしたのだ。

サイドテーブルに置かれたトロピカルドリンクを飲み、グラスに引っ掛けられたパイナップルをつまんでいると、船内からニックと無精髭《ぶしょうひげ》のディーンが現れ、方向を調整し始めた。船体と平行だった帆の角度が三十度ほどずらされるとともに、船の進む角度が変わった。

これまでも何度もこのような場面は見て来たが、彼らが鼻歌を歌い妙に楽しそうにしているのが気になった。何かいいことでもあったのか？　と声を掛けると、ニックはロープを巻きつけながら、にこりと笑って早口で話した。彼にしては不親切な発音で、「dirty《汚れる》」という単語しか聞き取れなかった。

彼らはこちらへやってくると、宗澤がいるにもかかわらず日よけの布を取り外してしまう。さらに、マストの脇に置いてあったブルーシートを、甲板いっぱいに広げた。

片手でドリンクを持ち、もう片方の手で照りつける日差しを遮り何が始まるのか見ていると、赤毛のトムが船内からシルバープレートに載せた人数分のシャンパングラスを運んで来た。彼らがウェルカムパーティーを開こうとしているのだと気づき、宗澤は胸を躍らせる。食べ物はおろかテーブルや椅子もないのは不自然だが、きっと何かサプライズがあるに違いない。彼らは大富豪なのだから。

ニックが宗澤の肩に手をかけ導く。宗澤は笑顔でそれに応《こた》える。

甲板にはいつのまにか全員が揃っていた。

シャンパングラスを手渡され、宗澤は大げさに感激したような演技をする。

この友人たちは自分にとって役に立つ。決して気分を害してはならない。

「ウェルカム　トゥー　アワー　サート・カーリー！」

ニックが笑顔で声を張り上げた。グラスを重ね合わせる音が響く。

まだそれほど飲んだ訳でもないのに、うっとりとした瞳《ひとみ》で自分を見ている彼らにサンキューと叫び、宗澤は空を見上げた。

ヨットも自分の人生も順風満帆だ。

心から、幸せだった。

呪《じゅ》

呪い（まじない）：神仏や霊力をもつものに祈って、災いを逃れようとしたり、また他人に災いを及ぼすようにしたりすること。

『大辞林』

大小さまざまな十字架が雑然と並ぶ夜の墓地は、霧で包まれていた。

ひやりとした夜気に漂う虫の声の中に、ぼそぼそと土を掘る音が響いている。

椰子《やし》の木や雑草などが生い茂る墓地の外れで、黒人の若い女はスカートが汚れるのも構わず地面に這《は》いつくばって土を掘り返していた。傍らには、足先が土で汚れた小さな十字架が横たえられている。

雨が続いていたせいか、土は柔らかく女の手でも力を入れれば掘る事ができた。

女は息を弾ませながら、夢中で褐色の細い指を土へ突き立てては、穴の外へと掻《か》きだしてゆく。後ろで結った縮れ髪はばらばらにほつれ、褐色の若い肌には玉のような汗が浮いていた。一心不乱に掘る顔には焦りと憎しみの色が浮かび、この国では整った部類に入るであろう顔を美醜を超えたまるで別のものに見せていた。

「――――」

爪が何かを捉《とら》えた手応えを感じ、女は慌てて手のひらで土を払いのける。

土の中から女の腕に収まるほどの小さく四角い箱が輪郭を現した。

女は急いで周囲の土を掻き、その箱を取り出すと後ろを振り返る。そこには巨体の男が無表情で佇《たたず》んでいた。

男に向けて媚《こ》びたように笑ってみせると、女は箱を男の前に置き、蓋《ふた》に嵌《は》め込まれたガラスをスカートで拭《ぬぐ》ってみせる。

中を見た女は地面へしなだれるように崩れ、口元を震わせた。

「なんてこと……」

男は巨体を折り曲げ屈《かが》むと、持っていたライトでそれを照らし、満足げに頷《うなず》いた。

「——いいだろう。これなら不足はない」

＊　＊

風が強い。上空に幾層も重なる雲をものすごい速さで押し流し、波の花を散らせ、岩上に立つ椰々子の髪や服を強く引っ張っていく。

朝方ここへやって来てもうどれだけ経っただろうか。家にいるのが嫌で、神社の掃除を済ませたあと寄せ室へやってきた椰々子は、ずっと曇天の下荒れる海を見ていた。

なんだかとても不思議な気分だった。これまで感じたことのない気持ちが胸に生まれていたのだ。

——寂しい。

もともと島では村八分にされていたし、養母が亡くなってからは教師や赤尾夫妻、禰《ね》宜《ぎ》以外と言葉を交わすことすらなかったが、それが普通だと思っていたし自分は孤独に強い人間なのだと思っていた。だが、今はなぜか違うのだ。それはなぜかと考えた時、椰々子の心に思い浮かぶのは杜弥のことだった。

急に距離を縮めてきた島の主《あるじ》である白波家の息子。最初は冷やかしだと思っていたし、自分自身それほど気を許すとも思っていなかった。しかし、短い期間といえども自分に接する彼の態度はいつも真摯《しんし》だったし、時にはそれ以上の自分への気持ちを感じるときもあった。それにほだされた訳ではないが、いつの間にか彼といる時間に気が休まるようになっていたのは事実だ。無感情という甲冑《かっちゅう》をつけていなくてはならないこの島の生活の中で、それを脱げる人物と出会えたことに今更ながら驚いていた。それに、これまで杜弥を鎹《かすがい》にして少しだけ島民と繋《つな》がることができていた。だから余計とつらいのだ。

岩に砕け散る波を眺めながら、椰々子は目に涙を浮かべる。

——なぜ自分だけがこのような運命を強いられるのか。島の人からは死神だと疎まれ、杜弥とは距離を置かざるを得ない。寂しいし苦しいし、こんなのはもう嫌だ。

草履をはいたつま先に涙の雫《しずく》が落ちる。子供の頃から何百回と考えていた。どうして自分だけこんなつらい役回りをさせられるのかと。でも、考えれば考えるほど人生は不条理でそう生きるしかないのだという答えしか得られなかった。人生というものは運に左右される。努力で遡《さかのぼ》れるぐらいの小川のような運命ならばいいが、そうでない場合はただただ圧倒的な濁流に翻弄《ほんろう》されるより他はない。

袖《そで》で涙を拭うと顔を上げ、椰々子は荒ぶる海と霧で白く霞《かす》む水平線を見た。

先日の早朝、白く美しいヨットで出航した外国の富豪たちのことを思う。田所から自由に海を旅している彼らの話を聞いたとき、胸が騒いだ。島から出たいと思ったのは最初ではないが、切実に心が揺れたのは初めてだった。

島を出てみたい。自由に好きな場所へ行って好きに生きる。そうすれば運命から逃げ切って今とは違う普通の人生が送れるかもしれない。だが、実行に移すのは無理だった。いつの間にかしおれた心がこの島に鎖で繋がれてしまっていた。足が竦《すく》み、お前には不可能だという声がどこかから聞こえ、恐怖に体が固まり動くことすらできない。

椰々子は顔を手で覆い、嗚咽《おえつ》を漏らした。

もう、何もかもどうしていいのか分からなかった。分からないし、動く気力もない。

風音の合間、鯨の歌が聞こえてきた。

——彼らはどうしてこんな優しい歌を歌うことができるんだろう。嵐の日にも。

顔を上げ、椰々子はその姿を探す。しかし、高くうねる波や霧に遮られて見つけることはできなかった。

海はさらに荒ぶる。

名残惜しく思いながら椰々子はその場を後にした。

自室のベッドの上で胡坐《あぐら》を組んだ杜弥は、目の前に置いた徹の手帳に視線を落とし唸《うな》った。

手帳の横には、自分なりにこれまでの経過や考えたことをまとめたノートが広げてある。壁にかけた時計を見ると、取り組み始めてからすでに三時間が経っていた。

こんなことをしているのは、徹を殺した犯人を捜し出すのが目的だった。

呪いというものを頭で完全に信じた訳ではないが、あの部屋で本能が訴えた恐怖を忘れることができなかった。それに、ベッドの下の床に徹が魔除《まよ》けに置いたのとは別のグリグリを見つけたのだ。家に帰ってから徹の日記を確認したが、床下のものには言及していなかったから第三者が置いた可能性が高い。ということは徹を呪った人間が確実にこの世に存在するということだ。その人物を、捜しだす。

どうしてもそうしなくてはならない理由が、杜弥にはあった。

『ブードゥーの影響を受けて、この島特有の怪異が活性化しているんじゃないか？』

徹の日記を読み返して出てきた言葉だ。ということは、徹を呪った人物は、この島のすべての怪異に関わっていることになる。怪異は、椰々子の身近な人物に危害を加え島での彼女の立場を危うくした。ならば、その人物を捜すことが椰々子を救うことにも繋がるはずだ。

ノートに真剣に向かい、杜弥は犯人の人物像を考えた。

とりあえず、今分かっているのはその人物が椰々子を陥れようとしていること、ブードゥー使いであることだ。そして――

「俺の傍《そば》にいる人間」という記述に杜弥は眉《まゆ》をひそめる。徹の日記には、犯人が杜弥に近しい人物であることが何度も記され、杜弥のことを案ずるコメントも書かれている。

さらに「（美和さんの）捜索を指示している」という文言に杜弥は注目した。犯人を見つける上でこの上ないヒントだが、そこから導かれる結果があまりにも突飛すぎて信じられない。自分に近く、捜索を指示できるような人物。それは父と漁協の所長ほか数名の役付きに絞られる。もっと言えば、あのとき捜索の指示を先陣切ってやっていたのは父だ。それとも指示していたというのは、現場レベルの話で消防団や青年団の班長なども範囲に入れていいのだろうか。

「うああ――っ。わっかんねえ」

両手で頭を掻きむしり、杜弥は背中からベッドに倒れ込む。だいたい、自分に近しい人物というのが無理があるのだ。父だって、他の親しい人だってどう考えてもブードゥーの知識を持ち合わせ、実際に呪いをかけることができるとは思えない。

唸りながら起き上がると、もう一度ノートを確認する。実はもうひとつ犯人に繋がるヒントはあった。徹の部屋でブードゥーの本からこぼれ落ちた『須栄島、二冊』と書かれている注文票。二冊ということは、徹の他にもう一人その本を取り寄せて買ったことになる。日付は約二年前。本の奥付にある初版の日付と近いから、徹ともう一人の誰かは飛びつくように同時に取り寄せたのだろう。このことからも徹の他にもう一人オカルトマニアが島にいることになる。

しかし――。

転がしてあったシャープペンシルを取り、杜弥はノートの書店名に斜線を引く。

先ほど来栖島の書店に電話で確認したところ店主は、徹についてはいつもそういった本を購入するから覚えているが、もう一人については覚えていないと話していた。おそらくもう一人の人物は普段そこでは買わないのだろう。

再び袋小路《こうじ》に迷い込み、杜弥は息を吐いて別の項目に目を向けた。

『椰々子を陥れようとしている——恨みを持っている？』

口の中に苦いものが広がる。ここでも第一に思い浮かぶのは父と兄だった。他にも椰々子を忌み嫌っている人間は山ほどいるが、彼らは白波家が強いた暗黙の掟《おきて》に従っているに過ぎない。

なぜ父と兄——白波家の首領は、椰々子を村八分にするのだろう。椰々子が漂着した他所者《よそもの》だから？　その程度のことでここまでするはずがない。それに今椰々子を追いつめようとしているものの行動には明確な憎悪を感じる。どうしてそこまで恨む必要がある？　あんな人畜無害な少女を。

勉強机のフックに引っ掛けてあったお守りが目に入る。母が杜弥を身ごもったと聞いた祖父が、四国の金毘羅《こんぴら》参りへ行ったついでに買ってきた物だ。返しに行く訳にもいかず持て余し、古ぼけてしまったそれを眺めながら、杜弥は叔母《おば》から聞いた話を思い出した。

十六年前、嵐の被害でてんやわんやの上に赤子だった椰々子まで漂着したことで、父はさらなる激務を強いられた。そんな中、産後の肥立ちが悪かった母は、兄の杜之を親《しん》戚《せき》の家に預け、杜弥だけの面倒を見ていたという。前日の夜から母は頭痛を訴えていたが、父は構ってやれず仕事に出かけるよりほかなかった。そして翌日、仕事を終えくたくたになって帰った父は、泣いている杜弥の横で冷たくなっている母を見つけた。

——まさか。

杜弥は目を見開く。父は、椰々子の身元捜索のせいで母を助けられなかったのを恨んでいるのだろうか……？

あり得ないと思いつつも、一旦《いったん》わき起こった疑惑は、速度をつけて坂道を転がり落ちていく。

そもそも、椰々子のことで父と兄は何かを隠していた。それに、災いのことを言い出したのも彼らだ。発端は兄の言葉だった。彼らは島に厄災が起こる事を知っている様子だった。自分は不知火神社の預言だと思って調べたが、神社の禰宜《ねぎ》も椰々子も預言の存在を否定した。では彼らはどうして災いが起こることを知ったのだ？　それは彼ら自身が椰々子を追いつめるために災いを引き起こしているからなのではないか？　もっと言えば、彼らはコントロール不可能な災いを島に放ったがために、経過を注意深く見守っていたのではないか……？

杜弥は、手許《てもと》に視線を落とす。

石碑のことは？　父は石碑のことを気にかけていた。結界が切れると良くないことが起こると信じているからだろう。そして、それが最近何者かによって壊されたことを話していた。父や兄が犯人ならばそんなことをするだろうか？　けれど、災いが椰々子に向けられたもので、それが副次的に石碑を壊していたなら矛盾しない。

そこまで考えてから、杜弥はベッドに置かれた徹の日記を見る。父や兄ならどうして徹はそのことを自分に警告しなかったのだ？　それとも、あのとき言葉を濁して言えなかったのは父と兄だからなのだろうか？

ハッとして、杜弥は被害者の名前を列挙したページを開いた。彼らは椰々子の関係者だ。それなのに同じく関係者である自分だけはまだ何の被害も受けていない。これこそが父や兄が犯人である証左では……？　徹も彼らが杜弥まで傷つける心配はないと安心し、警告しなかったのではないだろうか。

頭をかきむしる。自分でも考えが偏りすぎていると思うが、彼らの他に該当者がいない以上、こう考えるより他なかった。

ベッドに仰向《あおむ》けに転がり、昨日食料を届けにいったときの椰々子の様子を思い返す。ノックをすると、電気もつけていない薄暗い小屋から出て来た彼女は、沈んだ表情で野菜を受け取る手もぎこちなく、よそよそしかった。おそらくずっと苦悩していたのだろう。

——彼女を救いたい。どうしても。杜弥は起き上がり、もう一度徹の日記に目を通し始める。何としてでも彼女を苦しめる人間を突き止めやめさせなくては。

たとえ、それが自分の肉親だとしても。

翌朝一番に、杜弥は漁協と役場を訪れた。

確かめたかったのは、父と兄のアリバイだった。あれから徹の日記を調べていて気づいたことがあった。杜弥が徹の見舞いに行った日、床下にはおそらく第一の呪いのグリグリが仕込まれていたが、徹がベッド下に置いた善いグリグリと相殺されて彼は元気だった。

しかし数日後に徹は死んで、床下からは二つの呪いのグリグリが見つかった。ということは、杜弥が見舞いに行った日から徹が亡くなる日までに何者かが侵入し、第二の呪いのグリグリを置いたことになる。日記によると、徹は調査のため隠れて家を抜け出していたものの、一人息子を心配した母親はずっと家に居たようだから、それが置かれたのは彼女が徹に付き添い渦先生の診療所へ行った日の数時間としか考えられない。

だから父と兄がその日どうしていたかを確かめたかったのだ。杜弥自身も父や兄がそんなことをしたなんて信じたくない。アリバイを立証して彼らを犯人リストから外したかった。

だが、もくろみは空振りに終わった。

兄が席を外しているのを確認して漁協に入り込み、事務の女性に確認したが、その日は皆、美和の捜索に駆り出されており、出勤はしていても席にいなかったという。父についても確かめるため役場へ行ったが、結果は同じだった。

イサナ浜のスタンドに座り、杜弥は途方に暮れる。自分は調査のプロでもないし、徹みたいに推理したりするのが得意な訳でもない。今だって根拠もあやふやなまま父や兄を疑っている。こんなことで本当に突き止められるのだろうか。

それに、もしも本当に父と兄が犯人だったら、どうすればいいのだ。犯人ならば、徹を殺したということになる。そんな彼らを自分は許せるのだろうか……。

朝の穏やかな日差しに照らされるイサナ浜には、ちらほらと海水浴客が現れ始めていた。ホオジロザメは去ったらしく、すでに安全宣言は出ているが、例年に比べ泳ぐものは少ない。

大きく溜《た》め息《つ》を吐いたところ、後ろから声をかけられた。

「杜弥君？」

振り返ると、遊歩道に自転車を引いた田所が立っていた。

「いい天気だね。肌でも焼きに来たの？」

彼は穏やかに笑う。暢気《のんき》な顔に、思わずすがりたくなった。

「田所さん――ちょっと相談に乗ってくれる？」

スタンドに呼び寄せ、客船が作る日陰の下で核心部分を伏せながら事情を説明すると、田所は不思議そうに首を傾げた。

「――えーっと、要するに君の大事な人が別の大事な人を陥れようとしてるけど、証拠が見つからないからどうしていいか分からないってこと？」

「うん、証拠っていうかその人がやったって確証？　警察ってそういうときどうすんの？」

彼は目を瞬《しばた》かせる。

「ちょっと待って、抽象的で話が見えづらいんだけど、それって犯罪？　だったら僕が——」

「いや、そんな大事じゃなくて……学校でちょっと同級生の諍《いさか》いがあるだけ」

手を振ると、田所はホッとしたように表情を緩めた。

「僕は刑事じゃないけど、例えば殺人捜査のときなんかは、現場周辺の聞き込みをしたり、被害者の生前の行動や足取りとか人間関係を調べたり、あとは犯人の遺留品なんかを調べたりする感じかな。杜弥君の場合は、関係者から根気よく話を聞いてみたら？」

「関係者……」

杜弥は呟《つぶや》く。

磯貝や赤尾夫妻、美和は死んでいるし、荻原も鮫《さめ》に食われた。佑介を殺した犯人ノアはとっくに本州へ移送されている。残る関係者といえば、徹の両親、そして赤尾夫妻の関係者である椰々子。だが、どちらも今は悲しみにうちひしがれているし、そもそも何かを知っていそうな気配もない。

これではだめではないかとうなだれた瞬間、閃《ひらめ》いて杜弥は顔を上げた。

──磯貝淑江。

顔取りの一番近くで暮らしていた彼女に訊《き》けば何か糸口が摑《つか》めるかもしれない。

礼を言おうとすると、隣に腰掛けた田所は、懐かしげな瞳《ひとみ》で南の水平線を見ていた。

この人は以前も同じように海を見ていたなあと杜弥は思い返す。

気配に気づくと、彼は少し恥ずかしそうに頭を掻《か》いた。

「やっぱりここの海は綺麗《きれい》だね。見入っちゃうよ」

「誰かのこと思い出してたの？」

訊いたのは、柔らかな眼差《まなざ》しにそんな気がしたからだ。

田所は微笑む。ほころぶような表情に、その人が大事な人なのだと分かった。

「こんなこと言ったらマザコンって笑われるかもしれないけど、母のことを。早くに死に別れたんだけど、あの水平線を見てたら会いたいなあって思って」

田所が自分と同じ境遇だなんて想像もしなかった。杜弥は驚く。この人は優しい笑顔で苦労を覆って人に感じさせないようにしているのか。

「……すごくよく分かるよ。それ」

力を込めて肯定すると、田所は意外そうに目をしばたたかせた。

「どうかした？」

訊くと、彼は優しく目を細める。

「いや、こんな風に誰かと感情を分かち合えたことがなかったから」

彼ほどの人がそんなことを告白したことに驚いたが、おそらく同じ境遇の人が身近にいなかったという意味だろうと杜弥は理解した。

海に視線を戻すと、田所は嚙《か》み締めるように呟いた。

「不思議な島だね。ここでは古い傷を堂々とさらけだせる。……来てよかったよ本当に」


朝早く家を出たため、太陽はまだ昇りきってもいなかった。

田所と別れた杜弥は、イサナ浜からほど近い勇名町、東浜にある磯貝淑江の家へ向かった。

顔取りの事件以来久しぶりにやってきた磯貝淑江の家は、周囲の強い日差しやけたたましい蟬の声とは対照的に、暗い雰囲気を漂わせていた。三軒の長屋になった家の玄関周りには枯れた観葉植物が放置され、錆《さ》びた小さなジョウロが打ち捨てられたように転がっている。磨《す》りガラスが嵌《は》め込まれた格子の引き違い戸は、事件の時に割れたままガムテープでぞんざいに塞《ふさ》がれているだけだった。古い借家ながら小綺麗《こぎれい》に整えられていた以前とは大変な変わりようだ。

躊躇《ちゅうちょ》しながらも杜弥はガラス戸を叩《たた》き、ごめんくださいと呼びかける。返事はなかった。念のためもう一度呼ぶが同じ。噂で事件以来家に引きこもっているとは聞いていたが――。

周囲を見回していると、隣家の玄関がゆっくりと開き、背中の曲がった白髪の老女が顔を出した。杜弥の姿をみとめるなり、皺《しわ》だらけの頬を緩ませる。

「あら。白波さんの。淑江さんに用かい？」

「ええ、ちょっと訊きたいことがあって」

老女は玄関扉から体をひねり出すと、節くれ立った手をゆらゆらと揺らしながら、島の北西、九品山が見えるほうを指差した。

「淑江さんならね。畑にいるよ。中通り沿いの土地に畑借りてるからね」

家の周りすらこの状況なのに農作業？　と考えていると、老女は右手の人差し指で自らの白髪頭を指してみせた。

「あの人、あれ以来ちょっと頭のねじがおかしくなっちゃってね。一日中ふろしき包み抱えてあっちへふらふらこっちへふらふら……。まあだいたい行き着く場所は畑らしいけど。亭主との思い出が残ってる場所だからかね。二人で野菜作って食費の足しにしてたから」

「そうなんですか」

相づちを打つと、老女は杜弥を上から下まで頼もしそうに見た。

「もう跡を継げるぐらい立派になって。お父さんのおつかい？　あの人は本当に良くできた人だね。あれからも淑江さんを励ましに何度も足を運んで」

何度も、という言葉が引っかかる。確かに父は淑江のことも気にかけてはいるが、そんなに頻繁に彼女の元を訪れているなど聞いたことがない。

「何度もって、そんなに何度も来てるんですか?」老女は指を折って数えてみせた。

「二回、三回は見たね。まあ、あんなことがあっちゃねえ仕方ないよ。淑江さん、立ち直ってくれるといいんだけどね」

磯貝家の荒れた玄関周りを見ながら、彼女は息を吐いた。


礼を言って老女と別れた後、杜弥は中通りを歩き、島の西、野呂《のろ》町にある畑へと向かった。島では基本的に外部から野菜を買って食べるが、最近では漁師の傍ら畑などを借りて野菜を作る人が多い。白波家も遊ばせている土地を彼らのために格安の賃料で貸している。磯貝夫婦が耕していたのもそういう畑だった。

到着して見渡すと、住宅地のある丘の北側斜面が緩やかに切り拓《ひら》かれ、段々に畑が作られていた。それらの畑には、里芋やジャガイモ、大根などが植えられ、夏の強い日差しの下、空に向かって大きく葉を伸ばしている。

斜面を登りながら見て回っていると、丘の中腹辺りで里芋の大きな葉を背にし、畦《あぜ》に腰掛けている淑江の姿を見つけた。

目前まで近づいた杜弥は目を見張る。地味ながらも以前は綺麗に結い上げていた髪は後れ毛が目立ち、化粧っ気がまるでなくなった顔には深い皺が幾重にも寄って、まるで数日で二十も年老いたようだった。

現れた杜弥に気づかないはずがないのに、彼女は瞼《まぶた》が閉じてしまいそうな虚《うつ》ろな瞳で、入道雲が広がる空をずっと眺めていた。

「あの、ちょっと」

声をかけると、彼女は眼球をゆっくりと回し、こちらを見る。

視点が定まらない様子の彼女は、ぼんやりと杜弥を視界に収め、乾いた唇を震わせた。

「誰、どちらさまですか……」

「白波杜弥です。白波杜承《もりつぐ》の息子で、以前会ったことがあるんですけど」

知らない訳はないのにと思いながら説明する。

右の耳から左の耳へ抜けている感じで、淑江は「はあ」とだけ返事した。

「教えて欲しいんだけど、ご主人……になりすました〈顔取り〉がこの島へ来てから何してました？　誰かと会ってたってことはないですか？　奥さんなら知ってるかと思って」

淑江は、ぼうっと空を見上げていた。もう一度訊かなくてはダメかと息を吐くと、機械じかけの人形のように彼女は口を動かす。

「……うちの人はいません。今はちょっと島の外に出てていないんです」

俯《うつむ》くと、彼女はガサガサになった手の爪を弄《もてあそ》び出した。

「まいったな……」

杜弥は頭をかく。この様子では彼女から話を訊くのは無理だ。ここで手がかりが途切れてしまうがどうしようもない。

諦《あきら》めて帰ろうとしたそのとき、淑江はふいに顔を上げた。

「――白波？　町長さん？」

先ほどよりもはっきりとした意思が見える表情だった。期待を込めて杜弥は口を開く。

「そう。父は白波杜承。それで――」

淑江は顔を輝かせ、一気にまくしたてた。

「町長さんにはお世話になってます。いつも様子を見に来てくださるんですよ。うちの人が暴れて人様の家の囲いを壊して逮捕されそうだった時もよしなにしてくれて、本当に助かりました」

「え？　そんなこともあったの？　赤尾夫妻を殺して逮捕される前に？」

淑江はこくりと頷《うなず》いた。どうやら、顔取りには赤尾夫妻殺害に至る前に前科があったらしい。しかも、父がそれを穏便に収めていた。

しかしなぜ彼はそれを黙っていたのだろう？　もしや、赤尾夫妻を殺させるために見逃した……？

杜弥は頭を振る。今の自分はなんでも結びつけて考え過ぎだ。

ふと、淑江が体の脇に置いている紫のふろしき包みが目に入った。

「それは？」

小玉の西瓜《すいか》ほどの丸いふくらみを持つそれを指すと、淑江は褒められた子供のように、にこりと笑った。

「私の大事な人なんですよ」

包みを持ち上げ膝《ひざ》へ載せると、ふろしき越しに撫《な》でてみせる。その丸みが想像させるものに、杜弥はごくりと唾《つば》を飲んだ。

「お墓に入れなくていいの？　それにさっきご主人は島の外にいるって……」

矛盾を突いたにもかかわらず、彼女は嬉《うれ》しそうに微笑んだ。

「島の外にいるんですよ。でもこれも主人の一部だから。それにお墓なんて不吉なこと言わないで下さいね。主人はちゃんと生きてますから」

周囲の木々からはシミシミと蟬時雨《しぐれ》が降ってくる。

啞然《あぜん》として立ち尽くしていると、淑江はふろしき包みを両手で持ち上げ頰に寄せた。

「嘘だと思ってるんでしょ。嘘じゃないわ。磯貝は生きてる。現に島の外からこの口を通して伝言を送ってくるんですから」

「伝言？」

勝ち誇ったように、彼女は杜弥を見た。

「そう、私への伝言。彼は戻ってくるって言ってるんですよ。次の嵐の夜に——」

突如、丘を駆け上がるように猛烈な風が渡った。杜弥は思わず腕で顔を覆う。

周囲の木々や草が、髪や服が揺さぶられる。

淑江が押さえているふろしきの包みがはだけ、中のものが露《あら》わになった。

いつか見た景色を、杜弥は思い出す。

きっと夢の中で見たものだ。外国の粗末な家で干涸《ひか》らびた二人の嬰児《えいじ》を抱いていた女。彼女が被《かぶ》っていた布も風で飛んだのだ。その下に現れたのは――

マグロの頭部と首をすげ替えられた、不気味な女の姿。

眩暈《めまい》を覚えて後《いと》ずさった杜弥は、バランスを崩し尻餅《しりもち》をつく。

見上げると、愛しい夫の髑髏《どくろ》を抱えた淑江が恍惚《こうこつ》の笑みを浮かべ空を眺めていた。

翌日は徹の納骨式だった。

本来ならば四十九日の忌み明けに行うものだが、連休を利用して島外の親戚《しんせき》が来ているため、少し早めたらしい。徹の両親から案内をもらっていた杜弥は、学校の夏服に身を包み、早朝から墓地へ出かけた。

家を出ると、曇っているにもかかわらず蒸し暑さに圧倒されそうになる。もう少しで夏休みだが、杜弥の心はまったく躍らない。

灰色の雲に覆われた九品山を目指しながら考えていたのは、昨日の淑江のことだった。あの常軌を逸した様子――。

あれから、徹の部屋にグリグリが置かれた日に何をしていたか訊《き》いてみたところ、彼女は都心にある実家へ行っていたと答えた。ダメ元で確認したところ、来栖島とこの島を結ぶ高速船の乗組員が、奇妙なふろしき包みを抱え、それに話しかけていた彼女のことをよく覚えていた。

耳を塞《ふさ》ぎたくなるような蟬の声を聞きながら神社の裏にある九品山の入り口へたどり着いた杜弥は、西側の斜面に造られた墓地へと続く小径《こみち》へ足を踏み入れる。

気にかかることはもう一つあった。父のことだ。一晩考えたが、やはり昨日明らかになった事実は父への疑惑を再燃させる。父は早い時期から顔取りに接触しており、なおかつその問題を見逃している。赤尾夫妻殺害を命じることだってできたはずだ。

信じたくない気持ちが胸を圧迫した。

父はそんな男ではない。厳しさも愛情も併せ持った海の男だ。それに兄だって神経質で皮肉屋だが、根は芯《しん》が通っていて責任感も強い。

自分が知る家族と、別の面を持つ家族。一体どちらが本当なのだろう……。

視界が開け、九品山の斜面下半分に墓地が広がっていた。奥に目をやると、徹が以前人骨があると言っていた〈鬼の口〉という洞窟《どうくつ》が小さく見える。

墓は斜面の上部から古い順に並んでいた。上部には岩だらけの斜面に長細い石を置いただけの墓が建ち、下に行くにしたがって斜面が舗装され、機械で切り出された綺麗《きれい》な直方体の墓が並ぶようになる。

綿積家の墓は中腹にあった。石造りの墓の前にはすでに親族が集まり、静かに式の始まりを待っている。島の中心部にある栄福寺という曹洞宗の寺の僧侶《そうりょ》が墓の前に座り、支度をしていた。

式が始まると、杜弥は皆と同じように目を閉じ経に耳を澄ました。いやおうなしに徹の記憶が心を占領する。夏が始まる前は、彼の受験前最後の夏休みにあれをしようこれをしようと話していた。それがこんなことになるなんて……。

鈴が大きくならされ読経が終わると、僧侶は錦《にしき》のカバーから白い陶器の骨壺《こつつぼ》を取り出し、墓の納骨室へ納める。あっけなく式は終わった。

皆が三々五々帰っていく中、立ち去ろうとしたところ、徹の母に呼び止められた。

「杜弥君、来てくれてありがとうね」

彼女は、目を潤ませハンカチで目尻を押さえる。杜弥は首を振った。

「当たり前です。……親友だったから」

言った後、なぜか胸が熱くなる。徹が生きていたら絶対に口にしなかっただろう言葉。できれば一生口にしたくなかった。

「こんないいお友達がいたんだから徹は幸せだったわよね……」

涙声で徹の母が言うと、隣にいた父親が彼女の肩を抱いた。

薄く微笑んで一礼し背を向ける。踏み出そうとすると、背後から声がかけられた。

「お兄さんにもお礼言っておいてね。徹が診療所に行ってる時だったけどお見舞いに来てもらって」

「杜之……兄が？」

頭から雷を落とされたような衝撃が走り、杜弥はゆっくりと振り返る。

徹の母は戸惑ったように答えた。

「ええ、来てくれたわよ。聞いてなかった？　徹が母親と歩くのは嫌だって言うから、一人で先に行かせてあとから追いかけたの。その時に家の前でお兄さんと会って。お見舞いに来てくれたって言ってたけど……」

頭から指先へびりびりと痺《しび》れが伝わっていくのを感じた。兄は徹とは顔見知り程度だ。見舞いにいくなどあり得ない。しかもまさに〈あの日〉に。

――関係者から根気よく話を聞いてみたら？

田所の言葉が響く。

そして、徹の日記に書いてあった内容。

――この島で起こることはすべて繫《つな》がっている。

「どうして……」

杜弥は、溜《た》め息とも嗚咽《おえつ》ともつかない声を漏らした。

すべてが集約されて行く。良くない方へ――

急いで帰宅した杜弥は、玄関に靴を放り出すと階段を駆け上がり、兄の部屋へ向かった。

まっすぐに机へ向かう。先日と同じく整頓《せいとん》されており、閉じた黒いノートパソコンとペン立て、書類などがきちんと並べて置いてあった。

パソコンを開いてスイッチを入れてみるが、パスワードがかけられており中を見る事はできない。舌打ちして机の引き出しを引っ張り出すが、文房具やファイルなどが入っているだけで、めぼしいものは見つからなかった。

「くそっ！」

苛《いら》つきながらクローゼットの中や箪笥《たんす》の中も見て行くが、そこにも何もない。

息を吐いて、杜弥は兄のベッドに腰を下ろした。

自分の思い違いで、兄はただ本当に徹の見舞いに行っただけなのか？

しかし、そうではないことは杜弥自身が一番よく分かっていた。

子供の頃、徹が杜弥を遊びに誘いにくると、兄はいつもそっけなく対応していた。体が弱く外へ行けない鬱憤《うっぷん》が溜まっていたのだろう。あの頃の兄には杜弥には理解できない闇があった。大人になるにつれ克服したとは思うが、だからといってわざわざ徹の見舞いに行くなど不自然すぎる。

室内に目を走らせていた杜弥は、天井を見上げた。

杜弥がまだ幼かった頃、兄は宝物を隠す場所だと言って梯子《はしご》を上り、天井板を外しては玩具《おもちゃ》を置いていた。

あの頃と違い彼はもう大人だし、部屋はリフォームされているが……

立ち上がり、もう一度クローゼットの扉を開ける。思った通り、クローゼットの天井は、押し入れだったときのままになっていた。納戸から手頃な踏み台を持ってきて、クローゼットの天井板を開けてみる。普段からよく開けられているかのように、それはすんなりと動いた。埃《ほこり》も落ちて来ない。

自分の部屋から持ってきたペンライトをくわえ、杜弥は天井裏を覗《のぞ》いて見る。

プラスチックの収納ケースが並んでおり、そこにはおびただしい数の本が入っていた。天井から取り出し、カーペットの上まで運び蓋《ふた》を開けると、徹の部屋で見たのと同じような本が納められている。神道、密教、ドルイド教、ゾロアスター教、世界のありとあらゆる宗教とその呪術《じゅじゅつ》の本。

すべてが腑《ふ》に落ちた気がして、杜弥はパソコンデスクの横に積まれた通販の箱に目をやった。

ケースの中の本のタイトルを見ていき、一冊の本に目を留める。

徹の家で見たあのブードゥーの本。

「もう一つは、ここにあったんだ……」

体の力が抜け、カーペットに尻餅《しりもち》をつく。

「徹を殺した……呪ったのは兄貴だって言うのか？　そんな……」

本棚に目が吸い寄せられた杜弥は、這《は》っていき、ある本を取り出して開く。

『須栄島の民話』。相当古い本で、奥付は昭和三十八年だ。

表紙をめくると、黄ばんだ古い紙にいかにも昔めいた読みにくそうなフォントの活字が現れる。どうやらこれは、太平洋戦争直前にこの地へやってきた民俗学者が島民から収集した怪異譚《たん》をまとめた『餢島異誌』を下敷きとして、島の小学校教師が子供にも読みやすい昔話形式に書き直したものらしい。

目次のタイトルを目で追う。〈顔取り〉〈大師火《たいしび》〉〈鋤持《さひもち》の神〉〈補陀落《ふだらく》渡海〉……。

『昔話でしか語られていなかった怪異が起こる理由。呪いは呪いと共鳴する。ブードゥーの影響を受けてこの島特有の怪異が活性化しているんじゃないか？　そして〈あいつ〉は島の怪異を利用して何かを成し遂げようとしている』

徹の日記の言葉が甦《よみがえ》る。

混沌《こんとん》とした頭を抱え本を閉じると、杜弥は立ち上がった。部屋をもとどおりに片付け一階へ下りる。

次に向かったのは、父の仕事部屋だった。

兄だけの単独犯行ではあり得ない。先ほどの兄の部屋と同じように、杜弥は家捜ししていく。

キャビネットや棚などくまなく見ていくが、ほとんどが町政や漁業に関する書類や資料だった。机も見たが何もない。残るは、父がいつも背にして座っているスチール製の古い書類庫だけだ。

自分と同じぐらいの高さの扉を開けると、ぼうん、と鈍い音がした。中は上部が書類入れになっており、下には古い金庫が設置されている。屈《かが》んで金庫の扉を開けようとするがナンバー式の鍵《かぎ》がかけられていた。杜弥は迷うことなくある番号を入力する。

亡くなった母の誕生日。あっけなく扉は開いた。

広い金庫の中は、三段に仕切りが作られており、上の二段には町の書類や家の権利書、印鑑などが収められていた。一番下の段には蒔絵《まきえ》の大きな文箱《ふばこ》が置かれている。

取り出して、机の上で蓋を開けると、古い巻物やさまざまな古文書の切れ端を重ねたものがしまわれていた。切れ端を手に取り一枚一枚確認する。どれも鋭利な刃物で切られたあとがあり、おそらく徹が言っていた古文書の『抜けてる部分』だと思われた。

しかし――杜弥は舌打ちする。

せっかく見つかったのに、崩し字で書かれているため何が書かれているのかは分からなかった。仕方なく諦《あきら》め、巻物の方に手を伸ばす。

留め具を外し、机の上に転がしゆっくりと開いていく。どうやら墨で描かれた絵巻物のようだった。右の上端に〈饐島〉と書かれているから、この島を描いたものらしい。

江戸時代だろうか。最初の方は沖に船を出し魚を獲《と》る漁民の姿が、生き生きと描かれていた。

「なぜこれをここに……？」続きを読み進める。

雨が降り出し、島の人々が家の中へ駆け込んでいくシーンが現れた。雨風はどんどん強くなり、人っ子一人いない暗い景色に変貌《へんぼう》する。

続いて描かれていたのはイサナ浜だった。時代は変わっても浜辺の木の感じで分かる。矢のような雨が降り荒波が打ち寄せる浜辺。

その波打ち際に一体どこから来たのだろう、一人の男が現れた。髪は崩れ、全身びしょぬれの男はこちらに背を向け、島の方を見ている。

次は、嵐を避けて家へ帰ろうとしていた娘を男が浜辺へ呼び寄せる場面だった。ここで杜弥は女の肌色と男の肌色が微妙に描き分けられていることに気づく。なぜかは分からないが、男の肌は薄墨で塗りつぶされていた。

さらに先へ巻物を進めた杜弥は、あっと声を上げる。

浜から上がった男が、娘の首をへし折ったからだった。

男は娘の体を担ぎ上げると、海に向かって手招きしてみせる。それを合図に、男と同じように肌が浅黒く塗られた人々が海から続々と上陸し始めた。巻物を読む手が加速する。

後に描かれているのは破壊と殺戮《さつりく》だった。上陸した人々は嵐の中、漁師小屋や家々、数少ない畑をどんどん破壊し、人を見つければ手当たり次第に殺していく。

杜弥は巻物をぐっと摑《つか》んだ。

――これは、侵略の記録だ。おそらく、海から上がってきた死者たちの……。

死者たちの蛮行はますますエスカレートした。破壊した家々から出て来た人々を殺し、祝いの舞を踊る描写が何枚も連なる。宴《うたげ》は夜まで続き、イサナ浜から上陸した彼らはついに西端の九品山頂上にある天海寺まで達し住職を殺した。

さらに彼らは不知火神社を取り囲むが、神域の結界に足止めされる。

一体どうなったのかと先を見ると、そこには、破壊されつくし水に沈んでいる神社があった。どうやら高波が押し寄せ神社を打ち壊したらしい。あちこちに社殿の残骸《ざんがい》が浮き、裏の森と、鳥居だけが水面に顔を出している。

そのあとは、死者がいなくなった島で嘆きながら後始末をする人々の場面だった。彼らは遺体を〈鬼の口〉へ運び供養する。

絵巻はそこで終わり、杜弥は震える手を離した。

これこそが徹が言っていた古文書の抜けている部分の真相に違いない。

死者たちが島へ上陸して悪辣《あくらつ》の限りを尽くし、寺社を葬った。だから天海寺の浄土真宗の歴史は途絶え、不知火神社は新しい禰《ね》宜《ぎ》を迎えたのだ。鬼の口の白骨は、その際の被害者のものだった……。

白波家はこのことを隠していた。なぜ隠さなくてはならなかったのか？

思い浮かんだのは、徹のノートに記してあった〈推察〉のうちの一つだった。

『歴史を隠すということは、権力者にとって都合が悪かったということだ。当時支配力が衰えていた白波家が呪いを使って〈何か〉を引き起こし、求心力を取り戻したのでは？』

杜弥は改めて絵巻物を見つめる。よく見ると、後始末をする人々は一人の身なりの良い男の指示に従っているように見えた。きっとこれが白波家の者だろう。

――徹が推測した〈何か〉がもしも〈災い〉だったなら？

体が震える。

徹は、ブードゥーの呪いと共鳴したことで顔取りや鋤持神などの島固有の怪異が活性化したのではないかと推測していた。これが父と兄の奸計《かんけい》だったとしたら？

祖父の頃と比べ白波家の求心力は確実に落ちている。増えてきた外部からの住民。昔は考えられなかった反対派の存在。これまで町長選挙は信任投票が当然だった島で、来年には別の候補者が擁立されるという話も聞いている。なんでもないという表情を装いながら、父や兄が彼らに対し怒りを煮えたぎらせていたとしたら。同じように憎い椰々子を追いつめながら、〈災い〉により島の結束力を取り戻そうとしているなら。

絵巻物に飛びつき、杜弥は最初まで巻き戻す。海から現れた死者が、島の娘を殺し上陸する場面。男が娘を殺すのを合図にするかのように、死者たちは上陸を開始している。

『――清浄な場所へ汚れたものが入ろうとする時は、その場所を死や血で穢《けが》す必要がある』

いつか徹が話していた言葉。ということは、この娘が殺されたことにより、死者たちは上陸の切符を得たということになる。

『――〈あいつ〉は島の怪異《それ》を利用して何かを成し遂げようとしている』

うりざね顔に長い黒髪の娘が首を折られ死んでいる場面を凝視していると、不吉な予感が胸をよぎった。

椰々子を憎み追いつめながらも殺しはしなかった〈犯人〉。それは災いの集大成として椰々子にこの娘の役を担わせ、死者たちに島を蹂躙《じゅうりん》させるつもりなのでは……。さらに絵巻物へ視線を這わせる。絵の中では、矢のような雨が降り注ぎ、海は大きく荒れていた。

――嵐だ。

絵巻物を手放し、杜弥は愕然《がくぜん》と空を仰ぐ。

磯貝の髑髏《どくろ》を愛《いと》おしげに抱える淑江の姿が瞼《まぶた》に浮かんだ。

――戻ってくるって言ってるんですよ。次の嵐の夜に――

部屋へ戻った杜弥は、クローゼットからボストンバッグを取り出し、中に当座の衣料や必需品を詰め込んだ。

父と兄は次の嵐の日にそれを実行するつもりだ。椰々子は島への上陸切符として死者に差し出される。

ベッドの上に放り出してあった携帯電話を取ると、杜弥は椰々子へ向けて何度目かのコールをした。しかし、寄せ室へ行っているのか、神社へ行っているのか出ない。舌打ちして切断ボタンを押したあと、杜弥は携帯のネットで天気予報を確認する。週間予報まで見るが、ずっと晴れ。太平洋には大きく高気圧が張り出していて、当分嵐の心配はなさそうだった。だが、椰々子が狙われていると分かった以上、事態は一刻を争う。彼女を父や兄の目が届かない安全な場所――島外へ移さなくては。

机の引き出しを開けると、杜弥は奥から預金通帳を取り出す。さらに机の上に置いてあるブリキ缶の貯金箱を開封して中身を見た。お年玉や漁船の手伝いなどで貯めた五十万円と数千円。島から逃げて一時的に避難するには十分な額だ。

頭の中で計画をおさらいする。高速船で来栖島まで行き、そこから本州へ向かうフェリーに乗る。そして、もう島へは帰らない。

後ろ髪を引かれ、杜弥は部屋を見回した。ずっと育った家や家族をいとも簡単に捨てようとしている自分に改めて驚く。

決心は固かった。たくさんの人や徹を殺した父や兄を許せないし、何より椰々子を守らなくては。本州へ行ってからのことは考えていないが、体は頑丈な方だし働こうと思えば働き口はあるだろう。漁師の仕事だってほとんど一人でこなせるから、そういった仕事を探してもいい。

もう一度椰々子に電話しようとして、手を止める。

――椰々子は自分を信じてついて来てくれるだろうか？　もしも嫌がったら？

考えを振り払うように頭を振る。命がかかっているのだ。とにかく今は行動しないと。

このコールでも椰々子は出なかった。

苛《いら》つきながら時計を見る。午後四時。五時半の最終高速船に間に合わせるため、すぐに彼女を捕まえないと。

スポーツバッグを肩にかけ、杜弥は部屋を出る。階段を下り玄関で靴をはこうとしたそのとき、鍵《かぎ》が横に回り玄関ドアが開いた。立っていたのは、父と兄だった。

正面から目が合ったあと、父は杜弥のバッグを見て言った。

「すごい荷物だな。どこか行くのか？」父の肩越しに兄が顔を覗《のぞ》かせる。

「納骨式に行ってたんじゃないのか？」

「ああ、うん。行って来たよ。帰りに部活やってたときの後輩にばったり会ってさ。久しぶりに話してたらユニフォーム譲って欲しいって言われたから、早速届けてやろうと思って。ついでにフットサルしてくるから帰り遅くなるよ」

上手《うま》くごまかしたつもりだが、自然に言えたかどうか不安で父と兄の反応を窺《うかが》う。

怪訝《けげん》そうに顔を見合わせ彼らに、心臓が飛び上がる。

唾《つば》を飲み込んだ瞬間、父が呆《あき》れたように口を開いた。

「フットサルってお前、ニュース見てないのか？」

「え？　ニュース？」思わず素っ頓狂《とんきょう》な声が出る。

兄はため息をついた。

「これだから。三十分ほど前に、三十キロ南の沖で急速に低気圧が発達したんだよ」

「そんな、当分晴れだって……」

「天気予報が絶対じゃないことぐらい分かってるだろ」

父が家に入る気配を見せたので、杜弥は道をあけた。通り抜けざま、彼は言う。

「爆弾低気圧ってやつになりそうだ。今はまだ千ヘクトパスカルだが、最終的には九百六十ぐらいになるかもしれない。これから北上して島を直撃する可能性が高いから、漁協や役所は大わらわだぞ。俺たちも着替えを持ったらすぐに行く。家のことはお前に任せるから戸締まりしておけよ」

　その言葉を裏付けるような島内放送が、外から流れてきた。

　呆然《ぼうぜん》としていた杜弥は、人形のように頷《うなず》くしかなかった。


　部屋へ戻るなり、唇を噛《か》みバッグを床に叩《たた》き付ける。

「くそ、なんだよこれ！　早過ぎるだろ！」

　念のためテレビや携帯で天気を確認してみる。父や兄の言った通りだった。ニュースはどこも低気圧の発生を報じ、災害への注意を促すものに変わっている。

　時計を見上げた。午後四時十五分。沖合三十キロに低気圧だと、海はすでに荒れているだろうから高速船は運休だろう。家の漁船を操って来栖島までいくという選択肢もあるが、父ほどの熟練の腕を持っていない杜弥が嵐の日に船を出すのは自殺行為に等しい。ようするに島から出る手段は完全に奪われたということだ。

　父と兄はこれから椰々子を捕まえようとするだろう。椰々子は彼らのことを露ほども疑っていないから、電話一本で呼び出すだけで事足りる。今すぐ家を出て椰々子を捜し、どこかへ身を隠さなくては。

　杜弥はドアに耳をつけ、外の気配を窺う。しばらくすると、兄が部屋から出て行き、階段を下りていった。その後、一階で玄関扉が開閉する音が聞こえた。

杜弥は荷物を減らしてナップサックに詰め替え、漁で着るゴアテックスの雨具を入れ背負う。キッチンで適当な食料を調達すると、家を飛び出した。

外へ出ると、南から厚い灰色の雲が忍び寄っていた。同じ方向から、生温かい風が地表を舐《な》めるように吹いてくる。立ち並ぶ家々を見ると、すでにたくさんの家が雨戸を閉じ嵐に備えていた。

――こんな急に嵐が来るものだろうか。

寄せ室へ向け歩きながら考える。いくら兄でも天気を操ることまでは不可能だ。しかし、これではまるでこちらの動向を窺っているようではないか。だが、急に起ころうが嵐は嵐だ。きっと今日が父と兄の計画の山場となる。ずっと準備してきたならば、計画の遂行に何の問題もないに違いない。

唸《うな》りを上げて吹きつける風に俯《うつむ》いて耐えながら十五分も歩くと、寄せ室にたどり着いた。杜弥は崖下《がけした》を覗き込むが、そこに椰々子の姿はなかった。寄せ室の内部は、満ち潮と荒ぶる波により、人が下りられる状況ではなくなっている。再度携帯で彼女の家へ電話したが、出なかった。ということは、神社にいるに違いない。

神社までの道のりを急ぐ途中、椰々子がすでに父や兄に捕らえられているのではないかと不安に駆られたが、杞憂《きゆう》だった。

境内に入ると、巫女《みこ》装束を着て手水場《ちょうずば》の柄杓《ひしゃく》を片付けている彼女の姿があった。

「——どうしたの？　島内放送で嵐が来るって流れてたでしょ」

杜弥が駆け寄ると、目を丸くした椰々子は言った。

残っていた柄杓をかき集めながら、杜弥は手短に事情を説明する。

「……信じられないと思うけど、とにかくそういうことで、身を隠さないとまずいんだ。早くここを閉めて逃げよう」

「……でも、信じられないわ。白波君のお父さんとお兄さんでしょ？　私は違うと思う」

「俺だって少し前までそう思ってたから椰々子がそう感じるのも分かる。でも、兄貴は呪術《じゅじゅつ》の本を尋常じゃないぐらい持ってたし、親父は死人が島を襲った歴史とか絵巻物を隠してた。打保が修学旅行で島の外に出ることにも異様なまでに反対してたし……とにかく信じて欲しい。俺は打保を守りたいから」

疾風が二人の間を駆け抜け、周囲の木々を揺らした。椰々子は長い髪を躍らせながら、驚いたような顔でこちらを見ている。

風が止むと、彼女は何かを決心したかのように呟《つぶや》いた。

「——分かった。白波君を信じる」

杜弥は行こうと促すが、彼女は不安げな顔で神社を振り返った。

「行く前に禰宜《ねぎ》さんに挨拶《あいさつ》だけさせて。いきなりいなくなったら心配するから」

「よし、急ごう」

空はすでに厚い灰色の雲に覆われていた。風は強さを増し、小雨がぱらつき始める。

椰々子とともに柄杓を倉庫へしまった後、杜弥は本殿の脇にある蟹江の住居へ向かった。

木戸を開け敷地へ入ると、椰々子はインターホンを押す。

返事はなかった。

「裏に回ろう」

玄関脇から庭へ抜け、杜弥はカーテンが閉じられた掃き出し窓を叩く。テレビの音すら聞こえず、家はしんと静まり返っていた。

「いないのか？」

「分からない。出かけるなんて聞いてないし、出かけるところも見てないけど……」

「おーい、爺《じい》さん！　いないのかー？」

手を拡声器にして呼ぶが、蟹江が出てくる気配はなかった。掃き出し窓を開けようとしたが、珍しく鍵がかかっている。息子の家に避難したのだろうか？　しかしそれなら誰かが代わりに戸締まりを確認しにくるはずだ。

サッシのガラスには、心配そうな顔で佇《たたず》む椰々子の姿が映り込んでいた。

杜弥はハッとする。

失念していたが、蟹江もまた椰々子の関係者だった。

まさか――

ばん、と大きな音がして杜弥は庭の奥へ目を向けた。この家と本殿を繋《つな》ぐ渡り廊下の先。本殿側に作られた扉が風で開け放たれ、壁にぶつかった音だった。

「あそこはいつも鍵がかけてあるのに……」

椰々子は駆け出す。杜弥は慌てて追いかけた。

屋根と側壁がついた渡り廊下の側面をよじ上ると、開いた扉を覗き込んだ彼女は呆然とした様子で立ちつくした。背越しに杜弥は中を窺う。

開口部からの光で、中は薄ぼんやりと照らし出されていた。

風に吹かれた細かい雨が外から舞い込む殿内の祭壇の前には、血の海ができていた。

その中で、蟹江は足をこちらへ向け横たわっている。

彼が身につけている足袋《たび》、袴《はかま》、着物、真っ白だったはずのそれらはすべて血を吸って染まり、着物の襟首から出た細い首は、鋭利なもので切られたようにぱっくりと口を開けていた。手に懐刀が握られていることから、自刃したと思われる。

「……大丈夫か？」

肩を震わせていた椰々子は、振り返ると気丈に頷く。

本殿内へ足を踏み入れると彼女はしゃがみ込み、見開かれた彼の瞳《ひとみ》を白魚のような細い指でそっと閉じさせた。

血に染まり真っ赤になった蟹江の着物の袖《そで》に不自然なふくらみを見つけ、杜弥は手で探る。袖の中にあったのは、血を吸って重くなっている麻製のグリグリだった。徹のベッド下の床に入れられていたものと同じ……。

もの問いたげにこちらを見ている椰々子に、杜弥は答えた。

「徹の部屋にあったのと同じブードゥーの呪いの袋だ。多分、爺さんもこれで自殺させられたんだ……」

急がねばならないことを思い出し、杜弥は立ち上がる。

「行こう。早く身を隠さなきゃ」

天気はだんだんに悪化し、外は夕方のような薄闇に覆われていた。強い風が吹き、横から叩き付けるような雨が降っている。

予備で持ってきた合羽《カッパ》を椰々子に着させ、杜弥は自分も雨具を身につけた。周囲を見回しながら携帯電話を取り出し駐在所へかけるが、電話はプップップッという音を繰り返すだけで繋がらない。画面を見ると、電波マークに×がついていた。

「嘘だろ……。これまでこんなことなかったのに」

父ならば、電柱の上部に設置されている基地局を使用できなくすることぐらい朝飯前だ。杜弥は椰々子を促し、境内へ戻る。

「駐在所まで行って爺さんのこと田所さんに伝えよう。親父たちのことは田所さんに任せて椰々子は隠れるんだ」

黄色い合羽のフードを目深に被《かぶ》り、椰々子は頷《うなず》いた。

杜弥は早足で参道の石畳を歩きながら、海岸へ続く道を示した。ここからなら交番は近いから、通報してすぐ身を隠せば父たちに捕まらないで済む。

田所が外部から来た人間であり、父の息がかかっていないことが今の杜弥にとって最高の安心材料だった。彼ならば信用できる。自分の言うことを信じてくれない可能性もあるが、その時はその時、嵐が止むまで身を隠すだけだ。

「ひどかったな。……聖域が血まみれで」

神社の南に面した浜には、いつもより高い場所まで荒れた波が押し寄せていた。せわしなく足を動かしながら話しかけると、椰々子は小さく頷いた。

「神殿はともかく、禰宜さんにしたことは許せない」

そういえば、あのとき椰々子は草履のまま神殿に上がっていた。今の言い方といい、巫女でありながらなぜかそれほど神殿を重視していないかのように思えて杜弥は訊いた。

「神殿が穢《けが》れてもいいのか？　あそこの祭壇にあった鏡がご神体なんだろ？」

彼女はしばらく考えるようにしていたが、ふっきったように応《こた》えた。

「あれは本当のご神体じゃない。便宜上置いてあるだけって禰宜さんが言ってたから」

「え？」

参道を左に曲がり、島の外周道へ出る。

「鳥居が二つ変な角度でついてるでしょ？　一つは海というご神体に向けて建てられてる。でも、もう一つが何に向かって建てられてるかは私も知らないの」

杜弥は後方に佇む鳥居を振り返った。

天災を経て建て替えられる度に角度が変わる片方の鳥居。本殿とは違う方向を見ている——

風は唸りながら吹き渡る。舞い上げられて水平に降る雨を、道沿いの電灯が心許《こころもと》なく照らし出していた。

床与岬の先端で灯台の明かりが回転しているのを横目で見ながら駐在所へたどり着くと、軒に灯《とも》された赤いランプの下、田所は外に並べられた植木鉢を片付けていた。

「田所さん！」

父たちに何か言い含められていないかと、緊張しながら声を掛ける。

杜弥と椰々子の登場に目を丸くしたものの、彼はすぐにいつもと変わらない柔和な笑みを浮かべた。

「どうしたのこんな日に。まさかデート？」

ホッとする。周囲を見回し、杜弥は彼を引っ張って椰々子とともに駐在所へ押し込んだ。

「ちょっと、本当にどうしたの恐い顔して……」

「不知火神社の禰宜が神殿で殺されてた。自殺に見えるけど、自殺じゃない」

杜弥は雨具のフードを取ると、椰々子へ会いに神社へ行った所から順にすべてを説明する。

すぐさま仕事モードに切り替わった田所は、聞き終わると神妙な表情で部屋の奥にあるロッカーへ向かった。

「分かった。見に行ってくるよ」

防水服を身に纏《まと》い懐中電灯を持って出て行こうとする彼を、杜弥は引き止める。

「実は、それだけじゃなくて。犯人は誰か分かってるんだ」

「――え？」

杜弥は覚悟を決める。田所に話せばすべてが明るみに出て、白波家はこの島にいられなくなるだろう。でも、言わなくては。言って椰々子や島を守らなくては。

これまで調べたことを杜弥はすべて田所に話した。

「……じゃあ、お父さんとお兄さんがこれまで島で起こった怪異の黒幕で、これから椰々子ちゃんを殺そうとしてるって言うのかい？」

まいったな、と言いながら田所は制帽を持ち上げ、短い髪を掻《か》き回す。杜弥を信じたいものの、信じきれないといった様子だった。無理もない。話している杜弥すら突拍子もないと感じる話なのだから。

「もしかして、この前相談したかったことってこれ？」

「まだあの時は疑念の段階だったから」

ごめんと呟《つぶや》くと、田所は苦笑した。制帽を被りなおし、息を吐く。

「まだちょっと実感が持てないし、警察はちゃんと証拠を集めた上で判断しなくちゃならないから何とも言えないけど、とにかく杜弥君が危険を感じてることは分かったよ。最近の事件も事件だし、椰々子ちゃんや島民を守るのは僕の務めだから、危険が及ばないようにする。……とりあえずはお父さんとお兄さんから身を隠したいんだね？」

「うん」

杜弥は頷いた。やっぱりこの人は信用できる。

田所は出入り口の前まで移動すると、ふり返った。

「とりあえず、禰宜《ねぎ》さんの遺体は確認しないといけないから行ってくるよ。君たちはここに隠れてて。いくら何でもここを襲撃することはないだろうし」

田所を送り出した後、杜弥は言いつけ通り駐在所のシャッターを下ろした。

密閉された室内には、屋根を叩《たた》く雨の音だけが響いている。

蛍光灯のついた明るい部屋で雨具を脱ぎ、タオルで体を拭《ふ》いて椅子に腰掛けると、ようやく人心地がついた。

椰々子が給湯スペースでココアを入れ、机に腰掛けた杜弥と自分の前に置く。出かける直前、田所が好きに飲んでいいと言っていたそれは、前の駐在が置いて行ったものなのか経年劣化したような妙な苦みがあった。しかし、この際体が温まれば何でもありがたい。手のひらを温めるようにしてマグカップを持ち、向かい合ってゆっくりと飲む。カップが空になっても、しばらくどちらも話そうとはしなかった。

杜弥はこれからのことを考えていた。田所が帰って来たら、嵐が止み連絡船が運航するまでここで匿《かくま》ってもらい、島を出よう。そのことを椰々子にも話しておかなくてはならない。

「打保」

呼びかけるが、長い髪から雫《しずく》を滴らせた彼女は俯《うつむ》いて物思いにふけっていた。

「どうかした？」

彼女は顔を上げ、納得がいかないような顔で杜弥を見る。

「私やっぱりまだ白波さんが犯人だと思えなくて」

「なんで？　爺《じい》さんの死体やグリグリも見ただろ？」

渋々、彼女は頷く。

「うん。確かに禰宜さんが死んだのは見たわ。白波君の推理も一理あると思う。だけど私はあなたのお父さんがそんな人じゃないことを知ってる。白波君だってそうでしょ？　お父さんやお兄さんが本気でそんなことすると思ってる？」

「俺だって信じたくなかったよ。でも証拠が……」

「子供の頃――まだ養母が生きてた頃、寄せ室にお使いに行って白波さんと鉢合わせしたことがある」

胸をざわつかせる杜弥をよそに、椰々子は懐かしげに目を細めながら話し始めた。

「私、まずいと思って逃げようとしたの。白波さんは怖い人だと思ってたから。でも彼は逃げなくていいと私を呼び止めた。そのあと、目の前にしゃがみ込んで頭をなでてくれたのよ。『つらいだろうけど、島のために耐えてくれ——すまない』って。私まだ何も知らない子供だったけど、その言葉が本心だってことは分かった。それ以降も、ことがあるたびに白波さんは心遣いしてくれて、一度も憎まれてると感じたことはないわ」

驚くとともに、杜弥は頭を抱えた。

父は椰々子を恨んだりしていなかった？

この前提が崩れるなら、自分の推理は根幹から間違っていたことになる。

しかし、父や兄でないなら一体誰が犯人だというのだ？

島の怪異事件、ブードゥー、隠された歴史とあの〈嵐〉の巻物。すべての辻褄《つじつま》が合いすぎているし、淑江は「次の嵐に磯貝が帰ってくる」と言っていた。誰が犯人で、あの巻物の内容を再現させようとしてるのだ——？

シャッターに何かがぶつかった気がして、杜弥は振り返る。

風が小石でも飛ばしたのだろうかと思った。風に揺すられたシャッターはカタカタと音を立てているが、とくに異変はない。

気のせいかと向き直ろうとしたとき、再び同じ音がする。

息をのんで、シャッターを見つめる。小刻みに揺れるそれは先ほどと変わりはなかったが、杜弥の体は緊張し、何かの気配を感じ取っていた。

向こう側に何かいる、何か——

後ずさり、杜弥は椰々子を守るように立ちふさがった。

人の気配じゃない。何かもっと禍々《まがまが》しいもの。

体が強張《こわば》り、鼓動がだんだん速まっていく。

この感覚には覚えがあった。徹の部屋で感じた、得体の知れない恐怖。

杜弥は悟った。

始まったのだ……〈死者〉の宴《うたげ》の準備が。

唾《つば》を飲み、杜弥は室内を見回した。もしも誰かがここへ侵入してきたら隠れる場所はないし、留置場内では袋の鼠だ。逃げるとしたら奥の扉から続く二階の居住スペースしかない。

張りつめた空気の中、屋根を打つ雨音と、風でシャッターが揺れる音だけが響く。

こめかみにどろりとした汗が流れていくのを感じながら、杜弥は息を殺しシャッターを睨《にら》み続けた。

壁にかけられた時計の秒針が二回ほど回ったときだろうか。ふっと電気が消え、室内は暗闇に包まれる。

「白波君」不安げな椰々子の声が聞こえた。

同時にシャッターを強く打ちつける音がし、杜弥は反射的に身構える。

つるはしか何かで叩いているのか、金属同士がぶつかる音が連続して聞こえてきた。

「――逃げよう」

手探りで椰々子の手首を摑《つか》むと、記憶を頼りに杜弥は部屋の奥へ駆け出した。

駐在所と住居部分を繫《つな》ぐドアの向こう側へ逃げ込み鍵《かぎ》をかけると、杜弥は周囲を見回した。窓があるためわずかだが明かりが入ってくる。留置場の裏側に当たる場所に、廊下が続いているのが見えた。

耳を澄ますと、駐在所のシャッターを叩く音はまだ聞こえていた。少しずつ目が慣れてきたのを感じながら、杜弥は椰々子を促した。

「二階へ行こう。田所さんが帰るまで立てこもるしかない」

壁に手をつきながら進み、廊下を突き当たると階段があった。中間部分で折り返して二階へ繫がる構造になっている。椰々子の手を離し、杜弥は暗い足元に注意しながら上っていく。

折り返しの踊り場まで来たところでくしゃみが出た。

椰々子がポツリと呟いたのは、そのときだった。

「──犯人はどうして私たちがここにいることが分かったのかしら」

「どこかで見てたんじゃないか？」

洟《はな》をすすりながら答えた後、杜弥自身違和感を覚える。

先ほど中断した思考。父や兄でないのなら──外にいるのは誰なんだ？

「私、大切なことを忘れてた気がする……何か、すごく大事なことを」

階段を上りきって振り返ると、わずかな窓の光に浮かび上がった椰々子は懸命に何かを思い出そうとしているように見えた。

触発されたのか、杜弥も心にわだかまっているものに気づく。

――関係者から根気よく話を聞いてみたら？

田所の言葉通り自分は関係者の話を集め、父と兄にたどり着いた。

しかし、何か大事なことを見落としていたのではないか？

シャッターを殴る音がひときわ高く響き、杜弥は我に返った。

目の前には壁沿いに廊下が延びており、駐在所や留置場の上にあたる部分に二つの部屋が並んでいた。奥の部屋へと向かいながら、もう一度杜弥はくしゃみをした。

これまでのことを、高速で回想する。

関係者だけではなく、当事者の話も思い出すのだ。

例えばあの九品山へ行った日のこと――。あの日、磯貝の異常な行動を見た徹は、立ち並ぶ木々と磯貝が残した魚の残骸《ざんがい》を前に何と言った？　そして、つい先日会った淑江。紫色のふろしき包みを傍らに置いた彼女は、自分に何を話した？

父の他に彼らと接触していた人物がいる。

すべての違和感の源。それは誰なんだ――？

杜弥は、奥の部屋のドアを開けた。

八畳ほどの空間がありそうだが、雨戸が閉じてあり暗くてよく見えない。密室独特の饐《す》えたような臭いが鼻を突く。

椰々子とともに中へ入りドアを閉めた。隙間から青みを帯びた光が漏れる以外、何も見えなくなる。

「――〈私〉に気をつけて」

再び椰々子が呟《つぶや》いた。

「え?」

おぼろげな光に輪郭を浮かび上がらせた彼女は、顔を上げる。

「私、大事なことを忘れてた。……警告、寄せ室の水死体が私にしたあの警告よ。あれは犯人があの人に成り代わってるってことだったんだわ」

「ちょっと待った。前も言ってたけど警告って?」

少しの沈黙。椰々子はためらうように答えた。

「他の人には言ってはいけない決まりだから白波君には嘘吐《つ》いてたの。寄せ室では今も海神からの〈預言〉を受け取ってる。それを伝える水死体が警告したの。災いが来るって。その数日後に磯貝さんの首なし死体が漂着して、さらに二週間後に死体が来たのを覚えてる? その水死体が〈私〉に気をつけてと言った……」

「親父たちはそうやって災いが来るって知ったのか……」

「そう。私が禰宜《ねぎ》さんに伝えて、禰宜さんが白波家に伝えることになってるから」

「でも、成り代わってるって顔取りみたいなものか? そんなの誰が……」

言いかけて、杜弥は椰々子の言葉を反芻《はんすう》する。

警告したのは、磯貝の首なし死体が漂着した約二週間後に消防団とともに片付けた死体。腐乱した体の大きな男で、渦先生が『まだ若いのに』と嘆いていたことを覚えている。死後三週間前後とも言っていた。

混乱してきた頭を整える。腐乱死体が何者かと入れ替わったならば、おそらく彼が死んだ三週間前のことだろう。それはちょうど客船が漂着して大騒ぎになったり磯貝が行方不明になったりした時期と重なる。

そもそも、一連の怪異の〈始まり〉はどこだったのか。

これまでは〈顔取りが磯貝に成りすまし戻って来たところ〉が始まりだと思っていた。しかし、すべては繋がっている。

そのすべてというのが、時計の針を少し前に戻した、〈島に客船が漂着したとき〉から始まっているのだとしたら。その時期に水死体の男と成り代わって、これまで誰にも気づかれずにいられた人物がいるとしたら――

ひどい頭痛がして、杜弥は頭を押さえた。体が小刻みに震える。

……だめだ、そんなのあってはならないことだ。

停滞していたパズルが脳内を浮遊し、あるべき場所へ吸い寄せられ、答えを形作っていく。

記憶の中、九品山で磯貝が残した魚の残骸を前に、徹が笑った。

――あれじゃ職質されても仕方ないな。

畑で里芋の葉を背に座った淑江が微笑んだ。

――うちの人が逮捕されそうだった時もよしなにしてくれて……。

さらにノアが捕まったあの日、駐在所の前で感じたこと。

――どうしてここにはこのような禍々しいものばかりが集まるのか。

徹はきっと杜弥が来る前に見ていたのだ。彼が磯貝と話していたのを。淑江は見たままを証言した。磯貝が「逮捕されそう」だったということは、その場に彼がいたということだ。

客船が漂着した日に着任した彼ならば、誰も成り代わったことに気づかない。それに、彼は島の三役ではなくとも美和の捜索の指揮に加わることができた。なぜなら、彼は警官だから。

そして今、彼ならば杜弥と椰々子が今どこにいるかを知っている。

「そんな……」

声にならない呻《うめ》きを漏らしたとき、天井の電気が点滅し、点《つ》いた。

急に溢《あふ》れた光に手をかざしながら、杜弥はゆっくり目を開く。

部屋の中を見回し、息を飲んだ。

寝室と思われる畳敷きの部屋は、砂壁沿いに引っ越しの段ボール箱が積まれているだけの空き部屋だった。あちこちに大きな埃《ほこり》が溜《た》まり、電気の笠《かさ》には天井へ連なる大きな蜘蛛《くも》の巣が張られている。

どう見ても人が生活している場所ではなかった。

部屋の外へ出ると、廊下もまた埃や塵《ちり》にまみれていた。それらを踏みしめながら隣の部屋のドアも開けてみると、そこはダイニングキッチンで、テーブルと椅子、食器棚などに埃除《よ》けの布がかけられたままになっていた。

埃っぽさに再度くしゃみをし、杜弥は外へ出る。

「田所さんが犯人なのね……？」

廊下で待っていた椰々子は、静かに言った。

杜弥は頷《うなず》く。

「――下へ行こう。彼は俺たちを弄《もてあそ》んでるだけだ」


一階へ下りると、ここにも煌々《こうこう》と灯りがついていた。シャッターを殴りつける音が止んでいるためシンとしている。

杜弥は椰々子とともに駐在所へ繋《つな》がる扉を開けた。

駐在所のシャッターは半分開いており、サッシも開けたままになっていた。雨風が吹き込み、入り口付近に水たまりを作っている。

彼はいつものように外を向いたデスクに座っていた。椅子を回転させてゆっくり振り返ると、二人が出てくるのを面白そうに眺める。

「ようやく分かったみたいだね」

濡《ぬ》れた制帽を取ると、田所は言った。

椰々子を守るようにして立ち、杜弥は彼を睨《にら》みつける。

「田所さんじゃないんだろ？　お前は誰だ？　何の目的でこんなことするんだ？」

〈何か〉はただ優しく微笑む。これまでの彼と同じ様子が癪《しゃく》に障った。

「答えろよ！　これだけの人を殺して！　警察に引き渡してや……」

突然、強い眩暈《めまい》に襲われ、杜弥は壁に手をついた。朦朧《もうろう》としながら振り返ると、椰々子もまた目を瞬《しばた》かせながらこめかみを押さえている。

「何をしたんだ？　俺たちにも呪いを……？」

力が入らなくなり杜弥は倒れ込む。背中に椰々子の体重がかかったのを感じた。彼女を守らなくてはと強く思うが、身体が言うことをきかない。

完全に意識を失う直前、机の上に置きっぱなしになっていたココアのマグカップが目に入った。そうか、あれに……。

「——話すとしたら、とても長くて遠い話なんだ」

田所が何か言った気がした。

しかし、杜弥の意識はすでに虚空へ吸い込まれていた。

＊　＊

闇色に淀《よど》む空から太い針のような雨が落ち、蛇の如くうねる漆黒の海へ飲まれて行く。浜辺へ忘れ去られたように佇《たたず》む客船のあちこちに、ぽう、と青白い鬼火が灯《とも》った。堆積《たいせき》物や貝などで身を包んだ座礁船は、ぼんやりとした光の洗礼を受け、新品同様の美しい輝きを取り戻していく。

生まれ変わった客船は、鬼火を纏《まと》った大きな体を雨に濡らしながら、ゆっくりと荒れた海へ向かって後退した。ある程度沖へ出ると、船首を反対方向へ旋回させ、嵐で荒れる波上を南へ向かって進みだす。

夢うつつ、椰々子は大きな汽笛を聞いた。

——切なくて悲しくなるような音。

顔には雨が降りかかっていた。手で雨をよけながら薄く目を開くと、遠くに見える島影と灯台の光がだんだんに小さくなって行くのが見えた。自分は船に乗っているのだろうか。

——どこへ行くの。

再び強い眩暈に襲われる。

意識が途切れる間際、九品山の頂上付近に小さな赤い光が灯るのが見えた。

亡者と海

おまえが魚を殺すのは、ただ生きるためでもなければ食糧として売るためだけでもない、とかれは思う。おまえは誇りをもってやつを殺したんだ。漁師だから殺したんじゃないか。お前は、やつが生きていたとき、いや死んでからだって、それを愛していた。もしお前が愛しているなら、殺したって罪にはならないんだ。それともなおさら重い罪だろうか、それは？

ヘミングウェイ『老人と海』

杜弥は目を覚まし、周囲を見回した。

再び停電したのか駐在所内は真っ暗で、外からの光で入り口付近だけわずかに見ることができる。

シャッターを打つ風と雨の音が響く。

あれからどれぐらい昏倒《こんとう》していたのか。入り口から吹き込んだ雨は、部屋の中央辺りまで侵食し、黒い海を作り出していた。

上体を起こし、未《いま》だ朦朧とする頭を振って意識を覚醒《かくせい》させる。はっとして振り返るが、椰々子の姿はなかった。

「椰々子！　くそ！」

おそらく田所に連れて行かれたのだろう。殺される前に助け出さないと。

まだ力の入らない体に鞭《むち》を打ち、杜弥は壁に手をつき立ち上がる。

壁伝いに入り口まで移動すると、外はまさに嵐のまっただ中だった。鉛弾のような雨が体を打ちつけ、風に体を持っていかれそうになる。雨が視界を塞《ふさ》ぐため周囲を見通すことはできない。普段なら見えるはずの灯台の明かりすらなかった。

「椰々子！　椰々子！」

呼ぶ声は風雨の轟音《ごうおん》に吸い取られてしまう。

彼らがどこへ消えたのかと考え、杜弥はイサナ浜の方角を見た。

彼の最終目的は、死者を上陸させることだ。絵巻物の娘役である椰々子を連れ出したならば、イサナ浜へ向かうはずだ。

まさかもう……考えかけ、頭を振る。

自身を鼓舞し、杜弥は足を踏み出した。前傾姿勢になり、腕で顔をかばいながら、側溝から水が溢《あふ》れ出す道を急ぐ。

途中、漁協のある島の北へ目を向けるが、島は全体的に停電しているらしく一切の灯りが見えなかった。

一歩一歩足を進めながら、なんという馬鹿な間違いをしてしまったのだと、唇を嚙《か》んだ。結局自分は、父や兄に認めてもらえないことが悔しくて彼らの中に罪を見つけようとしていたのだ。その結果がこれだ。取り返しがつかない。

普段ならば五分も歩けばつく距離なのに、妙に長く歩いたように感じた。

風雨の向こうにぼんやり見えるイサナ浜は、いつもの穏やかなものではなくなっていた。浜に沿って植えられた椰子《やし》の木は風に激しく翻弄《ほんろう》され、波は荒くスタンドの高さまで押し寄せている。潮の匂いが濃く充満していた。

遊歩道から海を見る人影を見つけたのは、道路を渡ってさらに進んだときだった。

田所かと身構える。

気配を察し、その人物はゆっくりと振り返った。杜弥は目を見張る。

それは、磯貝淑江だった。橙黄の縞《しま》が入った黒八丈の紬《つむぎ》をずぶ濡《ぬ》れにし、ほつれた結い髪に雨を滴らせている。胸元にはいつかの紫色のふろしき包みを細い手でしっかりと抱えていた。

普段よりも濃い化粧が施された顔で、彼女は妖艶《ようえん》に微笑みかけてきた。

「……遅かったのね。船はもう出たわよ」

「船？」

訝《いぶか》しみながら訊《き》くと、彼女はイサナ浜の東を指した。

「客船よ。ずいぶん前に出て行ったわ……あの娘を乗せて」

椰々子をのことを言っているのだと気づき、杜弥は目を凝らす。彼女の言葉どおり、ここからならかろうじて見えるはずの客船が見えなかった。

「そんな馬鹿な……」

あの船は専門家が調査し、海水吸入口に穴が開いているため航行不能ということだった。杜弥も沖側から実際に見ている。どうしたらあんなもので海へ出られるというのだ。

だが、これまで島で起こっている怪異を知っている以上、それが絶対にあり得ないとは言えないことも分かっていた。

「見たのか？　椰々子が田所と乗るのを」

淑江は目を細め、紅が刷かれた唇を横に引き伸ばす。

「見たわ。気を失っているところをお巡りさんに抱えられて。……可哀想な子。島では誰にも口をきいてもらえず、最後は幽霊船に乗せられて……」

戸惑いながら、杜弥はスタンドの半分以上を浸食している水面へ目をやる。

田所の目的は椰々子を殺して島に死者を呼び込むことではなかったのか？　なぜ彼は椰々子とともに島を出て行ったのだ？　もしや自分の推測は間違っている？　そんなはずはない。現に淑江だって磯貝が戻ってくると言っていたのだから。

海を眺めていた淑江は急に踵《きびす》を返し、すっと歩き出した。

着物を着ているとは思えない速さで遠ざかる彼女を、杜弥は慌てて追いかける。

「ちょっと、どこ行くんだ？」

スタンドを飛び越し覆いかぶさってくる波を器用に避《よ》けながら、杜弥の声など聞こえないように淑江はすたすたと遊歩道を進んでいく。

やがてイサナ浜の中央部までやってくると、ぴたりと足を止め、彼女は遊歩道の手すりの前に立った。

「危ないから家に帰るんだ」

杜弥は彼女の腕を掴《つか》む。

しかし、細い体のどこにそんな力があるのか、彼女の体は微動だにしなかった。

その目がじっと一点を見つめているのに気づき、視線をたどる。杜弥は言葉を失った。

矢のように雨が降りかかる海面の下を、紡錘形の何かが群れになり、高速で移動している。

目を凝らすと、それは魚だった。荒れる海面に、種類も大きさもさまざまな魚たちの背が蠢《うごめ》いている。数千、数万と集まった彼らはうねりを作りながら時計回りに泳ぎ、島を取り囲んでいた。

「なんだこれ……」

杜弥は呟《つぶや》く。島の沿岸にいる魚や群れで泳ぐ小魚だけでなく、中型、大型魚や鮫《さめ》も混ざっている。水温や気象の変動により魚が異常行動をとることは稀《まれ》にあるが、こんなことはこれまでなかった。

「――聞こえる」

遊歩道の手すりから身を乗り出さんばかりにしていた淑江は、目を細め微笑んだ。

「あの人が来る、もうすぐあの人が造られる」

目を爛々《らんらん》と輝かせると、淑江はさらに体を傾け、魚たちがひしめく海原に手を振った。

「あなた――！　私はここよ。ここ――早く――」

髪を振り乱し、なりふり構わず海に向かって叫ぶ彼女の姿は、もはや常人のそれではなかった。

そのとき、耳が大きな水音をとらえ、杜弥はもう一度海へ目をやった。

水際の一点をめがけ、魚たちが集まってきている。ぴちぴちと素早く尾びれを動かす彼らは、まるで陸に上がろうとしているかのようだった。

息を殺して見ていると、そのうち奇妙なことが起こり始めた。

小山のように折り重なった彼らの体が輪郭をなくし、溶けたチーズのように癒着して一つの大きな個体へ形を変え始めたのだ。

気のせいかと目を瞬《しばたた》かせるが、そうではなかった。はじめは丸みを帯びていた魚肉の塊は波打つように躍動し、だんだんと伸張しながら人のような姿を形作っていく。

「――お、おおぉ、い」

作り出された人形《ひとがた》は、こちらを見上げると作られたばかりの喉《のど》を使い、いびつな声を上げた。ざらざらとしたもので肌を撫《な》でられるような感覚がして、杜弥は不快感を覚える。

聞き覚えがある声。

「あんた……。あんたっ！」淑江が叫ぶ。

波打ち際には、先ほどと同じ魚の小山がいくつも形成されようとしていた。魚たちは形をなくしては融合し、人形へと姿を変えていく。

杜弥は全身の血が引くのを感じた。

――死者が来る。魚たちから血肉を得て、島民たちを殺しに。

逃げようとするが、がくがくと震える足が地面に縫いとめられ、動かなかった。

最初にできあがった人形が這《は》うようにしてスタンドを上り、杜弥と淑江の真下までやってきていた。ランニングシャツにベージュのズボンという出《い》で立ちのそれは、小太りな上体を持ち上げゆっくりと立ち上がる。黒く見えていた顔にわずかな光が届き、容貌《ようぼう》が露《あらわ》になった。

淑江は艶《あで》やかな溜《た》め息を吐《つ》き、杜弥は呻《うめ》く。

それは、完全な体を持った磯貝敏郎その人だった。

スタンドに立った彼は、遊歩道にいる淑江を見上げ、生前と同じはにかんだ笑顔を向ける。

「淑江……約束通り帰って来たよ」

足の力ががくんと抜けた杜弥は、スタンドに尻餅《しりもち》をついた。途端に金縛りが解けたように体が自由になり、本能が求めるまま尻で後ずさる。

磯貝は淑江を見つめながら、ゆっくりとスタンドを登ってきた。杜弥はさらに後退すると、遊歩道の手すりに手をかけ立ち上がる。

磯貝が手すりの隙間を抜けて遊歩道へ下り立つと、淑江は彼の胸の中へ飛び込んだ。

「あんた、あんた、会いたかったよ……」

甘えた声をあげながら、彼女はしがみついた夫の肩に頬をこすりつける。

「よしよし、ごめんよ」

磯貝は太く短い腕を彼女の背に回し、しっかりと抱きしめた。

死者の夫と生者の妻。嵐の中、二人はこれまでの不在を埋めるかのように唇や頬、体を擦り寄せ、互いを求め確かめ合う。

杜弥は呆然《ぼうぜん》とその様を眺めていた。

――なぜ絵巻の娘役だと思っていた椰々子が連れ去られたのか。

――なぜ顔取りが襲うのが磯貝でなくてはならなかったのか。

答えが分かった気がした。きっと、それらは最初からすべて決められていたのだ。

杜弥は立ち上がり二人の間を引きはなそうとするが、元から一つであったかのように離れなかった。それでも執拗《しつよう》に取りすがっていると、冷たい瞳《ひとみ》でこちらを一瞥《いちべつ》した磯貝に膝《ひざ》で腹を蹴《け》り上げられた。

「うっ」

肋骨《ろっこつ》に痺《しび》れるような痛みが走り、杜弥は再び手すりの横に倒れ込む。

再び二人は睦《むつ》み合ったが、しばらくすると着物の襟を広げ淑江の体をまさぐっていた磯貝の手がぴたりと止まった。甘い吐息を漏らしていた淑江は不思議そうに磯貝を見上げた。磯貝は照れたように微笑み、彼女の頰を両手で包み込む。

幸せそうに淑江が表情を緩めた次の瞬間――

磯貝は彼女の細い首へ素早く手を滑らせ、一気に喉を握りつぶす。

鈍い音がしたのち、支えを失った淑江の頭部が自らの肩に垂れ下がった。その手からふろしき包みが落ち、中身の頭蓋骨《ずがいこつ》が地面をコロコロと転がる。それは遊歩道の手すりの間を抜け、スタンドから転落し、海へと吸い込まれて行った。

「……あ、あ、あ……」

呻く杜弥を見下ろし暗い笑みを漏らすと、磯貝は彼女の体を肩に担ぎ上げた。

異様な気配を感じ、杜弥はスタンドの下を覗《のぞ》き込む。魚により血肉を与えられた死者たちが海面から顔を出し、地上へ上がるための合図を今か今かと待っていた。

邪悪な光を目に宿した磯貝は、海に向けて淑江の体を誇示してみせる。それを号令に死者たちは水面から姿を現し、ヤモリのようにスタンドを這い上がってきた。

荒く息を切らせながら、杜弥は自身を叱咤《しった》し立ち上がる。

——早く逃げないと。逃げて島の人たちに知らせないと。

まだ感覚がおかしい足を引きずり、痛む肋骨を押さえながら、杜弥は島の北にある漁協へ駆け出した。

＊＊

荒れ狂う雨風で手許《てもと》が狂う。

雨具を着た男——錫木芳一《すずきよしかず》は、懐中電灯を持ち直し、舌打ちしながら物置の鍵《かぎ》を差し込んで閉めた。

島全体が停電してから二時間ぐらいか。仏間に用意していたろうそくが切れたので、物置に買い置きがあることを思い出し取りに来た。

口うるさい老妻に災害用のランタン購入を渋ったのを責め立てられたことを思い返し、口中に苦いものが広がる。仕方ないではないか。最近では滅多に電気が通わなくなることはなかったのだから。

ろうそくの箱を小脇に抱え、錫木はそそくさと家へと戻ろうとする。

気配を感じたのはそのときだった。

目を向けると、家の壁の脇に風雨にさらされる人影があった。

「昭子《あきこ》か？」

責め足りない妻がわざわざやって来たのかと思い声をかけたが、その人影は彼女ではなかった。いや、女ですらない。小太りの――ランニングシャツを着た男。

「なんだ、あんた。こんな嵐に傘も差さないで――」

物言わず、その人物はこちらへやってくる。懐中電灯を向けた錫木は、息を飲んだ。

「お前……」

小さな明かりに浮かび上がったのは、見覚えのある男だった。

漁船の係留場所が近かったから会えば声をかけた。行方不明になったときも捜した。

彼が死んでいたことが分かった後も、その妻を手伝って小さな葬式も出して――

「磯が……」

言い終わらないうちに、目の前まで来ていた男は、錫木の肩に手をかけ、もう片方の腕を掴《つか》んだ。

「なんだ、あ……」

錫木が振り払おうとしたところ、男は人間とは思えない力で腕の付け根をひねる。それだけでは飽きたらず、男は何度も腕をひねった。骨が割れる音がし、巻き込まれた肉が軋《きし》む。

「うわああっ」

ついに腕は引きちぎられた。地面に投げ捨てられたそれを見て、錫木はさらに叫び声を上げる。

攻撃は止まなかった。次に彼の目が捉《とら》えたのは、眼前に迫る二本の太い指先だった。

ぶちゅ、という嫌な音がしたのち目に焼けるような痛みが走り、視界が暗転する。バランスを崩してぬかるみに倒れ、錫木は喘《あえ》いだ。自分の身に何が起こっているのかさっぱり分からなかった。

さらに襲撃は続くのかと錫木は残った腕で顔をかばう。しかし、雨が降りかかるばかりで何も起こることはなかった。

男が去ったのかとホッとしかけたとき、家の中から妻の叫び声が聞こえてきた。

玄関の鍵をかけずに外に出てきたことを思い出し、錫木の背に冷たいものが走る。

「昭子！　昭子！」

叫ぶ声は風雨にかき消された。起き上がろうと片方の手ですがるものを探すが見つからない。

妻の断末魔の叫びは長く続いた。まるで大勢の何かが楽しみながらゆっくりと死を与えているような、そんな冗長さを感じさせる声。

片手で空をかき回しながら、錫木は嗚咽《おえつ》を上げた。暗闇しか見えなくなった目に、絶望の色だけが鮮明に映る。

――なぜなのだ、なぜ急にこんな目に遭わなくてはならないのだ。

やがて妻の声は止んだ。遠ざかる大勢の足音が聞こえ、雨音だけが残る。

ようやく手が家の壁らしきものをとらえ、錫木は上体をゆっくりと持ち上げた。

――あれは何なのだ。誰かに知らせて、昭子は……なんとかしなくては……。

雨樋《あまどい》を摑み体を持ち上げたそのときだった。

錫木は太ももに鋭い痛みを感じた。金属が肉を切り裂いたような、熱い痛み。気がつくと体は支えを失い、再度ぬかるみに叩《たた》き付けられていた。

――まだいたのか。

錫木は唇を噛《か》む。

側で誰かが笑うような気配を感じた。

それが殺戮《さつりく》再開の合図だった。

意識が途切れるまで永遠とも思われる時間が流れた。何も見えない中、殴られたり、刺されたり、剝《は》がされたり、千切られたり、潰《つぶ》されたり。そのたびに大勢いるらしい何かたちは、歓喜の声を上げた。

感覚が鈍り始める中、錫木はぼんやりと考えていた。

自分は白波杜承ほど物の分かった人物ではなかったが、取り立てて悪い人間でもなかったはずだ。妻だってそうだ。文句は言うが口ばかりで、人様に迷惑をかけることまではしなかった。そんな自分たちをこのような目に遭わせるものがいるなら、それは血の通った人間ではないに違いない。

ついに命が潰《つい》える段になって錫木は安堵《あんど》の息を漏らす。

その体は一目で彼と分からないほどの肉塊になるまで破壊されつくしたが、彼の目が最後までそれを知覚することはなかった。

＊　＊

垂れ下がった豊満で柔らかそうな茶色い乳房の先には、黒く丸い乳頭があった。指で押されたそれから白くさらさらとした乳が飛び出すと、ひび割れがある古いタイル張りの洗い場に落ち、排水溝へと伝い流れて行く。一度勢いを失っても、女が自身の手で押さえると再び勢いをつけて乳は飛び出し、白い川を作った。

——本当は、自分が口に含むはずだったもの。

黙々と搾乳を繰り返す女を〈上〉から見ながら、ルネは溜《た》め息を吐《つ》く。

女はコンクリートブロックの壁で覆われた狭い調理場にいた。申し訳程度の洗い場に、申し訳程度の竈《かまど》。ろくに掃除もしていないため、壁には黴《かび》が生え、食器や鍋《なべ》が使ったまま放置されている洗い場にはハエがたかっている。その様子が目の前にいる女の心象風景そのものに思えて、ルネはさらに気を沈ませた。

搾乳を終えた女は、はだけさせていた服で乳首の周囲と腹をぞんざいに拭《ぬぐ》い、洗い場の正面に取り付けた鏡を見上げる。アーチ形のそれは一度派手に割れたのをテープでつぎはぎしたものである上に、さまざまな飛沫《ひまつ》の汚れでくすんでおり、そこに映る女の顔をいっそう惨めなものに見せていた。目は落ちくぼみ、幾重もの皺《しわ》やクマが浮き上がっている。褐色に光り輝いていた頬はやせこけ、まるで生ける屍《ゾンビ》のようだ。

——まだ二十を越えたばかりだというのに。最初に出会った頃、体中から生きる希望を発散させていた彼女の瑞々《みずみず》しい笑顔を思い出し、ルネはまだ歯も生えぬ口で下唇を嚙んだ。

しばらくの間ぶつぶつと何かを喋《しゃべ》りながら獣のような声で泣いたあと、女は立ち上がる。彼女は居間へと駆け込むと、窓際の祭壇の上に置かれた真鍮《しんちゅう》製の写真立てを取った。手のひらに収まるほどのそれの小さな枠中に収まっているのは、女と同じ褐色の肌をした目の大きな赤子——ルネだった。女は顔を歪《ゆが》め涙を流しながら指先で写真をなぞる。

〈上〉から見ているルネは、思わず目を背けた。

ルネがこの世界に出てきて母に出会い、その懐から去るまで、おそらく三ヶ月ぐらいだっただろう。母である女とともに幸福な時間を過ごしていたある日、茹《う》だるように体が熱くなり全身が痛みだした。それが三日三晩続いたのち、すうっと心が浮かび上がり、以前自分だったらしい嬰児《えいじ》の遺体を抱き泣き叫ぶ女を高い位置から見ていた。

体から締め出されたルネの心は理性や大人びた知性を獲得していた。母が祭壇に飾っている聖母像のなせる業か、はたまたその隣に飾られたブードゥーの女神、エジリ・フレーダのハート形を模したヴェヴェ（象徴図形）のなせる業かは分からない。

理性や知性を獲得するということは、自分に起こったことにまつわる悲哀と理不尽を知ることでもあった。ルネはなぜ自分が母から引き離されなくてはならないのかと、実体を持たない頭で気が狂いそうになるほど考えたが、答えなど分かるはずもなかった。

幼くして軍事政権により父母を殺された母は、畑を耕す他に体を売ることでやっと維持できる小屋のような家で、一人うら寂しく暮らしていた。ルネは父が誰か知らなかった。母が好いた男なのか、それとも客の誰かだったのか。どちらにせよ、身ごもった母は自分を生むことに決めた。ルネがこの世に出てきて初めて顔を合わせたとき、母は優しく愛に満ちた瞳《ひとみ》でこちらを見ると、くすぐったくなるようなキスを頰にしてくれた。そのキスは思い出すだけでこの世界に出て来た価値があったと思えるものだった。

それから母はルネのことを最優先に考える生活を始めた。客を取りながら暮らしを支え、自分たちは誰に邪魔されることもなく蜜月《みつげつ》とも言える三ヶ月を過ごしたのだ。幸せなことばかりで、嫌だったことなど数えるほどしか思いつかない。それほどに良い母だった。

——それなのに。

ルネは自分が死んだのち、墓地の片隅で小さな棺《ひつぎ》を前に泣き崩れていた母を思い出す。

厚い雲が空を覆い隠す曇った日だった。

母はルネのために、今後の蓄えとして貯めていた金をすべて吐き出し、客の男にこれ以上ない棺を作らせた。男は同じ村に住んでいる木工職人だった。偏屈で無愛想だが、仕事に対しては一切の妥協を許さない職人気質《かたぎ》。彼は、たまに慰みものにする少しばかり愛《いと》おしい女のために、値段以上の細工を施した完璧な棺を作り出した。

それは、彫刻細工を施した白い木枠の棺の蓋《ふた》に、ガラスが嵌《は》め込まれているものだった。男の腕は確かなもので、ルネを入れた棺の蓋はぴたりと嵌《はま》り密封状態を作り出した。ガラス窓からは、花の上に寝かされた愛しい嬰児の姿がしっかりと見える。これまでに見たことがないようなすばらしい棺に、母は悲しみに沈みながらも感謝した。

腕で抱えられるほどの小さな棺は、母の手によって村はずれの墓地に埋められ、上には木の枝を蔓《つる》で組み合わせた十字架が建てられた。

だが、墓ができたところで母の悲しみは収まることはなかった。母は毎日毎日、行き場をなくした乳を搾っては、ルネの名を呼んだ。ルネが死んでからは客を取らないようになり、生活はどんどん困窮していった。近所の乳の出の悪い女が乳を譲ってくれと申し出たことがあったが、金がないにもかかわらず母は頑として譲ろうとしなかった。ひと月もする頃には、気性が荒くなった母を疎み、誰も近寄ることすらしなくなっていた。

やせ細り、乳を搾っては鏡に呪詛《じゅそ》の言葉をまき散らす母は、どん底にいた。ルネは何度も自分のことは忘れて、母自身のために生きて欲しいと懇願したが、聞き入れられることはなかった。

そのうちに、栄養失調で彼女は倒れた。たまたま遠縁の女が通りかかったので助かったが、そうでなかったら、彼女もルネと同じように死んでいただろう。

しかし、体の限界まで毒を貯めて倒れたことが、転機にもなった。遠縁の女に連れて行かれた村の小さな病院で、彼女は〈女性の祭司《マンボ》〉に出会った。母より三十も年かさの美しい目をした女は、善き信仰心のもと迷えるものを救う活動をしており、彼女に導かれるようにして母は再び元の世界へと舞い戻ることができた。

母は善き祭司のつてで海に近い町へ引っ越し、クルーズ船専用リゾートで外国からの観光客相手に土産物を売る仕事を得た。店番をするだけだが、働くことが充実感を生みだし、母の顔に笑みが浮かぶことも稀《まれ》ではなくなった。

この国では、エジリ・フレーダと同一視される聖母の像を身近に置くことで、善き夫がもたらされると信じられている。ルネが死んでのち、しばらく神を顧みなかった彼女が店の奥に小さな祭壇を設け像を置いたことを、ルネは嬉《うれ》しく思いながら見守った。

ところが、そんな日々が続いたのはたった半年だけだった。

すべては偶然とも言えるただの出会いと不運が引き起こしたことだった。

その日も母は、海を隔てた豊かな国から客船で乗り込んでくる観光客相手に、椰子《やし》の木陰の小屋で土産物を広げていた。観光客は白人の老夫婦が多く、若い女の店番相手だと気軽に買い物を楽しめるようで売り上げは悪くなかった。

母、そしてルネの運命を変えた〈彼ら〉がやって来たのは、昼少し前のことだった。遠く港を望むと、先に停泊していたものより二回り小さく優美な形状をした客船が新たに入港していた。おそらく少人数制でサービスを向上させるラグジュアリー船のたぐいだろう。そこから荷物の検査などをするゲートを通り、観光客たちは蟻のようにゾロゾロとやってくる。

ほとんどが白人である中で〈彼ら〉の姿は妙に際立って見えた。なぜならば彼らが東洋人だったからだ。政情が不安定だったこともあって、この頃はこの国で東洋人を見ることは少なかった。

〈彼ら〉は、背が高く欧米人に見劣りしない夫と、リゾートファッションに身を包みながらも上品さが溢《あふ》れ出る美しい妻の夫婦だった。

仲睦《なかむつ》まじい様子で手を繋《つな》ぎ、周囲の施設などを見回しながら彼らはゆっくりと母の店の方へ歩いてきた。女の方は時折気になることがあるように客船を振り返っていたが、その度に男が優しく彼女の肩を抱き、彼女を諭しているようだった。

やがて彼らは観光客たちの流れに従って、母の店の前へとやって来た。育ちの良さそうな女は母に向けてにこりと笑う。母は、持てる者だけが使うその作法に戸惑ったようにしながらも、ぎこちなく笑みを返した。

女はけして冷やかしといった様子ではなく真剣に店の品を吟味していた。母の店は商品を袋へ詰める台が真ん中にあるだけで、客は壁に沿って所狭しと並べられた商品を自由に見て回ることができる。物を盗《と》るような人物には見えなかったため、台の前に立った母はぼんやりとしながら彼らが商品を選ぶのを待っていた。

ふいに声をかけられたのは、十分もした頃だろうか。女に声をかけられ振り返った母は、目を見開いた。あろうことか、彼女は母が店の奥に作っていたエジリ・フレーダの祭壇にある聖母像を手に取っていたのだ。祭壇は商品のある棚よりも高い場所に作り付けていたし、その一角だけ明らかに古びて見えるため、これまで商品と間違える客などいなかったのに。

「これは《ハウ》いくら《マッチ・イズ・ディス》？」女は言った。

——この女は何を考えているのだ。母の胸に怒りの炎が灯《とも》った。彼らがどんな信仰を持っているのか知らないが、他人の信仰の対象を売れなどと。

さらに母は女の傍らで愛《いと》おしそうに彼女を見つめる夫に目をやり、唇を嚙《か》む。

——夫のいる身でこれを欲しがるなんて。

怒りの炎は爆発的に膨れあがった。

母は素早く祭壇の前まで移動すると、これはお前が持つものではないと叫び、手首を摑《つか》んで女から像を取り返そうとした。

母の剣幕に驚いた女が手許《てもと》を狂わせたのは、そのときだった。華奢《きやしや》な指の隙間から像はこぼれ、ゆっくりと放物線を描いたそれはコンクリートの床にぶつかり四方に砕け散る。

ルネは思わず目を覆った。子供を亡くした母が唯一持っていた希望の象徴。それが割れてしまうなんて――

母は悲鳴を上げてその場に這《は》いつくばると、両の手のひらで欠片《かけら》をかき集めた。意味の分からない言葉を話しながら女が手伝おうとしたので、母はその手をはねのける。破片により傷ついた母の手からは血が流れ出ていた。目を丸くした女は再び何かを言い、自分のバッグからタオルを取り出し差し出す。一緒に入っていたと思われる赤子用のおしゃぶりが落ち、床に転がるのを母は見逃さなかった。絶望を浮かべた瞳で母は女を見る。先ほどやたらと振り返っていたのは、船に赤子を残してきたからなのか。

――どうしてこの女はなんでも持っているのだろう。自分が持っていないものをなんでも。

ルネは俯《うつむ》く母の瞳《ひとみ》に先ほどまでとは違うどす黒い炎が燃え上がるのを見た。けしかけるようにして夫婦を店から追い出した後、憎しみをたぎらせた母は、女から返却を固辞されたタオルを粘り着くような目で見つめた。動物の絵が描かれているそれは、どうやら彼らの子供のもののようだった。上質でこれまでに感じたことがない柔らかな肌触り。端には〈SANAE〉とピンク色の糸で刺繍《ししゅう》されている。

母はタオルに頬を寄せると、彼らが消えていった雑踏を睨《にら》みつけた。

それからのことを、ルネはあまり思い返したくない。

母は店番を放り出すと、タオルを握りしめ〈邪術師《ボコール》〉の元を訪れた。リゾート地で働いている者たちの間では有名な男だった。邪術はペトロ（負の属性を持つ神霊群）という分類の神霊《ロア》の力を借りて行うが、母が今いる北部地域ではその神霊にまつわる儀式は行われていない。だが、その邪術師は南から来て北部に住み着いたため、それを行うことができるとのふれこみだった。

彼は港から二キロほど離れた村のはずれに住んでいた。母が何度もドアを叩《たた》くと、薄汚れた白い長衣を着た太った大男が出てきた。毒を持つ蛙のようなどろりとした質感の肌に、淀《よど》んでいながらも鋭い光を宿している瞳。母は満足げに微笑むと、彼に向かってタオルを突き出し、この持ち主を呪って欲しいと頼んだ。男は侮蔑《ぶべつ》を込めた瞳を向け帰れと言ったが、母は帰ろうとしなかった。彼女は怒りの塊となり、心の闇をすべて彼にぶつけた。なぜ私だけこのような目に遭うのか、なぜ彼らはすべてに恵まれているのか……あらゆるものへ向けた母の呪詛《じゅそ》だった。度重なる不幸、内乱、遠い異国からの内政干渉。この国にまつわるすべてへの。

それでも関心を持とうとしない邪術師に、彼女は決定的な一言を言い添えた。邪術師は両の手で神霊に仕えるという。ペトロではないラダ（正の属性を持つ神霊群）の像だとしても異国人に壊されたと言えば黙っていないだろう。

聖母像の顚末《てんまつ》を聞かされた邪術師は顔色を変え、先ほどまでとは別人のような身のこなしで母へ近づくと、疲れてへたりこんでいる傍らに屈《かが》み囁《ささや》いた。

——ならば手伝ってやろう。ただし、呪うならば〈呪具の材料〉が要る。強力なものが。それをお前は用意できるか？

　邪術師は何が必要かを小声で耳打ちする。母はしばらくぽかんとしていたが、やがて望みが叶《かな》えられることに気づき真剣に考えだした。しばらくのち、顔を輝かせる。

　母は、乗り合いタクシー《タプタプ》に乗って邪術師とともに以前住んでいた村へと向かい、墓地からルネの棺《ひつぎ》を掘り返して渡した。

　どう条件が噛み合ったのか、密閉された棺の中、ルネの体は屍蠟《しろう》と化していた。煙霧が立ちこめる夕暮れの墓地で、蓋《ふた》に嵌《は》め込まれたガラス越しに生前の形を保っている嬰《えい》児《じ》の姿を見た邪術師は、溜《た》め息を吐《つ》きながらしばし眺めた後、これ以上ない笑みを浮かべた。

　――いいだろう。これなら不足はない。

　土曜男爵《バロン・サムディ》という名がついていながら、この国で彼にまつわる儀式は月曜に行われる。運良くその日は月曜だった。邪術師は母を伴い村の忘れ去られた墓地へ行き、そこに建てられた大きな十字架の下で呪いのワンガ（この地におけるグリグリの別名）を作る儀式を行った。

　儀式にあたって、邪術師はロアに憑霊《ひょうれい》される信者や、二つ一組の太鼓を奏でる信者、合唱をする信者をその場に呼び出していた。十字架の足元の階段状の祭壇には、神霊の肖像画や山羊《やぎ》などの供物、酒、木の実、動物の骨、いくつものキャンドルが置かれている。さらにその一番下には、一抱えほどの茶色い木箱が置かれていた。それこそが、ルネの棺、東洋人の女からもらったタオルの切れ端、動物の骨、墓場の土、火薬、唐辛子などが入ったワンガの材料だった。

夜が更けきった頃、祭司である邪術師と信者の挨拶《あいさつ》により、儀式は始まった。

満天の星の下、祭司が振るアソン（マラカスのような道具）や、信者による激しい太鼓の音、そして不気味な歌が響き渡る。まずは神界と人間界を繋ぐ門や十字路の神、レグバへの礼拝がなされた。邪術師は詠唱しながら四方へ水を撒《ま》いていき、祭壇の前にトウモロコシの粉でレグバの象徴図形である十字のヴェヴェを描く。その上からラム酒を撒いてアソンを振った。

次に同じ要領でバロン・サムディへの祈りが捧《ささ》げられた。祭司は山羊を彼のヴェヴェの上まで連れてくると、冷静な手つきで首を反らし、信者に見せつけるようにして屠《ほふ》った。用意された器になみなみと鮮血が注がれる。それをその場にいるものたちで回し飲みした。

夜が深まるにつれ太鼓や歌のボルテージは上がり、祭司以外のすべての者がトランス状態で祭壇の前に飛び出し歌い踊りだす。太鼓のリズムは一層強く激しく場の空気を波打たせた。森に囲まれた墓地のこの場所だけ温度が上がり、何か別の世界と繋がっているような不思議な重力感が広がる。

目の前の光景と草原が広がる大地、霧にむせぶ別の墓場の景色が一瞬重なったように見えて、ルネは目を瞬《しばたた》かせた。

それと前後するように信者の一人が奇妙な動きを見せ始める。彼は跳躍したり、激しく頭を振ったりしたのち、祭壇の供物や、ヴェヴェの上に撒かれた木の実などを手当たり次第に暴食し、卑猥《ひわい》な言葉を叫び、タバコを吸うまねをして見せた。

この憑依現象こそがバロン・サムディが呪いを作り出すことを承諾した証《あかし》だった。その場にいるものすべてが恍惚《こうこつ》とした表情を浮かべ、儀式は最高潮に達する。

上から見ていたルネは、急に実体のない頭が痛みだし悶《もだ》え苦しんだ。霧の漂う墓地の景色が再び脳内に映し出される。立ち並ぶ墓の中に、シルクハットを被《かぶ》り燕尾服《えんびふく》に身を包んだ黒人の男が立っていた。彼はルネに鋭い瞳を向けた後、にやりと笑って踵《きびす》を返し、霧の向こうへ歩き去っていく。

その姿が見えなくなった瞬間、ルネは自分が祭壇に置かれたワンガの箱と見えない鎖で繋《つな》がれたのを感じた。

――ワンガは自分であり、自分はワンガである。

見えない鎖から呪詛《じゅそ》と殺人を促す思念が絶えず注ぎ込まれてくる。ルネは鎖から逃れようとするが、それはかなわなかった。助けを求めて母を見るが、彼女は皆とともに歓喜の踊りに興じており、振り返ることすらなかった。

やがて儀式は終わり、その日からルネは呪いを解かない限り自由を与えられない〈呪《じゅ》の奴隷〉となった。

作り出された〈死のワンガ〉は、呪いをかけられたものの傍に置かなくては意味がない。母は翌朝すぐに客船が停泊している港へ駆けつけ、東洋人の女を呼び出してもらい、この間のお詫《わ》びをしたいと笑顔で申し出た。警戒心の薄い女はすっかり母を信用して喜び、絶対に開けてはならないという得体の知れない木箱を渡した母に、にこりと笑って礼を言った。

その日の午後、船は目的地であるアメリカ、ニュージャージー州、ケープ・リバティ港へ向け出港し、ルネはワンガとともに呪いを成就させる旅に出た。

船はタークスカイコス諸島の南を抜けて外洋へ出ると、寄港する島すらない絶海を北に向けて航行した。

〈呪〉となったルネは、遅くともこの航海が終わるまでには呪を成就させ母の元へ帰りたかった。人を殺すことは悪いことだとルネは生得的に知っていたが、呪によってワンガと繋がれた不快感と、母に会いたいという気持ちには代えられなかった。

母はあの赤子が周囲のものを殺された絶望の中で死ぬことを願ったので、ルネは他の乗客共々、絶海で船を沈めようと考えた。船員たちの頭から知識をかすめとって計画を練り、船がバミューダの南西まで進んだところで実行に着手した。

決行するにあたり、ルネは機関士の一人の体を操り、海水吸水口と水密隔壁に細工を施した。満天の星の下を進む船は、計画通り発電機室から爆発を起こし、海水が船内の汚水管を遡《さかのぼ》ってあらゆる場所から噴き出した。

まだ眠りの中にいる人々も多い中、船内へ浸入した海水は船底部へなだれ込んだ。水密区画が閉鎖されていないため、水は船という器をまんべんなく満たして行く。ルネが計算していたよりも早く船は吃水《きっすい》線を上げ海に浸《つ》かり、三十分もすると上物の三階建てデッキを海面上に残すのみとなった。

バランスが崩れ船は右舷《うげん》へ傾いていく。闇の中、船員たちは懸命に乗客を誘導しようとしていたが、ほとんどが船内に残されたままだった。デッキへたどり着いていたものもいたが、海水に浸かった右舷の救命艇と、四十度にもなる傾斜の上に持ち上げられた左舷《さげん》の救命艇を青い顔で見比べているだけだった。

水が流れ込み混沌《こんとん》に陥る船内で、ルネは親子三人のもとへ向かった。水死させるのではなく、自らの手で決着を付けたかったからだ。しかし、部屋で眠りについているはずの彼らはそこにおらず、ルネは彼らを捜しまわった。

両親は、他の乗客とともに傾斜を強める左舷後方の甲板にいた。落下を防ぐためデッキの手すりにつかまって身を寄せ合い、怯《おび》えた顔で海を見下ろしている。彼らの手に赤子がいないことをルネは訝《いぶか》しく思ったが、まずは殺すことが先だった。他のものが船の状況に気を取られている隙に、彼らの隣にいた男の中に入り込み、彼らを海へ突き落とした。彼らは傾いた甲板の上を人形のようにあっけなく転がり落ち、船縁《ふなべり》にぶつかったあと海の中へ消えて行った。

次にルネは赤子を捜した。気が狂わんばかりに船中を駆け回ったが見つからなかった。焦ったルネは水に浸かった彼らの部屋を再度捜索し、赤子がいない理由を理解した。傾いてさまざまな物が水中に舞っている部屋の中には、開封され中身が飛び出したワンガの箱が浮かんでいた。誰に指摘されたのかは分からないが、彼らは呪われていることに気づき、赤子をどこかへ隠したのだろう。

赤子が死んだところをこの目で見なくては呪は解けない。ルネは上から下、船首から船尾まで徹底的に捜したが、ついに赤子の姿を見つけることはできなかった。

やがて船は救助を待つことなく沈み、ゆっくりと深い海の底に横たわった。

呪が解けないまま、ルネはワンガの箱がある船内に縛り付けられることとなった。

確かめる術《すべ》はなかったが、ルネには確信めいた思いがあった。

――SANAEはきっと生きている。どこかで。

海上を渡る〈鳥〉と友人になり、ルネは彼らの目を借りて赤子を捜すことにした。しかし、この場所を通る鳥たちは厳格にルートが決まっていて、目新しい情報をもたらすことはほとんどなかった。

そんな状態が十六年続いた。

ルネの心はすでに折れていた。もう永遠にあの赤子は見つからないだろう。自分はずっとこの沈没船に縛られ続けるのだ。

――ママ、会いたい、会いたい、会いたい。

思い出されるのは母のことばかりだった。自分をこのような目に遭わせたにもかかわらず、彼女への思慕は潰《つい》えることがなかった。すでにこれだけの年月が経ってしまった。このまま呪が解けなければ母は老いてこの世からいなくなってしまうだろう。そうなる前に、どうしても会いたい。もう一度。

転機はある日突然やって来た。はぐれ鳥が行き倒れた島で、あの時の赤子を見つけたのだ。

ルネは十六年間溜《た》め続けた呪詛《じゅそ》の念を力に変え、客船ごとその島へと向かった。その島には東洋の呪術による強力な結界が張られていたので、そのまま浜に突っ込み侵入した。

見つけたからにはもう逃がすつもりはなかった。ちょうど赴任して来た警官を殺して沖に捨て、ルネは彼に成り済まし島民の中へ入り込んだ。

どうやって料理してやろうかと思っていたところ、利用できるものがあることに気づいた。

それは、この島を取り巻く〈あるもの、の怨嗟《えんさ》〉だった。それは島を取り巻く海の中に淀《よど》み、結界の外から島や漁民を狙っていた。

ブードゥーの呪いと共鳴したそれは活性化して島に怪異を引き起こし、ルネが方向性を示してやることで赤子の周囲にいるものたちを次々殺し彼女を追い込んでいった。

島で暮らす中で、ルネはいつのまにか〈警官の田所〉としての暮らしを楽しんでいたのも確かだった。頑丈な体と健やかな精神を持ち、島民を守り慕われて島の一員として生きていく。熱病に冒されて死ななければ、このような生き方もあったのだろう。

さらにルネは、赤子——椰々子を追いつめながらも観察していた。

ずっと自分だけが不幸を背負わされたと思っていたが、それはかつて〈幸せな赤子〉であった彼女も同じだった。両親を失った彼女は、流れ着いたこの島で人々と口をきくことすら許されず生きていた。そんな彼女を不憫《ふびん》に思い、いつの間にかルネは彼女と自分を重ねるようになっていた。

同じぐらいの年齢の不遇な子供。自分たちは、まるで双子のように不幸を分かち合っている。

だからといって呪いを止めることはできなかった。

ルネは最後の計画に着手した。彼女を絶望の淵《ふち》にたたき落とすのは最後に取って置くことにし、まずは自身が身に纏《まと》う呪を小分けにして作ったワンガで不知火神社の禰宜《ねぎ》を片付けた。そして彼女を攫《さら》い、客船であの海へ向かった。

すべてはもう一度、母に会うために——

＊　＊

一人の赤子にまつわる長い長い夢を見ていた。

頬を撫《な》でる柔らかな潮風に覚醒《かくせい》した椰々子は、ゆっくりと瞳《ひとみ》を開いた。途端に熱い涙が眦《まなじり》から溢《あふ》れ、こめかみを伝い髪に流れていく。

今のは自分を呪っていたものの夢なのだろうか。息づかいが分かるほどリアルで、すべての辻褄《つじつま》が合っており、とてもただの夢とは思えなかった。

頭上の夜空は恐ろしいほど澄んでおり、満天の星が瞬いていた。

椰々子は顔を覆って嗚咽《おえつ》を漏らす。あれが本当だとしたら、なんという不条理な運命の巡り合わせなのだ。

心の中にはルネやその母を憎む気持ちがあった。呪いを作り出し、たくさんの人の命を奪い、自分をこのような境遇に落とし込んだのだから当然だ。椰々子の母に落ち度がなかったとは言えないが、ここまでしていいはずがない。

しかし、彼らを百パーセント憎みきることもできないことを椰々子は感じていた。それは、彼らもまた不幸な運命に翻弄《ほんろう》されていた被害者であるためと、自分が直に触れていたルネのためだった。

田所になりすましていたルネ。彼は会うといつも穏やかに微笑み、椰々子を気遣ってくれた。近づいて観察するための演技だったのかもしれないが、細やかな気配りや配慮がすべて嘘だったとは思えない。ルネ本人の気質はもともと穏やかで、あんな風だったのではないか……。

青白い不思議な光が蝶《ちょう》のようにふわふわと頭上を通り過ぎ、椰々子は起き上がった。見回すと、たくさんの鬼火が浮かび、白く真新しい客船のデッキをぼんやりと照らし出していた。甲板から三層にそびえ立つ船の客室部分を見上げる。この船は紛れもなく、先ほどまで夢の中で見ていた船、シー・アクィラ号だった。船縁の外に目をやると三百六十度水平線が見え、椰々子はやはり先ほど見た夢が事実なのだと確信する。田所……ルネは、呪いを仕上げるために自分をここへ連れてきたのだ。

まだ薬が効いているせいか、心が鈍磨してリアルな恐怖は湧いて来なかった。ルネはこんな場所にまで連れてきて、自分をどう殺そうというのだろうか。そして自分はどうすればよいのだろう。逃げる場所もない、こんな絶海の船上で。

鬼火の一つがこちらへ漂ってきた。椰々子はぼんやりとそれを眺める。以前禰宜から鬼火は人の霊そのものだと聞いたことがある。神社の名の由来である不知火もそれであるとも。

青く冷たい炎が中心部で燃えるそれは、綿毛のような繊細な光を放っていた。なぜかその存在に愛《いと》しさを覚え、椰々子は手を伸ばす。

「――っ!」

指先が触れた瞬間、急激な気圧の変化でも起きたように耳の奥が痛み、椰々子は手で両耳を押さえた。まるで世界に亀裂《きれつ》が入ったようだった。

耳の痛みと跳ね上がった脈が収まるのを待ち、顔を上げる――

そこには、先ほどまでと違う世界が広がっていた。

緩やかな音楽に、さざめく喧噪《けんそう》。そして談笑しながらクルーズを楽しむさまざまな人種の人々。デッキや、屋上、そして船内。これまで空っぽだったそれらの場所は、本来あるべき形で満たされていた。しかし鬼火や星明かりに照らされる彼らの体は透けている。彼らはこの世の者ではない。この船で死んだものたちだろう。

椰々子はいたたまれない思いで拳《こぶし》を握りしめる。彼らは自分にかけられた呪いに巻き込まれて命を落としたのだ……

死者たちは自らの死など考えたこともないかのように、それぞれの船旅を楽しんでいた。そもそも存在を感知していないのか、椰々子に視線を向けることすらない。

最初は彼らの存在に恐れをなしていた椰々子だったが、次第に慣れ彼らを観察する余裕も生まれた。

――ルネは何を考えているんだろう？

幸せそうな人々を眺めながら船縁にもたれ、椰々子は思いを巡らせる。幽霊で怖がらせ、このまま船を沈めて自分を殺そうというのだろうか。これが彼の復讐《ふくしゅう》？　でもそんなの甘すぎる気がする。

息を吐き、椰々子はジャグジーに入って遊ぶ子供たちをぼんやりと見つめた。白人と黒人の子供たちが水を掛け合ったりボールを投げ合ったりして楽しんでいる。彼らの姿に椰々子は苦笑した。呪いをかけられなければ、自分も両親とこのような旅をすることができていたのだろうか……。

何かが心に引っかかったのはそのときだった。その正体が分からず椰々子は戸惑う。

子供たちはふいに一方向を見て、ジャグジーから上がり駆けていった。視線で追うと、その先にはタオルを持った親たちが立っている。子供たちは、濡《ぬ》れた体のまま奇声を上げ彼らに飛びついた。親たちは笑顔でそれを受け止め抱きしめる。

淡い嫉妬《しっと》を覚えるとともに、引っかかっていたものが何か閃《ひらめ》き、椰々子は目を見開いた。

——私は馬鹿だ。どうしてこれまで気づかなかったんだろう。

縁《へり》から身を離すと、椰々子は弾《はじ》かれたように船の入り口へ向かい駆け出した。

幽霊がこの船で死んだ人たちなら、先程の夢の中で初めて顔を見た父や母もどこかにいるはずだ。彼らを捜そう。どんな形だとしても父母に会えることが嬉《うれ》しい。早く会いたい、一度でいいから彼らの動く姿を見てみたい。

船内に入った椰々子は、鬼火が漂い死者が往来する長い廊下を駆け抜けた。突き当たりにあった螺旋《らせん》状の階段を一気に上り、最上階から順に捜していくことにする。

ルネに命を狙われていることなど忘れ、胸が高鳴り、体中に力が漲《みなぎ》っていた。

人々で賑《にぎ》わうプールデッキや屋外カフェ、ブティック、劇場、クラブ、カジノ、ランドリー、レストラン……。一人一人の顔を確認しながら、椰々子はくまなく調べていく。

しかし、そこに両親の姿はなかった。

もしかしたら彼らは部屋にいるのかもしれない。

息を弾ませながら、椰々子は客室層のあるエリアまで移動し船内案内板を見る。客室は今いる階から上へ三層にわたっており、全部で二百あまりあった。その数に椰々子は一瞬ひるんだものの、諦《あきら》めるつもりは毛頭なかった。いつの間にか浮いていた額の汗を巫女《みこ》装束の着物の袖《そで》で拭《ぬぐ》い、ずらりと客室が並ぶ廊下へ足を踏み出す。手前から順にドアを開け、椰々子は中を確かめていった。

新品同様に甦《よみがえ》った客室は、どれも上品な調度と広さを備えていた。ひとつひとつ丁寧に、バスルームまで確かめて回るが、一階分調べつくしても父母の姿はなかった。

まだあと二階分ある。椰々子は自身を鼓舞しながら階段を上り、次のフロアへ出た。

先ほどと同じようにすべての部屋を見て行くが、この階にも父母はいない。

さらに最後の階に上がり、両側にずらりと並ぶ部屋を確かめていったが、半分まで来ても見つけることはできなかった。

なぜ、ここまで捜しても見つからないのだろう。もしかして父母はここにいないのではないか……。

胸に不安が巣くい始め、椰々子は打ち消すように頭を振る。

一度生まれた不安はどんどん大きくなり、疑念を作り出した。

――両親は、一人だけ助かりのうのうと生きている自分を疎み、出てこないのではないか？

残りの部屋を調べながら、気持ちはさらに蝕《むしば》まれていく。心のほとんどを支配する不安に押しつぶされそうで、椰々子は洟《はな》をすすった。

部屋は、最後の二つを残すのみとなった。立ち止まって向かい合う二枚のドアを眺めると、椰々子はごくりと唾《つば》を飲む。向かって右側の方へ歩み寄り、ドアノブを回した。

しかし、そこも空だった。

ベッド前のドレッサーにいくつか化粧品が並べてあり、奥のリビングにライカのカメラやガイドブックが置かれているが、持ち主の姿はない。バスルームを見ても誰もおらず椰々子は入り口へ引き返した。

涙が頬を伝った。やはり父と母は自分に会うつもりがないのだ……。

視界の端に何かが映った気がして、寝室の大きなダブルベッドへ椰々子は目をやる。両親の姿ばかり追っていて先ほどは気付かなかったが、その横に木製の格子がついたベビーベッドが置かれていた。

ふらふらと近づき、椰々子は中を覗《のぞ》き込む。柔らかなガーゼ生地が敷かれ、同じ素材のウサギのぬいぐるみが置かれていた。格子にかけられた大判のタオルを手に取り端をたぐると、そこには夢と同じ〈SANAE〉という文字が縫われていた。間違いない。ここは父と母、そしてSANAE《さなえ》――椰々子の部屋だ。

椰々子はタオルを顔に押し付ける。感情が高まり声を上げて泣いた。熱い涙があとからあとから溢《あふ》れてくる。

サイドボードに目をやると、裏返して置いてある写真があった。手に取ってみると、そこには父と母、そして母に抱かれた椰々子が映っていた。両親は赤子の椰々子を見て、幸せそうに微笑んでいる。

先ほどまで心を圧迫していた不安が一掃されて、椰々子は胸に写真を抱いた。

――父母は自分を疎んだりしていない。きっと誰よりも愛してくれている。彼らが見つからないのはきっと自分の目に届く場所にいなかっただけだ。

写真とタオルを傍らに置くと、椰々子はクローゼットの扉を開けた。男物と女物の上品な服がハンガーにかけられて並んでいる。どれも優しい色合いで、彼らの人となりが伝わってきた。椰々子はそれらを腕でかき集めて抱き、深く体を埋《うず》め、胸いっぱいに息を吸う。初めて感じる父と母の匂い。

飽きるまでそうしていたのち、椰々子は服の下に収められていたスーツケースを引っ張り出し、カーペットに広げた。化粧品や日用品、衣類、アクセサリーなど……すべてが父と母にまつわる宝物だ。それらを次々と取り出しては、うっとりと眺める。

いつしかすべきことも忘れ、椰々子はその作業に耽溺《たんでき》していった。

ベッドの下の隙間から、そんな椰々子の背を覗き込むものがあった。

〈それ〉は、瞳孔《どうこう》の開いた黒い瞳《ひとみ》でじっと見つめていたが、椰々子がその視線に気づくことはなかった。

＊＊

豪雨は島の大地を激しく打ちつけ、風は上空で荒れ狂い大きな唸《うな》りを上げていた。島中に防災用のサイレンがけたたましく鳴り響いている。

雨音の中に微《かす》かな悲鳴を聞きつけ、杜弥は兄や青年団の若者たちとともに路地へと駆け込む。

周囲にまばらな家々が建つその場所では、死者たちが若い女に群がっていた。ゴムが切れるような音がしたかと思うと、女の右の肘《ひじ》より先が引きちぎられるのが見えた。

杜弥は先頭を走っていた青年団長に続いて死者たちの群れに突っ込み、持っていた金属バットで殴りつけた。

六人の老若男女の姿をした死者たちは、女性の体を投げ出しこちらへ向かってくる。

老人の姿をした死者と対峙《たいじ》することになった杜弥は、彼の側頭部めがけてバットを振り下ろした。死者は素手で受け取り、睨《にら》み合う格好となる。とても老人とは思えない強い力だった。彼は空いている手で杜弥の首元を摑《つか》み、しめ上げる。

気道を塞《ふさ》がれ杜弥は呻《うめ》き声を上げた。周囲に助けを求めようと思ったが、皆死者にこずらされていて加勢できそうなものはいない。膝《ひざ》で老人の脇腹を蹴《け》り上げるが、びくともしなかった。息ができず、体の力が抜けていく。

だめかと思ったそのとき、急に老人の力が弱まり杜弥は渾身《こんしん》の力で蹴飛ばした。老人は地面に倒れ込むと、ヒューヒューと苦しそうに喉《のど》をかきむしる。口の端からは水のような透明な液体が流れ出していた。呆然《ぼうぜん》と立ち尽くしていた杜弥は、我に返ってバットを拾い老人に向け振り下ろす。

抵抗する素振りすら見せず、彼は顔の潰《つぶ》れた骸《むくろ》となった。直後、その薄い皮膚はもろくひび割れて破れ、その体は重たげで少し透けるような質感を持つ肉塊に変化する。

肩で息をしながら、杜弥は雨に打たれるその残骸《ざんがい》を見下ろした。

浜から死者たちが続々と上陸してくる島は、もはや安全な場所ではなかった。杜弥から情報を得た父の決断は早かった。

すぐさま自宅待機していた青年団や消防団、漁師たちに招集をかけ、島民を高校の体育館へ避難させ始めた。島には津波などを想定した防災用の避難マニュアルがあり、九品山に逃げる事となっているが、父の指示は違った。高く堅固なフェンスを持つ、石垣の上に建つ大きな体育館。杜弥がこの島には不相応だと思っていたそれを、父は死者の上陸を想定して作っていたのだ。

見回すと、死者たちは十人からなる青年団に制圧され、すべてが地面に転がり肉塊へと変わっていた。襲われた女の様子を見る青年団の団長に歩み寄り、杜弥は血が流れ続ける女の腕を手ぬぐいで縛り上げる。

腕時計を見ると、午前零時だった。死者たちが上陸してからすでに三時間が経過している。島民の大部分はすでに避難していたが、老人や、女性だけの世帯には、取り残され身動きが取れなくなっている人もいた。そのため杜弥は青年団員たちとともに死者が徘徊《はいかい》する島の中、一軒一軒家を確認して回っていた。

そこで隊は、女性を体育館へ連れて行く班と、見回りを続ける班に分かれることになった。見回りに残った杜弥は、同じく残った兄の横に立つ。兄は、足元に転がる死骸をじっと眺めていた。鉈《なた》を持った彼が倒したらしい死者は、上体が袈裟《けさ》懸けに裂け、ぱっくり開いている。血にまみれた肺が露出しているのを見て杜弥は違和感を覚えた。人間とは違う赤紫色の毛のような組織がびっしりと整列したそれは、魚の鰓《えら》に酷似していた。

「肺の中に海水を貯めて、酸素ボンベ代わりにしてるみたいだな」兄は言う。

杜弥は頷《うなず》いた。

それならば、先ほどの老人が急に苦しみだしたのも理解できる。イサナ浜のスタンドに寄り集まった魚の血肉で作られた死者。彼らの体は本質的に前身と変わらず、陸上での寿命は長くないのかもしれない。

「行こう。まだ神社の東の住宅街が残ってる」

青年団の若者の声がして、杜弥は兄とともに歩き始めた。

杜弥たちは島の西部に位置する野呂《のろ》町の路地にいた。

まばらに建つ家々は電気すらついておらず、ヘッドライトや懐中電灯の灯りに頼るしかない。点々と植えられた木々が轟々《ごうごう》とざわめいては、どこから死者が現れるか分からない恐怖に神経がささくれ立つ。防水の雨具を着ているが、体がどんどん冷えていくのが分かった。

隊の真ん中を歩いていた杜弥は、振り返って兄に訊《き》く。

「体大丈夫か？」

出発間際に兄が加わると言ったときは驚いた。父が留《とど》まるよう窘《たしな》めたが、彼はどうしても行くと言って譲らなかった。病弱で線が細い兄は正直なところ足手まといになるかと思ったが、今のところそういったことはない。むしろ、他のものよりも果敢に死者に立ち向かっている。

雨具のフードを目深に被《かぶ》った兄は、少し足を速めて杜弥に並んだ。

「一晩ぐらい無茶はできる。どうせ二、三日寝込むだけのことだし」

杜弥は頷いて前へ向き直る。坂道の傾斜を上ってゆくが、闇と雨しか見えない。死者が出て来ないかと緊張しながら周囲を見回していると、呟くような声が聞こえた。

「――お前、俺たちの事を疑ってたんだろう?」

兄は静かにこちらを見ていた。

「馬鹿だって言いたいんだろ。その通りだよ。でも、いつも俺に隠れてこそこそしてるから誤解したんだよ。徹の家に行ったこととか、家にある呪いの本とか絵巻物とか、それに椰々子のことだって……」

杜弥が睨みつけると、兄は大きく息を吐く。

「お前に説明できなかった事が多かったせいで誤解を招いたのは確かだな。あの絵巻物が再現される時に備えてはいたものの、まさかこんなに早く来るとは思ってなかった。だけど、あんな上辺をなぞっただけの呪いのハウツー本で誤解する方も誤解する方だ。徹の家に行ったのは、父さんから気にかけてやれと言われたからだし」

杜弥は俯《うつむ》く。父と兄は不知火神社の預言を頼りに〈白波家〉というチームで島を守るべく日々奔走していた。石碑についても、島に結界を張るためメンテナンスを行っていただけで、すべてはそこから弾《はじ》き出された無知な自分の独り相撲だった。ともに暮らす家族を信用せず、田所の策略に嵌《はま》って、そのために彼女は——。

「——椰々子が心配か？」

見透かすように訊く兄に、杜弥は首を縦に振る。

「どうしたらいいのか……。俺が馬鹿だったせいで今どんな目に遭ってるのか……それに俺は親父や兄貴を疑って……最低だな」

フードに雨が当たる音が響く。しばらくの沈黙のあと、兄は口を開いた。

「信じるってことは難しいんだ。今信じてるならそれでいい」

杜弥は顔を上げる。兄はいつもの不敵な顔で笑った。

「お前らしくないな。くよくよしてたら助けられるものも助けられなくなるぞ」

胸が詰まる。杜弥は大きく頷いた。

野呂町二丁目の傾斜がついた路地を下り、すでに神社の森まで目と鼻の先の所まで来ていた。

周囲を見回して歩きながら、杜弥は父が椰々子が島外へ行く事を妙に反対していた事を思い出す。

——父は、なぜ椰々子が島民と口をきく事を禁じていたのだろう？

道の向こうに立ちはだかる不知火神社の鎮守の森が目に入り、もう一つ疑問が浮かぶ。

椰々子の話。不知火神社の本当の神体は何か分からない。

妙な方向を向く鳥居の先に何があるのか考え、杜弥は目を見開いた。

――まさか。

視界の端を赤い色が掠《かす》めたのはそのときだった。顔を上げると大雨で霞《かす》む視界の向こうに黒く聳《そび》える九品山があった。その頂上付近にちらちらと灯りが揺らめいている。

九品山の大師火《たいしび》――。

兄は静かに言った。

「……お前はすべてが知りたいんだろう？　あそこに行けば、全部分かる」

「一体何があるんだ？」

彼は微笑を浮かべるだけだった。意味が分からず首を傾げた次の瞬間、隊の先頭の漁師が立ち止まり大声で叫ぶ。

「おいっ！　囲まれてるぞ。たくさん隠れてる！」

はっとして周囲を見ると、雨で濁った視界の奥、路地の両脇に並んだ家々からたくさんの人影が歩み出てくるのが見えた。声がして振り返ると、そこにも多数の死者がいる。

老若男女、全部で二十ぐらいか。気力に満ちているものは半分ぐらい。他のものは先ほどの老人のようにどこか精彩を欠く動きをしていた。

――先ほど推察したとおり、魚たちに限界があるなら、勝機はなくはない。

炯々《けいけい》と目を光らせた死者たちは、一気に襲いかかってきた。

杜弥たちは背中合わせに固まり、武器を構え迎え撃つ。

漁の手伝いで培った腕力で、杜弥は襲いかかって来た死者を次々殴り倒していった。老女の姿をしたもの、中年の男の姿をしたもの、どこの国のものかよく分からないもの……。まだ上陸して間もないものから確実に頭を狙い、仕留めて行く。倒したあとはとどめをさすことも忘れなかった。

死者が半分ほどに減ったところで、女の死者が兄の鉈をつかみ喉元《のどもと》へ手を伸ばそうとしているのに気づき、駆け寄って後頭部を打ちつける。女は手を伸ばしたまま崩れ落ちた。窮地を救われ目を丸くしている兄に頷いてみせたあと、杜弥は苦戦している仲間を助けに向かう。

すべてが終わると、雨の路地には肩で息をする杜弥たちだけが残された。足元には魚の血の臭いを放つ肉塊が転がっている。その臭いはいつも漁船や港に漂っているのと同じで、懐かしさすら感じさせた。

肩を叩《たた》かれて振り返ると、兄が立っていた。杜弥は笑みを浮かべる。

「意外と大丈夫そうじゃん」

「こういう運動もストレス発散になっていいのかもな」

息を上げながらも、兄はいつもと違う解放されたような表情をしていた。顎《あご》で九品山をしゃくってみせる。

「行くなら今だ。あの場所へ入ってしまえば安全だろう。俺たちは残存者がいないか確認したら、すぐ避難所に戻るから」

「でも、体育館は持ちこたえられるのか？」

「あの建物は土地を高くして城塞《じょうさい》のようにしてるから、死者を防ぎやすい。絵巻物を見たんだろ？　死者は朝には消える。それに見たところ彼らの陸での寿命はせいぜい三十分程度だ。どれだけ上陸してくるにしても、際限がない訳じゃない」

杜弥は避難所の方角と九品山を見比べる。気持ちを決めると言った。

「行ってくる」

神社へ向かう路地を駆け出すと、背中から兄の声が追ってきた。

「杜弥！」

振り返ると、兄は手を掲げていた。杜弥も応《こた》えるように上げる。

ただそれだけのことなのに、心の中で少しだけ何かが埋まった気がした。

杜弥は路地を駆け抜けた。神社の東側の森に突き当たると、その外周に沿って九品山の登り口を目指す。この辺りは人気《ひとけ》が少ないためか、死者の数も少なかった。

風雨の中、思い出したようにふらふらと道へ彷徨《さまよ》い出る死者たちを、バットでなぎ倒しながら進む。

顔にかかる雨を拭《ぬぐ》って走りながら、杜弥は死者たちについて考えていた。

生きた魚により本物の血肉を与えられた彼ら。来栖島や他の島などでこんなことが起こったなどと聞いたことがない。なぜこの須栄島だけにやってくるのだ？

鎮守の森が途切れ、山道の入り口が見えて来た。徹の納骨式の時に通ったときとは違い、木々に覆われた道はまるで地獄の口のように見える。そこから吐き出された風が不気味な音を上げた。

——行かなくては。すべての謎を解くために。

バットを握り直し、杜弥は森の中の小径《こみち》へ入った。

雨が上空の木の葉に当たる音が響く。持ってきたヘッドライトで周囲を照らし、ぬかるみに足を取られないよう注意しながら、杜弥は慎重に歩いて行った。やはり人がいない場所は意味を持たないのか、死者たちの気配はない。少しホッとしながら山肌に作られた丸太の階段を上って行く。

上に行くに従って強く吹き付ける風や雨に耐えながら頂上にたどり着いた杜弥は、警戒を怠らないよう真っ暗な天海寺の境内へ足を踏み入れた。

境内を抜けたところで、徹の事を思い出し海鼠《なまこ》壁の文書蔵を振り返る。死者が上陸したとき、海で死んだものに限られると分かり安堵《あんど》した半面、少し寂しかった。だが、徹を手にかけることはできないから、それで良かったのだろう。

前に垂れ下がった蔓《つる》を避《よ》けて進もうとしたそのとき、後ろでカサリ、と落ち葉を踏むような音がした。心臓が飛び上がり、杜弥は振り返る。周囲をライトで照らすと、甲高い鳴き声とともに鳥が飛び立ち、大きく息を吐いた。

死者がいないとはいえ、孤立無援の状況で一人森を行くのは恐ろしかった。聴覚をかく乱する雨や、視覚を遮る闇や立ち並ぶ木々は神経をささくれ立たせ、恐怖を増幅させて行く。

知らず緊張が高まり、杜弥はきょろきょろと周囲へ目を走らせた。

しばらく歩くと、木々の向こうがほのかに光を帯び始めた。あの辺りに大師火があるのだろう。

急ごうとしたそのとき、ライトで照らした木々の間に死者たちの顔が浮かび上がった。息を飲む。自分を取り囲み、どろりとした視線を向ける彼ら。

「くそ……なんでだよ！」

これまで気配も感じさせなかったのに。バットの柄を握り杜弥は構える。

ざっと十五人ほどか。酸素が尽きて死にそうなものもいるが、活きのいいのも八人ほど残っている。平地ならまだしも、木々が林立するこの場所では分が悪い。

こんな状況で心の中に浮かんだのは椰々子の顔だった。彼女に語りかける。

――俺は絶対に死なない。どこにいるか分からないけど、椰々子も生きててくれ。

灯りのある方角を確認し、杜弥は死者の中へ突っ込んだ。ひたすらにバットを振り回し、足で蹴《け》り上げ、肘《ひじ》で突き、弾力のある体を壊して前へ進む。左右から伸ばされる彼らの手が顔や体を捉《とら》え、爪を食い込ませる度に、大きく体を振って振り払った。包囲を脱すると森の中を駆け、立ち並ぶ木々の陰から現れては立ちふさがる死者たちをなぎ倒す。光の方へ走る。ひたすら早く、早く、早く。

夜目でよく見えなかったのがよくなかった。木々が途切れ、あ、と思った時にはもう遅く、急に足元を支える地面が消え、重力に引っぱられるまま空中を落下する。

崖《がけ》から飛び出したらしい。斜面に強く体を打ちつけられたあと、杜弥の体は転がりながら下っていく。

——椰々子!

心の中で彼女の名を呼ぶ。

意識が、そこで途絶えた。

＊　＊

誰かに呼ばれたような気がして、夢中でクローゼットを漁《あさ》っていた椰々子は、ふと顔を上げた。

だが、周囲を見回しても誰もおらず、客室内には鬼火がふわふわと漂っているだけだった。

気を取り直して父と母の荷物をあらためる作業に戻る。母の青いワンピースを取り出すと、香水の香りが優しく鼻をくすぐった。大きく息を吸い、椰々子はジョーゼットの生地に顔を埋《うず》める。母の匂い。母の服。しかし、それらのものが魅惑的であるほど、父と母が今ここにいない事がなおさら悲しく感じられた。

寂しい。ひとりぼっちで闇の中に佇《たたず》んでいるよう……

手首に弾《はじ》けるような感覚がして、椰々子は着物の袖《そで》を上げる。そこには、美和があの日くれたビーズのブレスレットがあった。少しだけ心が温かくなる。

そうだ、自分は一人じゃない。すくなくとも――。

頭に浮かんだのは、杜弥の顔だった。最初は冗談半分で自分に近づいているだけだと思った。でも彼と時間を過ごすうちに違うことが分かった。彼はいつも自分を励まし、怪異のせいで島中から疎まれたときですら味方でいてくれた。多分自分は孤独ではないのだ。――杜弥がいるから。

そのとき、部屋全体を青白い光が照らし出した。ベッド正面の閉じられたテレビキャビネットの隙間から光が漏れている。椰々子は近づいて扉を開いた。

備えられている薄型テレビには、昔の映画のような白黒の粗い映像で須栄島の景色が映し出されていた。自分の知っている島とは違う様子に、椰々子は驚愕《きょうがく》する。

それは、荒廃の風景だった。イサナ浜、住宅街、学校、神社――すべてが重機で手当たり次第に壊したように破壊されている。瓦礫《がれき》の合間合間に、体を引きちぎられ、動かなくなった人の姿が見えた。島の人たちだ。

まさか杜弥も――椰々子はテレビに齧《かじ》りつくようにして、姿を捜す。

生きていて欲しいと願ったが、それは叶《かな》わなかった。映し出された九品山の崖の下で、彼は土砂に埋まるように死んでいた。転落したのか、顔の半分は潰《つぶ》れて目玉が飛び出し、体は適当に床へ置いたマリオネットのように妙な方向へ曲がっている。喉元《のどもと》から這《は》い上がった嗚咽《おえつ》が息とともに漏れ、椰々子は口元を押さえ画面から後ずさる。涙が溢《あふ》れて頬を伝った。

ルネは椰々子の親しい人間を根絶やしにし、絶望の縁に追い込んでから殺すつもりだ。今考えれば、杜弥だけが例外になるはずはなかったのだ。島をどうしたのかは分からないが、ルネは最高のタイミングで杜弥を殺した……。

椰々子はその場に泣き崩れる。喉《のど》の奥が締め付けられ、わずかな隙間から絶望の叫びが溢れ出した。

——杜弥までもが自分のせいで死んでしまった。もう、誰もいない。本当に。

こんな自分が生きている意味も、ない。

椰々子はふらふらと起き上がると、死んだ杜弥の顔をアップで映し続けている画面に手を伸ばした。彼は飛び出していないほうの目で空を眺めるように死んでいる。その目を閉じてやりたかった。だが画面を触っても何も変わらない。

だんだんと頭が麻痺《まひ》してきて、死にたいという思いだけが心を占めていく。先ほどまであれほど執着していた父母《こうべ》の持ち物も、今はもう意味を持たなかった。

ぼんやりとしながら首を廻《めぐ》らせ、椰々子は引き寄せられるようにベビーベッドへ歩を進めた。

覗《のぞ》き込むと、そこにはいつのまにか一抱えほどの茶色い木箱が置かれていた。夢で見たワンガの箱。椰々子は恍惚《こうこつ》としながら箱の蓋《ふた》に手をかける。頑丈に閉じられているはずのそれはいとも簡単に開き、饐《す》えた臭いとともに上面にガラスを張った小さな棺《ひつぎ》が現れた。

中には、目を閉じて横たわる〈ルネ〉がいた。気密性の高い棺に密封され屍蠟《しろう》となっているからだろう。その姿はまるで生きているようだ。夢で見た通りの、褐色の肌のぷっくりとした愛らしい嬰児《えいじ》。

じっと眺めていると、ルネは長い睫毛《まつげ》を瞬かせ、ゆっくり瞳《ひとみ》を開いた。

黒曜石のような目で椰々子を見ると、彼は手を伸ばす。ガラスに貼り付いた小さな手に触れるように椰々子も手を伸ばした。ガラス越しに手が重なった瞬間電気が走り、ルネの心が濁流のように流れ込んでくる。孤独、悲しみ、運命への呪詛《じゅそ》、母への愛惜――

椰々子は涙を流しながら頷《うなず》いた。

――分かってる。私たちは同じ……。

生まれた場所が違うだけで、どちらも親を持たない孤独な子供。ルネは呪いを成就させ、母の元へ帰りたい。自分はこの世から去り、父と母や杜弥に会いたい。

椰々子はあやすようにルネに微笑む。彼は無邪気に笑った。

ルネの棺をそっと持ち上げ、大事に胸に抱き、椰々子は客室を出る。

やるべき事は一つだった。

＊　＊

遠く雨音が聞こえる。体中に痛みを感じながら杜弥は目を開けた。

目の前にあるのは土の天井。知らぬ間に横たわっていたのは、土を穿《うが》ったトンネルのような空間だった。暖かく明るく、松脂《まつやに》が燃える匂いがする。少し離れた場所で松明《たいまつ》が燃え、その向こうにあるトンネルの開口部からは、灯りに照らされ針のように落ちて行く雨が見えた。

ここは一体……？

死者たちに追われて崖から落ちたところまでは覚えている。崖に開いた穴に転がり込んだのだろうか。しかしこの松明は――。

トンネルの奥へ首を廻らせようとした、そのときだった。

「目が覚めたか？」

杜弥はびくりとして上体を持ち上げる。

トンネルの先、土の壁が続く穴の向こうには松明が点々と灯《とも》されていた。

十メートルほどいった突き当たりに、座っている人影が見える。

「こっちへ来い」

老人のものと思われる声は言った。敵意があるとも、何かを企《たくら》んでいるとも思えない落ち着いた声。

軋《きし》む体を起こし、杜弥は身を屈《かが》めて穴の中を近づいて行った。

松明をたどるように奥へ進んだ杜弥は、あんぐりと口を開ける。

洞窟《どうくつ》の突き当たりには、黒衣の上に複雑な模様の美しい袈裟《けさ》をかけた僧侶《そうりょ》が座していた。

彼の前には、三角の炉を持つ古びた護摩壇が据えられている。壇上の四方の柱に五色の縄を渡した炉の中には炎が揺らめいており、その脇には、独鈷杵《とっこしょ》や薪、さまざまな物が入れられた小さな器が置かれていた。

幾重もの皺《しわ》を顔に刻んだ瘦《や》せた老僧は、杜弥の視線に応《こた》えるように人の良い笑みを浮かべた。これまで持っていた警戒心が、波に攫《さら》われるように消散する。

「あなたは……？」

「ただの老僧だよ。座れ。まだ体が痛むであろう。清水《きよみず》の舞台から落ちたんだから」

杜弥は言われるがまま護摩壇の脇に座ると、自身の腕や足を確認した。

「俺、どうしてここに？　確かに崖から落ちたのに」

「細かい事はいい。お前さんは儂《わし》に会いに来たんだろ？　儂はその気持ちに応えただけ」崖《がけ》から落ちたにしては打ち身は軽いものだった。首を傾げながら杜弥は死者のことを思い出し、ハッとしてトンネルの入り口へ目をやる。老僧は笑った。

「死者はここへは入って来られぬから安心せい。〈魚〉どもめ、何百年も溜《た》め込んだ怒りは腐臭がしてかなわぬわ」

「上陸する様を見ておっただろう？　あれは名実ともに〈魚〉だ。魚どもの怨念《おんねん》が、海で死んだ人間の霊に生きた魚の血肉を与え、暴れさせておる。この島は、人間に獲《と》られ食われて来た魚たちの怨嗟《えんさ》の吹き溜まりになっておるのだ」

ぽかんと口を開けている杜弥に、老僧は呵々《かか》と声を上げた。

「信じられぬという様子だな。——では最初からしようか。お前が知りたい話を」

僧は両の手をほぐすように揉《も》むと、目の前の炎に視線を落とし語りだした。

「古来、この須栄島は、海流の関係でいろいろなものの吹き溜まりになりやすい場所だった。漂流物、船、死体……さまざまな物が流されて来ては島の周囲を回り、寄せ室へとたどり着く。それは〈念〉も同じだ。人間や生き物。いろいろなものの念が流れてくるが、日の本の人間の食の中で重用されてきた魚の念は凄《すさ》まじい数だった。念といっても特別なものではない。生きとし生けるものが、ふとした瞬間にもつ〈感情〉のようなもの。網にかかり死ぬとき、地に揚げられ死ぬとき、あまたの魚が抱くともなく抱いた人間への怨念——それらはこの場所へ流れ着いて島を取り囲み、どこへ消える事もなく海底に淀《よど》み続ける」

日本では年間数百万トンの魚が消費される。出荷されなかった雑魚《ざこ》も合わせるとそれ以上になるだろう。それらの魚の怨念が皆この島にたどり着くのだとしたら……。

杜弥はごくりと唾《つば》を飲んだ。

「魚……」

「この須栄島の古名が、〈饐島〉だったのは知っておるな？　鯨や海豚《いるか》、人間の腐った死体なども流れ着くので、周囲の島々から揶揄《やゆ》されそう呼ばれておった。だが、その他にもう一つ異名がある。〈末島《すえじま》〉だ。此岸《しがん》の果て、彼岸——常世と隣り合わせているという意味だ。古来この海域に溜まった魚たちの念は巨大になり、やがて不思議なことを引き起こすようになった。顔取り、不知火、海坊主、幽霊船……他の地域にも見られるものもあるが、この島の周囲で起こるものは、魚たちの怨念が死んだ人間を動かしておる。それを見て、他の島の漁師たちはこの世の果てだと噂し合ったのだ。まあ、そのような気味の悪い島でな。室町時代まで住んでおる者は少なかった。そこにやって来たのが、白波多門だ。航路も均されておらん戦乱の時代に、何を思って小舟で外海へ出たのか。三日三晩嵐に揉まれ死を覚悟したが、おすがりした故郷伊勢の天照大神の加護ゆえか、鯨に助けられこの島へ漂着し、始祖となった。おぬしの祖先じゃな」

　まだ名前を言った覚えはない。杜弥が老僧を見ると、彼は顔中の皺を寄せてにいと笑った。

「この島の事で儂が知らん事はない。続けるぞ。修験者として木曽《きそ》の御嶽山《おんたけさん》などで修行していたこともある多門には不思議な力があってな。この島が異様なものに取り巻かれ、何かが島に住むものを引こうとしていることを知った。それで先だっておすがりした伊勢の神を勧請し、それまであった末社を統合して不知火神社を建てこの島を守ったのだ。もっとも当時はまともな大工がおらず材木一つも手に入れるのが大変で、小さな鳥居と社があるだけだったがな。……ともあれ、これは功を奏し、島は一旦《いったん》神護される事になった。穏やかになった島には多門が本州から呼び寄せた民が増え、それに伴い海へ漁に出るものも多くなった。そこで彼らは気づいたのだ。末社の一つとしか認識していなかった海神の重要性を。以来島民は海神も手厚く祀《まつ》るようになり、島の守りはより盤石となった」

「海の神様ってことは、鳥居が二つできたのもその頃？」

老僧は頷く。

「今とは向きが違ったけれどな。その頃は本殿に向かう北向きの鳥居と、南の海を向く鳥居で、平行になっておった」

「その頃から海の鳥居は変わってないってことか。今は本殿の方の鳥居がなぜか北北東を見てる。その前は北北西を向いてたって聞いたけど、なんでコロコロ変わるんだ？」

「今の位置になったのは、十六年前に杜承——お前の父親が儂の夢告げでそうしたからだ。嵐で壊れた本殿を建て直した際、鳥居の角度を変えさせた」

さっぱり意味が分からない。杜弥が困惑していると、老僧は白い顎髭《あごひげ》をなぞった。

「ふむ。不知火神社の神体と鳥居の変遷については最初から話さねばならんな。……話を戻すぞ。多門が天照大神を勧請したことにより、不知火神社が創建された。その加護によりこの饐島は護《まも》られた。さらに忌み字を嫌った島民により〈須栄島〉と書かれるようになったのだ。世が代わったことも幸いし交易が行われるようになり、南の島とも親交を持つまでに繁栄した。天海寺が作られたのもその頃だ。武蔵の国から島伝いに渡って来た僧侶、渾如《こんにょ》により、九品山の頂上に寺が開かれた」

「うん」

「じゃが、幸いな時期は終わりを告げる。島の外周に淀んだ魚たちの怨念は、時折怪異を起こしながら時を待っておったのだ。野分《のわき》の夜、彼奴《きゃつ》等は魚から血肉を得ると、死者を操り島を襲った。さらに見た事もないような高潮が押し寄せ、不知火神社を壊し跡形もなく飲み込んだ。当時、幕府の不興を買い島流しを命じられた儂は八丈島におってな。ある夜、瀕死《ひんし》の須栄島民が船で流れ着き、助けを乞《こ》うた。不知火神社の禰宜《ねぎ》も天海寺の僧侶も殺され、白波家のもと、死者と闘っていると」

杜弥は喉《のど》を鳴らした。これが、あの絵巻物に描かれていたことの顚末《てんまつ》か……。

「儂は昔から夢を見ておったのだ。如来が現れ、いつか民を救う役目があると。その日のために、高野山《こうやさん》を出たのち山岳をさすらい、ひたすら法力を磨いておった。それが坊主にまで法度を押し付けたがる幕府には気に入らんかったようだったが、今考えればそれすらも仏の導きだったのだ。儂は思った。今がその時だ、と。嵐の中、役人の目をかいくぐり、死んだ男が乗ってきた船に乗って島抜けした。ものすごい大波と雨風だった。櫂《かい》一つしかもたぬ儂が到底たどり着ける状況ではなかった。それなのに儂は奇跡的にこの地へ導かれたのだ。――だが、すべてはもう終わったあとだった。野分はほとんど通り過ぎ、雨は止んで曙光《しょこう》が射し始めておった。寄せ室へ漂着した儂が崖に穿《うが》たれた段差を登り上陸すると、島は戦乱の焦土のようなありさまだった。儂は如来に問うたよ。なぜ事が済んでからここへ差し向けたのかと。生き残った島の民を救いながら、考えて考えて考えた末、ようやく分かった。如来は以後の島を儂に護れと言いたいのだと。儂は死者から島を護るため一計を案じ、島の周囲に百八の石碑を建て結界とした」

「〈鬼の口〉に死体を捨てたのは？」

老僧は神妙に頷《うなず》く。

「あまりの数の多さに、燃やす薪もなくてな。流行病《はやり》が出ないよう、あの洞窟にすべて葬ったのだ。その後、住職を殺され仏像を壊された天海寺を当時の白波家当主から譲り受け、儂は七十八で入定するまでこの島で暮らした。不知火神社も再建され、こちらも高潮で神職の家系が途絶えてしまったため、新しい家が職に就くことになった。しかし再建はしたものの、多門が神体としていた鏡は失われてしまってな。そのときは九品山を神体とし、鳥居をそちらへ向けたのじゃ。霊山というにはもの足りんが、山は山。神性を持つものには変わりない。それと儂《わし》が張った結界が功を奏したのか、以後三百年ほど平穏が続いた」

杜弥は頭を整理しながら訊《き》いた。

「じゃあもう一回鳥居の角度が変わったときは？　そのときも襲撃されたのか？」

老僧は目を伏せ、是の意を表した。

「――十六年前、お前が生まれて間もない頃だな。魚たちは再び力を溜め島を襲おうとした。三百年前と同じようにな。ただ、そのときと違い、島の周囲には結界があった。彼奴等はまずその一角を崩そうと、嵐に便乗し不知火神社を大波で飲み込んだのだ。入定してのちも儂は目を光らせておったんだが、三百年もたつと法力が大分衰えてきてな。結界が壊された以上、島を死者たちの襲撃から守るために何か別の〈力〉が必要だった。早急に、とても強力で特別な呪具が……」

老僧は昔を思い返すように三角の護摩炉を眺める。真摯《しんし》な眼差《まなざ》しは、何かを後悔しているようでもあった。

「でも、それを得られたから島が存続できた訳だろ？」

「そう。だが、そのとき咄嗟《とっさ》にした儂の選択は間違っていたのかもしれん。たった十六年の時しか経ず、今回の厄災を島へ呼び寄せる事になってしまった。それに、一人の女《おな》子《ご》の心をこれ以上ないほど虐げることになった」

十六年前、老僧が得た呪具《じゅぐ》。杜弥の心に嫌な予感が立ちこめる。もしや――

「それって……」

老僧は首肯した。

「〈夷《えびす》〉だ。古来、人は海を漂い磯へ寄ったものに神格を与えた。儂は法力で広い海原を見通し、遥《はる》か遠い海にそれが漂っているのを見つけ、この地に導いた」

「椰々子のことか？」

「うむ。あの娘は異郷の海で、〈呪〉をかけられ水面を漂流していた。それは異国の神の力を借りて作り出された苛烈《かれつ》なもので、島を守る要《かなめ》とするにはこれ以上ないものじゃった。急を要していたこともあり、儂はその力を利用し、娘を島を守れるほどの強力な呪具、〈カミ〉としたのじゃ。娘は、当時不知火神社の巫女《みこ》をしていた女に育てられることになった」

——あれは本当のご神体じゃないわ。

不知火神社の本殿で椰々子が言っていたのを思い出す。

やはり——。

杜弥は顔を上げ洞穴の入り口へ目をやる。再建された鳥居の先にあるもの。あの方角にあるのは——

「十六年前建て替えた鳥居は、椰々子の家に向いてたのか……。あのぼろい漁師小屋が本当の不知火神社の本殿だった……」

ようやく腑《ふ》に落ちる。だから父は椰々子が島を離れる事をあそこまで恐れ、禁じていたのだ。村八分にしていたのではなく、椰々子は〈口をきく事が許されないもの〉だったのだ。カミへの不敬となるから。

「でも、あいつだって血の通った人間なんだ。島の都合であんなふうに傷つけて……」

「言い逃れをするつもりはない。だが、儂がこの島へ導かなかったら、とうに絶海で干《ひ》涸《か》らび命を失っていたのも事実」

老僧は静かに目を伏せた。

「これが儂が見て来たこの島のすべてだ」

杜弥は小さく頷く。しかし、まだ解けていない謎もある。

「厄災を呼び寄せたっていうのは？　今回の事は椰々子の過去に関わりがあるんだろ？　田所は一体何者なんだ？　どうして椰々子を連れて行った？」

老僧は深く息を吐いた。

「あれも可哀想な〈呪具〉だ。数珠《じゅず》をかけた右手で拝む形をし、もう片方の手で数珠を触る。椰々子を孤立無援に陥れた挙げ句、殺すという使命を負っておる。遥か地球の反対側から、椰々子を見つけ呪いを成就させるためこの島へやって来た。イサナ浜に飛び込んだあの大船とともにな」

「そもそもその呪いって？　椰々子は赤ん坊だっただろ？　一体誰が呪いなんて」

「それは〈不運〉というやつだ。特に誰が際立って悪い人間だったという事ではない。すべては巡り合わせが悪かったのだ。椰々子の母親がある女の不興を買い、幼かったあの子は〈呪〉をかけられた。親しい人間の死を見届けた後、自分も死ぬという強力な呪いを」

「親しい人間……」

「両親や彼らを取り巻く人間、島で殺された者たち、そしておぬしもだな。儂がさっき助けんかったら死んでおった」

ひやりとしながら杜弥は言った。

「それで……、椰々子は今どこにいるんだ？」

「十六年前、椰々子の両親とともにあの船が沈んだ辺りだ。普通に航行してはとても間に合わない遠方の海上。手が届かない場所」

「そんな……」

すがるような思いで杜弥は訊く。

「どうしたらいいんだ？　椰々子のことも、この島のことも。爺《じい》さんなら何か――」

老僧は数珠をこすって鳴らすと、目尻《めじり》に皺《しわ》を寄せ微笑んだ。

「三百年もった儂の法力はあとわずかだ。その力を椰々子のために使おうと思っておる。だが、そうなると島を守るものはなくなる。――それでもいいか？」

杜弥は内容を反芻《はんすう》してから、窺《うかが》うように向けられている澄んだ瞳《ひとみ》を見返した。

「椰々子は助けてやるから、島は自分たちで守れってことか？……いいよ。彼女はずっと島のために自分を犠牲にしてくれたんだ。それでいいと思う」

「お前たちだけで夜を乗り越えられるか？」

杜弥は笑みを浮かべる。

「やるよ。どうせ爺さんの力がなくなったら、自分たちだけでやっていかなきゃならないんだろ？」

ふと、見えない手に頭を撫《な》でられた気がして顔を上げると、老僧は目を細めていた。

「――さて、そろそろ取りかかるかな。最後の仕事に」

杜弥は腰を浮かせる。

「俺も行くよ。みんなと島を守らないと」

「……達者でな」

老僧は杜弥を見る。

杜弥は急に寂しさを覚えた。二度とこの人には会えない。そんな気がする。

「爺さんも……元気で」

「そうよの」

髭《ひげ》を触りながら老僧は呵々《かか》と笑った。


洞窟《どうくつ》は、崖《がけ》の真ん中に穿つように掘られていた。すぐ上には斜面にしがみつくようにシキミの木が生えていて、穴を覆い隠している。これでは以前上から見たとき気づかなかったのも無理はない。

風雨が吹き荒れる中、洞窟から垂らされていた荒縄を伝い、杜弥は斜面を下りて行った。崖下では死者たちが待ち構えていたが、彼らのほとんどは許された時間を使い切り、瀕死《ひんし》の魚と化していた。杜弥はまだ力のあるものを狙って倒しながらその群れを抜けると、暗く闇に沈む島を走り、皆が集まる避難所を目指した。

島の支配者たらんとして陸上へ侵攻した死者たちだったが、制約のある彼らにとってそれは難しいことのようだった。酸素を得られなくなり路上に倒れた彼らの骸《むくろ》を横目に、杜弥は雨でぬかるんだ道を駆け抜ける。

中通りを走り続けると、やがて右前方に体育館の灯りが見えて来た。通りに面した裏門から高校の敷地に入り、校舎の東に建つその場所へと向かう。

体育館は高く石垣が組まれた上に建てられており、周囲は高いフェンスで覆われていた。中へ入るには、校舎から続く階段の先にある鉄扉を通る必要があるが、いつもは開かれているはずのそれは、ぴたりと閉じられ、死者たちが殺到していた。扉の内側には島の男たちが集結し、鍬《くわ》などを用いて死者たちを倒していくが、島民を引き裂くという残虐な目的を持つ彼らは次から次へと向かってきて際限がない。

どうやって中へ入ればいいのだ……。校舎の裏、焼却炉の陰に隠れた杜弥は、死者が群がる門とフェンスを見比べる。門へ行くのだけは避けたかった。自分を入れることと引き換えに死者の侵入を許すことになりかねない。

逡巡《しゅんじゅん》しながら杜弥はもう一度フェンスに目をやる。そこには、登る途中で息絶えた死者がいくつもしがみついていた。その下部、石垣の前には大勢の死者が集まり、鉄扉が突破されるのを待っている。

ゴクリと唾《つば》を飲んだ後、杜弥は駆けだした。

近くにいた死者をなぎ倒して進むと、石垣へ身を乗り上げる。さらに金網のフェンスへ飛びつき、上を目指した。

杜弥の存在に気づいた死者が一斉に群がってくる。彼らが伸ばしてくる手を足で蹴《け》りつけながら、杜弥はひたすら登り続けた。磯貝に蹴られた腹が痛い。崖から落ちた分の疲労もしっかりと体に蓄積されており、いつもとは比べものにならないほど体が重かった。それでも諦《あきら》める訳にはいかない。歯を食いしばって登る。

「杜弥！」

「杜弥だ、杜弥が戻ったぞ！」

フェンスの内側にいた男たちが杜弥に気づき叫んだ。何人かが最上部まで迎えに来て、杜弥の体を引き上げると、反対側へ降りるサポートをしてくれた。地上へ降りた杜弥は、そのままふらふらと体育館の軒下まで歩き、肩で息をしながら崩れ落ちる。

「杜弥！」

父と兄が体育館の中から駆けつけてきた。そばに来るなり、父は杜弥を抱きしめる。その体は震えていた。

初めて見る父の姿に困惑して傍らに立つ兄を見上げると、彼は微笑しながら肩を竦《すく》めた。

無事を喜び合っていたかったが、その暇はなかった。杜弥は雨具のフードを外すと、顔にかかった雨を拭《ぬぐ》い言った。

「大師火の爺さんから伝言。最後の力は椰々子のために使うから、自分らで島を守れって」

杜弥から体を離すと、父は何かを噛《か》み締めるように呟《つぶや》いた。

「……そうか。分かった」

＊　＊

鬼火にぼんやりと照らされた客船の甲板には、穏やかな潮風が吹いていた。霊たちはデッキチェアで体を焼きながら談笑したり、パラソルの下で読書にふけったり、思い思いに船旅を楽しんでいる。

部屋から出た椰々子は、ルネの入った棺《ひつぎ》を抱えたまま左舷《さげん》後方の船縁《ふなべり》を目指して歩いていた。

──死ぬしかないシヌシカナイ死ねばすべてが終わる死ねばシネ死ね死ねば死……

目指すものが自分の意志かどうかすら定かでなくなっていたが、もはやどうでもいい。とにかく自ら命を絶てばいいのだ。そうすれば、すべてが上手《うま》くいく。

デッキを抜け船の縁へとたどり着いた椰々子は、手すりから顔を出し、海を見下ろしてみる。吃水線《きっすい》まで十五メートルほどだろうか。船を取り巻くように飛ぶ鬼火が、波間に揺れるクラゲのようなものをたくさん照らし出していた。

焦点が合いづらい目を凝らすと、それは、人の頭だった。おそらく海で死んだものたちがブードゥーの〈呪《じゅ》〉の影響を受け、姿を現し始めたのだろう。さまざまな色や長さの頭部は、まるでこの客船に吸い寄せられるように集まってきていた。

頭たちはもの言わず、ただその姿をもって椰々子を呼ぶ。

──早くこちらへ来い。早く、早く……。

「ここから飛び込めばいいのね？」

胸に抱えたルネの棺に言うと、箱の中のルネは天使のような無垢《むく》な顔で微笑んだ。こちらの顔にも笑みが浮かぶ。

落下する姿を見てもらおうと、椰々子は平らで幅広い船の手すりにルネの棺を据えた。すぐ傍にあった手頃なデッキチェアを持ってきて手すりの前に置くと、それを踏み台にして登る。寄せ室で岩を飛び移るときのことが思い出されて、椰々子はくすりと笑った。

見下ろすと、遥《はる》か下の海上には先ほどよりも多くの頭が浮かんでいた。船はとてもゆっくり進んでいるので、波も穏やかだ。ここから飛び込めば、海に引き込まれてすぐに両親や杜弥のもとへ逝《ゆ》けるだろう。

椰々子は、少し離れた場所から棺のガラスに手をつきこちらを見ているルネに頷《うなず》いてみせた。ルネはきゃっと笑うと、小さな手を振る。椰々子も手を振り返した。前に向き直ると、はいていた草履を脱いで揃え、手すりを蹴って海へと身を躍らせる。

宙に投げ出された体は放物線を描いて落下した。

巫女《みこ》の衣装が風を孕《はら》む、結わえていた和紙のくくりが切れて髪が風に持って行かれる。

――空が回転する。

満天の星を見ながら椰々子は目を閉じた。もう、これで悩むのはすべて終わりだ。つらい人生は終わり、自分は自由になる。

ふと美和の顔が浮かんで、椰々子は彼女に語りかけた。

——美和さん、私たち結局こんな結末だったね……

水音とともに体中に衝撃が走り、周囲にいくつもの気泡が生まれ、塩辛い水が口の中へなだれ込む。濡《ぬ》れた着物と袴《はかま》が体の自由を奪い、海面へ出ようと条件反射でもがけばもがくほど遠ざかっていく。

椰々子は目を開けて水面を見上げた。自分の体から気泡の柱が何本も上がっていく中、海水越しに鬼火が鈍く輝いている。水中には、いくつもの死者の体が直立するように浮かんでいた。彼らは漂いながら、どろりとした目で椰々子が仲間になるのをじっと見つめている。そのうちに鬼火の姿は点ほどになり、体を取り巻いている気泡の数も減って行き、青かった海は闇のような色を纏《まと》い始めた。

意識が朦朧《もうろう》とし、椰々子はゆっくりと瞳《ひとみ》を閉じる。苦しいのはあともう少しだ。ほんの少し。息が止まる。これで、終わり——

下から急激に背を押し上げられる感覚に襲われたのは、そのときだった。椰々子は思わず目を開ける。水の壁の向こう、点のように見えていた鬼火がぐんぐん近づいたかと思うと、水面を抜けて気体の世界へ飛び出した。

何が起こったのか理解できないまま、胃や気道の奥から海水がこみ上げ、椰々子はうつぶせになり咳《せ》き込んで吐いた。唾液《だえき》や胃液を含んだ塩辛い水はあとからあとから流れ出て、苦しさに涙まで溢《あふ》れ出る。

ひとしきりえずいて空気を取り込んだあと、椰々子は自分の下に地面があることに気づいた。

それは、ゆるやかなカーブを描く、つるりとした黒い面だった。

見渡すと、水から出ている部分は長細い紡錘形で、十五メートルほどの長さがある。

背に何かがあたって振り返ると、屈《かが》んだ椰々子の背よりも大きい背びれの突起があった。

――これは、まさか鯨の背……？

呆然《ぼうぜん》としていると、客船の前の海面が盛り上がった。大きく口を開けた別の鯨が、水面を割り飛び上がる。鯨は巨体をひねると、海面に漂う死者たちを蹴散《けち》らして着水し、海中で大きく咆哮《ほうこう》した。聞き覚えがある声に驚き、椰々子は二匹の鯨を見比べる。

これは、須栄島沖にいた鯨たちだ。

不知火神社拝殿の上部にかけられた絵を思い出す。

須栄島の始祖、白波多門を助け、島へと導いた大鯨。

彼らが自分もまた助けてくれたというのか……？

意識は、はっきりとしていた。椰々子は目の前に浮かぶ客船の甲板を見上げる。

たった今のことなのに、あんな場所から身を投げたなんて信じられなかった。

杜弥が死んでしまった悲しみは変わらなかったが、先ほどまでとは何かが違った。鯨の滑らかな背びれの感触を確かめながら確信する。

今の自分に必要なのは死ぬことではない──少なくとも。

客船の手すりの上では、小さくしか見えないルネの棺が、鬼火を反射させうっすらと光っていた。姿は見えないものの、彼が冷たいビー玉のような瞳でこちらを見ていることを椰々子は体中で感じ取っていた。

背びれを支えに立ち上がり、ルネを睨《にら》みつける。

もう操られない。だが、どうしたら彼から逃れることができるのか……。

急に何かが足首に絡み付き、体がびくりと震える。見ると、黒人の男が鯨の背に這《は》い上がり、椰々子の足首を摑《つか》んでいた。──死者だ。

全身から饐《す》えた臭いを発散させる彼は、意志を持たぬかのように口をぽっかりと開けたまま、暗く淀《よど》んだ瞳で足を引っ張る。

椰々子は鯨の背びれにしっかりとしがみつき、男を蹴りつけ振り払った。

周囲を見回した椰々子は息を飲む。

さきほどまで海面を浮遊するだけだった死者たちが、あらゆる方向から鯨の背へ這い上がろうとしていた。

まるで天から垂らされた蜘蛛《くも》の糸を奪い合うかのように、死者たちは次々集い、折り重なり、先へ進もうとする。

重さに耐えかねた鯨は、身をよじらせた。

死者たちは一気に投げ出されるが、水面に落ちる端から集団で獲物を狙う蟻のごとく鯨の体に取りつこうとし、際限がない。もう一匹の鯨も飛び上がり海面に漂う死者たちを飲み込んでいくが、焼け石に水だった。

椰々子は唇を噛んだ。

死者の密度が高まるとともに鯨の動きは鈍くなっていく。それに伴い、背に乗り上げた死者たちはどんどん椰々子への包囲を狭めてきた。

――どうしたらいいの、どうしたら……

足ががくがくと震え、鯨の背を持つ手も力が抜けていく。

自分を取り囲む死者たちは、一心にこちらを見つめている。四方から様々な肌の色をした手が伸ばされ、椰々子は払いのけた。

「やめて！」

目の前の赤毛の白人女性がルネの棺《ひつぎ》を抱えているのに気づき、椰々子は目を見開く。

「ルネ……」

刹那《せつな》、背後にいた死者のたくましい腕に羽交い締めにされ、鯨の背に引き倒された。固い皮膚に叩《たた》きつけられ、背が痛む。

死者たちは一斉に椰々子の体に群がり、まるで鎖でがんじがらめにするように押さえつけた。彼らの重みに圧迫され胃液が逆流する。

鯨の悲痛な叫びが響いた。

完全に自由を奪われ、椰々子のこめかみを涙が伝い落ちて行く。

——ここで自分は殺されるのか……。

覆《かぶ》い被さっていた死者たちが道を空けるようにさっと退いたのはそのときだった。

体がふっと軽くなるとともに、眼前に星空が広がる。

一体何が起こったのかと周囲を見回すと、死者たちは水際まで後退し、伏せた犬のようにこちらを窺《うかが》っていた。

「何……？」

訝《いぶか》りながら上半身を持ち上げた椰々子は、鯨の頭の方に何かがいるのを見つけ、目をこらす。

それは生身のルネだった。これまで収まっていた棺の傍らにうつぶせになった彼は、顔だけ上げてじっとこちらを見ている。

全身がこわばり、毛穴が開くのが分かった。

ルネは、さなぎから出たばかりの蝶《ちょう》のように、慎重にゆっくりと上体を持ち上げる。

そして、這いながらこちらへ歩き出した。

自分へ向けて一直線にやってくる屍蠟《しろう》の嬰児《えいじ》。

恐怖に喉《のど》が鳴る。

ぷっくりとした四肢を動かす様は愛らしいはずなのに、その一挙手一投足はぎこちなく、歪《いびつ》な禍々《まがまが》しさに満ちていた。

ひた、ひた、ひた、ひた。

せわしなく手足を動かして鯨の背を進み、彼は椰々子のもとへやってくる。

体を起こして逃げようとするが、急に素早さを増したルネに飛びかかられ、再び背に押し倒された。考える間もなく、胸に乗り上げられ押さえつけられる。

叫びたいが恐怖で筋肉が強《こわ》ばり体が上手《うま》く動かなかった。

ふわふわと鬼火が漂って来て、胸の上でこちらを覗《のぞ》き込むルネの顔が照らし出される。

誰よりも無垢《むく》で、邪悪な笑顔。

椰々子の目から涙がこぼれ落ちる。

さらに前進したルネは椰々子の鎖骨の辺りで停止すると、ゆっくり腕を伸ばし、鼻と口を小さな手で塞《ふさ》いだ。

息ができず椰々子は唸《うな》る。全身で暴れ逃れようとするが、まるで万力で固定したようにルネの手が外れる事はなかった。

鯨の悲しげな声が聞こえる。

苦しかった。先ほどとはまるで違う、意に反して命を絶たれる辛《つら》さ。

肺の酸素が失われていくとともに意識が遠のき、自分の命の炎が消えていくのが分かる。

朦朧《もうろう》としながら椰々子は祈った。

——不知火神社の神様、海神様……私はまだ死にたくない……

目が霞《かす》み、爛々《らんらん》と瞳《ひとみ》を輝かせて顔を押さえつけるルネの姿が、磨《す》りガラスを通したように見えはじめた。

彼の後ろに誰かが立っているように感じ、椰々子は目を凝らす。ぼんやりと分かるのは黒人の男だということだった。黒いスーツを着て、シルクハットを被《かぶ》った……。

意識が切れかける。椰々子は最後にもう一度願った。

——生きたい。私は生きたい……

＊　＊

雨足が強まり、風は轟音《ごうおん》を上げる。

目の前では、島の男たちと死者たちとの鉄の門扉をめぐる攻防が続けられていた。

体育館の入り口では、島の老人や女、子供たちが身を寄せ合っている。その傍で、疲労により体が悲鳴を上げ動けなくなった杜弥は、目を閉じ体を休めていた。

少し休んだらまた戻り、門の前に重なる仲間の死骸《しがい》を乗り越え侵入しようとする死者たちを退けなくてはならない。

深く息を吐いたそのとき、誰かに呼ばれた気がして、杜弥は瞳を開いた。

現実ではないどこかからの声。

開口部越しに鈍色《にびいろ》の空を見上げる。

「椰々子？　椰々子なのか——？」

良くない予感が胸を締め付け杜弥は呻《うめ》いた。

行けるものなら今すぐ行って助けてやりたい。でも今の自分にそんな力はないし、体も自由がきかない。

――椰々子、頼むから死なないでくれ。頼むから……

軋《きし》む体に鞭打《むちう》って起き上がると、杜弥は外へ出た。門の前では懐中電灯を持った島民と死者たちが風雨にまみれながらせめぎあい、まるで祭りのような光景になっている。体を引きずりながら体育館の脇に回り込み、九品山が見える位置まで歩いて杜弥は空を見上げた。

大師火はまだ灯《とも》っていた。闇に浮かぶ黒い輪郭の山の頂上に、チロチロと灯りが揺らめいている。

全身に雨が降り掛かるのも構わず、杜弥はそちらへ向け一心に祈った。

――椰々子、どうか生きててくれ。爺《じい》さん、頼む……

＊　＊

九品山の崖《がけ》に穿《うが》たれた穴の中では、護摩の炎が大きく燃えていた。

体を隠すほどに猛《たけ》る炎の前で調伏《ちょうぶく》の修法を行う老僧は、蓮華座《れんげざ》に乗る降三世明王《ごうざんぜみょうおう》の姿を一心に観じていた。

炎の中には、〈呪《じゅ》〉である赤子に鼻と口を押さえられ、今にも息絶えんとしている椰々子の姿が見えていた。その正面には、黒い礼装に帽子を被った黒人の男が立っている。

男は大きな体を屈《かが》ませると、重たげな瞼《まぶた》を持ち上げ、ぎょろりとした目で面白そうに椰々子の顔を覗き込んだ。

老僧は彼を睨《ね》めつける。刹那、男はこちらの存在に気づき、鋭い視線を向けてきた。

護摩の炎が形を変え猛獣のように老僧へ襲いかかる。

心を己のうちに戻し、観想することにより、炎の猛獣は四方へ砕け散った。

胸に熱さを感じて見ると、袈裟《けさ》の一部が焼けこげていた。乾いたこめかみに脂汗が流れる。

敵は、これまで出会ったどんなものよりも強大な力を備えていた。現在も厚い信仰の対象になっているからだろう。その力には生々しい勢いがある。

炎の中を覗き込むと、椰々子の命の炎は消えかけていた。もうこれ以上時間をかける訳にはいかない。老僧は素早く塗香《ずこう》を済ませ、蘇油《そゆ》、乳木など供物を炎の中へ投じ、明王を供養する。

椰々子の前に黒人の男が立ちはだかり、こちらを睨めつけた。再び炎が獣へ姿を変えこちらの喉元《のどもと》に食らいつく。老僧はカッと目を見開き、煩悩の形代である六本の薪を火にくべた。すかさず心に不動明王を表す梵字《ぼんじ》を観じる。

猛獣の姿と黒人の男が同化する。彼は炎のこちら側へ侵入してくると、鋭い目つきで手を伸ばした。

「ぬぅっ！」

体を舐《な》める炎に耐えながら、老僧は五枚の葉のついた樒《しきみ》の枝を投げ入れた。目を閉じ樒を蓮華座へと変化させると、その上に梵字を乗せ、不動明王の力を顕現させるべく念じる。

力と力がぶつかり合う。力は拮抗《きっこう》し、押したり押し返されたりが繰り返される。両者の間で潰《つぶ》された炎が悲鳴を上げるように身をよじらせた。

老僧は顔中に汗を滴らせ、黒人の濁った瞳を正面から捉《とら》えた。

肉体の限界を感じてこの九品山の洞窟《どうくつ》に入定し、長い長い年月が過ぎた。おそらく、一連のこの島との関わりが、夢に見た如来が自らに与えた役割だったのだろう。

ずっと島を守り、島の民が生まれては死に生まれては死に、命を繋《つな》ぐのを見てきた。できることならば自然に力が潰《つい》えるまでここで見守っていたかった。しかし、そうはいかない。自分が人生を狂わせたこの娘を助けなくては。

……たとえこの命ここで尽きようとも。

「儂《わし》のせいで苦労をかけたな」

男の向こうに透けて見える娘に語りかける。

眼前では憤怒の表情を浮かべた男が渾身《こんしん》の力を込め手を伸ばそうとしていた。

老僧は静かに目を閉じる。先ほどまで蓮華座の上に乗っていたカーンの梵字は、剣に変化していた。心を研ぎすますと、剣は次第に火炎を纏《まと》い、それを持って立つ不動明王そのものの姿へ変わる。宇宙であり、すべての根源である大日如来の憤怒の化身。

老僧は真言を唱え、供物を捧《ささ》げながら強く願う。

宇宙よ、明王よ、どうかあの娘を――

＊　＊

意識は、もはやか細い糸一本でこの世に繋ぎとめられているのみだった。

酸素が回らなくなった体の末端から神経が切れていき、榔々子は自分の身が〈死〉に侵されて行くのを感じた。これで本当に終わりだ。自分は死ぬのだ。最後に杜弥の顔が浮かんだ気がしたが、定かではなかった。

思、考、が、途切れ、て、分か、ら、な……

すべてが闇に閉ざされ、ずいぶん長い時間が経ったように思えた。

永い永い悠久の暗黒。その中に、小さな光の点が灯る。

完全たる球体のそれは、太陽のような光を放ちながらだんだんに大きくなり、こちらへ迫ってきた。

榔々子はようやく、自分が〈知覚〉をしていることに気付く。

バレーボールぐらいの大きさになった球体は、目前で停止した。

中をのぞき込むと、そこには一人の老僧が、黒の着物の上から綺麗《きれい》な袈裟をかけ、端正なたたずまいで座していた。

目が合うと、彼は額と目尻《めじり》に皺《しわ》を寄せ穏やかに微笑みかけてくる。会った事などないはずなのに、なぜかその視線は懐かしい。

椰々子は、自分が死後の世界にいるのだと考えた。

きっとこの人は仏様の遣いだ。でも、神社へ仕えるばかりで、寺へのお参りなどほとんどした事がないのに、なぜ……？

不思議に思っていると、僧侶《そうりょ》を中心に閃光《せんこう》が走り、椰々子の目は眩《くら》んだ。


静かに目を開くと、満天の星が輝いていた。

自分はまだ生きている……？

上体を大きく反らし、椰々子は胸いっぱいに空気を吸う。咽《む》せそうになりながらも体全体に行き渡るように何度も呼吸を繰り返すと、体内を酸素が駆け巡り、手足や脳の感覚が鮮明になっていった。

体は縛《いまし》めを解かれ自由だった。

身を起こして周囲を見回すと、海を埋め尽くすほどいた死者もいなくなっている。

「一体何が……？」

困惑する椰々子の脇には、うつぶせで倒れるルネの姿があった。縮れた髪に覆われた後頭部には何かで穿たれたように大きな口が開き、そこから煙が立ち上っている。

「ルネ……」

セルロイド人形のような動かないその体に、椰々子はそっと手を伸ばした。

氷のように硬く、冷たい。思い切って体を裏返し、仰向《あおむ》けに寝かせる。

ルネはまだ意識を宿していた。まばたきし、椰々子へ向けて微笑を浮かべる。

その笑みは以前の禍々《まがまが》しさに満ちた無垢《むく》なものではなかった。愁いを帯びた、不条理を知る知性を持った瞳《ひとみ》。

彼は〈呪〉から解放されているように見えた。

こちらへ手を伸ばし、彼はすべて分かっているといわんばかりに頷《うなず》く。

椰々子はその小さな手を取り頷き返す。ただの赤子のようになったその頬に触れると、愛《いと》おしそうに彼はほおずりした。

島で見た田所の表情に重なって、感情がこみ上げる。

溢《あふ》れ出した涙は頬を伝うとルネの目尻に落ち、彼が流した涙と混ざってこめかみへ流れて行った。

ルネと同じく自分たちは運命に翻弄《ほんろう》された双子だと椰々子は思った。

あれだけのことをしたルネをやはり憎いとは感じられない。

ただどうしようもない運命の巡り合わせだけが悔しかった。あの日、あの場所で父母とルネの母が会わなかったらこんな事にはならなかったのに……

風が吹いた。

ルネの頬にピシリと亀裂《きれつ》が走る。

屍蠟《しろう》の体で密封された棺《ひつぎ》から出たためだろう。空気に触れたその肌には、地割れのようにヒビが入っていく。顔、胴体、手足……

椰々子は顔をくしゃくしゃにし、嗚咽《おえつ》を上げた。ルネはその顔を見ながら、柘榴《ざくろ》のように割れ始めた口元でうっすらと微笑する。

最後の力を込め彼は手を伸ばした。椰々子もそれに触れようとする。

大きさの違う二つの指先が触れ合う――

摑《つか》んだ瞬間、ルネの体は砂となって崩れ、吹いてきた強風に巻き上げられ消えてしまった。

ごおん、と鈍い音がして、元の古びたそれに戻った客船が傾き沈み始める。星が照らし出す絶海に、椰々子の慟哭《どうこく》が響いた。

＊＊

九品山の山頂に穿たれた洞窟の口では、吹き込んでくる風雨に抵抗しながら最後の松明《たいまつ》が、かろうじて灯をとりとめていた。

闇に沈む洞窟の奥には、四方へ砕け散った護摩壇があった。役目を終えたそれらはもはやただの木片へと戻り、深い眠りについている。

護摩壇の向こうには、金剛鈴《こんごうれい》をふりかざした姿のまま座している老僧の姿があった。凄《すさ》まじい力と対峙《たいじ》したことを物語るように、その袈裟《けさ》や着物は摩擦でぼろぼろになっている。着物から出ている頭部と手は完全に木乃伊《ミイラ》と化し、眼窩《がんか》に空いた二つの黒い空洞はぼんやりと虚空を眺めていた。

つむじ風が吹き込み、最後の松明が大きく燃え上がったのち消える。

洞窟の中は、永遠の闇に閉ざされた。

＊　＊

九品山に灯った大師火が一瞬大きく燃え上がった気がして、杜弥は顔を上げた。

大雨で霞《かす》む景色の中、火はみるみる小さくなり、やがて消えてしまう。

それと同時に空が大きく唸《うな》り、激しい雨と風が島を襲った。頭上を稲妻が駆け抜け、島の一角に落ち地響きが伝わってくる。

死者たちが、まるで何かから解放されたかのように活気づくのが分かった。

何度追い払われても、どれだけの数の仲間が骸《むくろ》になりはてようとも、魚の怨霊《おんりょう》に操られた死者たちは諦《あきら》めようとせず、鉄門を乗り越え人間たちの命を奪おうとする。

杜弥は、なんとなく理解し始めていた。

きっと業のようなものなのだ。人間は古来ずっと魚たちの命を奪い、自らの命の糧としてきた。だから彼らは人間が魚を殺し食べるのをやめる日までこの島の周囲に怨嗟《えんさ》を溜《た》め続け、同じことを繰り返すに違いない。

これがきっと魚と人間のあり方であり、この島のあり方なのだ。

秋津島《あきつしま》の東南の果ての末の島。此岸《しがん》の果て。死者や魚の念が吹きだまりとなる場所。

ここは誰が何をどうしようが、このような場所なのだ。だから島の人間はそのことを理解し、死者と闘い自らの暮らしを確保しなくてはならない。

この数百年はさまざまなものに守られすぎていたのだ。もう法力で島を守る大師もいなければ、〈カミ〉として島を護《まも》る椰々子もいない。これからは海神への祈りだけを頼りにし、自然に命運をゆだねる。それが自分たちにできるすべてなのだ。

いつか人間が負けて滅ぼされるかもしれない。しかしそれは別に良い事でも悪い事でもなく、ただそういう運命だということなのだろう。

杜弥は門の最前列で島の男をまとめ、指示を出している父を見る。とっくに限界が来ているだろう弱い体を押して死者を追い払う兄を見る。さらに、自らの家族や島を守るために闘う男たち、体育館の入り口から不安げな顔を出して外の様子を見ている女や子供たち。

――これでいいのだ。

肩の荷が下りる気がして、杜弥は大きく息を吐いた。

大丈夫、自分たちはこれからもやっていける、この島で。

大師火が燃えていた場所を見上げ杜弥は微笑む。

そして、椰々子のことを想った。

楽土

名も知らぬ遠き島より　流れ寄る椰子《やし》の實《み》一つ

島崎藤村《とうそん》『椰子の實』

水色の空には、大きな入道雲が浮かんでいた。盛夏を迎え勢いを得た蟬たちは、いつにもまして大きな声を島中に響かせている。

イサナ浜では、人々の活気ある声がこだまし、大人についてやってきた子供たちがそこここで遊び回っていた。

島を挙げた清掃作業が行われる中、スタンドの上に折り重なった砂や流木、ゴミなどをスコップで掬《すく》い竹箕《たけみ》に放り込んだ杜弥は、額に流れる汗を拭《ぬぐ》いイサナ浜を見渡す。

あの夜の出来事は、半月経った今も消えることはない多くの爪痕《つめあと》を残していた。風により倒された木々や街灯、電柱。死者に破壊された家々、そして、大時化《しけ》の置き土産であるさまざまな漂着物……。

照りつける太陽に手をかざし、杜弥はあの夜のことを思い返す。

最終的に勝利したのは島民たちだった。一時は門扉を乗り越える勢いだった死者たちだが、島民たちの不断の抵抗と、魚の体という物理的な限界、そして夜明けというタイムリミットにより撤退を余儀なくされた。多くの骸を残し黎明《れいめい》の島から死者たちが去り行くと、絶えず吹き荒れていた風雨は嘘のように力をなくし、雲間から曙光《しょこう》が差した。

ゴミが堆積《たいせき》する浜に透明な波が打ち寄せる様を、杜弥はぼんやりと眺める。

死者、行方不明者十二名と多大な被害を出したものの、自分たちは死者から島を守りきった。だが、それは暫定的な事にすぎず、いつかまた必ず次がくるだろう。その時も同じように闘い、島を守らなくてはならない。

父はあの後、島民たちを集めて、すべてを話した。

白波家への批難が巻き起こり、さまざまな議論が交わされたが、島民たちは最終的に納得し、結論を出した。

——こういう島なのだから、仕方ない。

島から出て行くものも一部あったが、ほとんどの島民はこの島で暮らし続けることを選んだ。そして皆は共通の認識を持った。

今後も協力して死者を防ぎ、島を守っていこうと。

「——杜弥、どうした？」

上の段で作業していた兄が振り返り声をかける。

あの日以来、兄と話す機会は確実に増えていた。互いに意地があって一気に打ち解けるということはないが、こうやってともに島の仕事をこなして行くことで、いつかはパートナーと呼べる存在になれるだろう。

「親父の方は大丈夫かなと思って」杜弥は微笑して答える。

対外的に、島で起こったことはすべて爆弾低気圧のためということになっていた。

多くの死傷者・行方不明者が出たことで外部から調査団が派遣され、長年町長を務めてきた父の責任問題となっている。

父はそうした諸々《もろもろ》に対する対応に追われつつ、早急に島の守りを固めるため石碑の再建を急いでいた。嵐や死者により海へ落とされた石碑を回収し、割られたりしたものは新しいものを用意したが、大師亡き今それを据えるだけでは効果がない。結界を張れる行者が必要なため、父はそれを探しに本州まで足を延ばしている。

「どうにかして見つけてくるさ」

兄は持っていたスコップを立て、もたれるようにして笑う。

頷《うなず》いてから杜弥が波打ち際を見つめ続けていると、彼は言った。

「……本当は別のこと考えてたんじゃないのか？」

「え？」

戸惑いながら目を向けると、彼はいたずらっぽい視線をこちらへ向けていた。

「椰々子の事考えてたんだろ。顔に書いてある。……お前と椰々子を結びつけるのは、この島だけだからな」

否定したかったが、すれば余計虚《むな》しくなる気がして杜弥は頷いた。

「椰々子はもう戻らないんだろうな……こんな島に」

嵐が去った三日後、椰々子がバミューダ島で見つかったと父に連絡が入った。

どういう経緯か不明だが、本当の身元が分かった彼女はマイアミの日本総領事館に保護され、現在は祖父母の元に身を寄せているという。祖父母は横浜に住む会社経営者だということだった。

「とんだ貧乏くじだったな。裕福な家のお嬢様だったのに、島の神様役やらされて」

バツが悪いのか兄は耳の後ろを掻《か》いた。

彼女に対して気が咎《とが》めているのは兄だけではない。父から真実を知らされた島民たちもまた、彼女に悔悟の念を抱いていた。確かに椰々子にかけられていた呪いのせいで多くの命が失われたが、彼女が人生を犠牲にすることでこれまで島民全体の命が守られてきたのだから。

「そうだな……」

杜弥は息を吐《つ》き、夏の太陽を照り返しきらきらと輝く海を見つめる。

椰々子はもうこんな島の事など思い出したくもないだろう。彼女はこれから血の繋《つな》がった祖父母の元で幸せに暮らすのだ。島民たちに償う機会を与えて欲しいなどと言う権利はない。

スタンドへ向き直ると、杜弥は止めていた手を再び動かし、作業に没頭した。

彼女がいなくなってからずっと、徹のときと同じように心の中に穴が空いていた。

それを忘れるために島の復旧作業に力を注いだ。

徹も椰々子もいないこの島で、これからも自分は生きて行かなくてはならない。

不満はなかったが、心の中に渦巻く虚しさはどうにもならなかった。永遠に失恋したとかそういうことだけでなく、もっと大きな喪失感——

寄せ室で漂着物を拾う無口な少女はもういない。

神社を黙々と掃除する少女はいない。

杜弥はスタンドの隅に固まった砂にスコップを突っ込む。先端がコンクリートに当たり手に痺《しび》れが走った。唇を噛《か》みながら、掬《すく》い上げた砂を竹箕に移し替える。

——それでも生きて行かなくては。この島で。心の隙間はいつか消えると信じて。

「おい」

兄が声をかけて来たのはそのときだった。

見上げると、彼は海を見ていた。休憩の合図かと思い杜弥は応える。

「これ終わらせるからちょっと待って」

角に砂を集め持ち上げた杜弥に、兄はもう一度強く言う。

「おい、杜弥！」

「何だよ。そんな急がなくても……」

砂を放り、顔を上げた杜弥は目を丸くする。兄だけでなく、浜で作業しているほとんどの人々が海を見ていた。

彼らの見ている方には、二十メートルほど沖に一台の高速船が停泊していた。高速船の発着場は嵐でコンクリートの護岸が破壊され、今は北港に臨時発着場が設けられているはずだった。

なぜこんな場所に——？

目を凝らした杜弥は、甲板に一人の少女を見つけた。

心臓が跳ねあがり、脈が大きく波打ち始める。

細かいところまでは見えないが、少女は白いつばの大きな帽子を被《かぶ》り、爽《さわ》やかな水色のワンピースを着ていた。帽子からこぼれた長い髪が潮風に攫《さら》われなびいている。

船上の少女は何かを探すように砂浜を見ていたが、杜弥の姿を見つけると大きく手を振った。

ぽかんと口を開け突っ立っていた杜弥を、兄がもどかしげにつつく。

杜弥は手にしていたスコップを取り落とすと、ゆっくりと手を上げ手を振った。そのうち気持ちが高まり、大きく大きく振る。

「早く行けよ。バカ」

兄に背を押され、杜弥はまだあちこちに砂やゴミが溜《た》まったスタンドを下りていった。足を取られそうになりながら漂着物が並ぶ砂浜を駆け抜けると、海に入り寄せてくる波を掻き分けながら高速船へ近づいて行く。

彼女は一緒に乗っていた上品そうな老夫婦に何事かを言うと、船縁《ふなべり》に腰掛け、足から海に飛び込んだ。そのまま浅瀬を歩いてこちらへ向かってくる。

杜弥は歩みを早めた。

椰々子も風で帽子が飛ばされないように押さえながら急ぐ。

透明な海の中を互いに歩み寄り、やがて杜弥は彼女と出会った。

声を掛ける前に体が動いていた。杜弥は、目の前にある彼女の細い体を抱きしめる。

「椰々子……もう会えないかと思った……」

そうしていたのは何十秒だろう。我に返り焦って体を離すと、椰々子は顔を上げて微笑んだ。

「遅くなってごめんなさい」

変わらない色白で端整な顔立ち。だが、これまでとは違い、目は輝き、表情に屈託のない明るさが滲《にじ》み出ていた。変貌《へんぼう》ぶりに杜弥は驚く。

「……なんで帰って来たんだ？　この島に」

戸惑いながら訊《き》くと、椰々子は首を傾けた。

「どうして？」

「だって、お前をいじめて苦しめたこんな島、もう見たくもないかと思って……」

椰々子は首を振った。

「そんな風には思ってない。私、いろいろなことが分かったの。ただ、運命の巡り合わせが良くなかっただけ。別に誰が悪かった訳でも、この島が嫌いな訳でもない」

波打ち際には、戻って来た椰々子を見ようと、浜にいた島民たちが集まってきていた。椰々子は彼らに目をやり微笑む。その横顔は何かに満たされたように凜《りん》としていて、やはり以前の彼女とはまったく異なって見えた。

「だけど、横浜に家があるんだろ？　ここに住むのか？」

「おじいちゃんが高校卒業まではここでもいいって。おばあちゃんが空気のいいところで静養する必要があるらしくて、ここで一緒に暮らしたらどうかって勧めたの。二人とも私の事、片時も手放してくれなくて。具体的なことはこれから相談だけど……」

椰々子は肩を竦《すく》める。家族のことを話すのに慣れないのか、くすぐったそうだ。だとしても惨劇の舞台にもなったこの島を選ぶものだろうか。納得がいかず不思議がる杜弥を黙らせるように、椰々子は桜色のリップが塗られた口を開いた。

「もう一つ戻ってきたい理由があるわ。――会いたい人がいたから」

「え……？」

椰々子はひたとこちらを見た。風が吹いて彼女の髪を柔らかく揺する。

「苦しいとき、ずっと心の支えになってくれた人。ルネ……田所さんに攫われて殺されそうになったときその人の顔が浮かんだの。私、その人と居たいと思った」

杜弥は目を大きく見開く。わだかまっていた心がするすると解《ほど》け、空いていた心の穴が温かいもので満たされていく。

もう一度、彼女を強く抱きしめた。

＊＊

強く抱きしめられながら椰々子は初めて〈幸せ〉という感情を味わっていた。もう自分は島へ流れ着いた出自不詳の孤児ではない。家族がいて――杜弥がいる。

祖父母に温かく迎えられたが、島へ戻らないという選択肢は最初からなかった。子供の頃から親しんだ寄せ室、神社、漁師小屋、海——自分の根はそこにある。これからどうするにせよ、ここを礎としてすべてを始めなくてはならない。

浜から西へ視線を移すと、田所が暮らしていた駐在所が目に入った。ルネの事が思い出され椰々子は目に涙を浮かべる。潮風に散った自分の片割れ。最初の死は彼に安寧をもたらさなかった。だから今度こそ安らかに眠って欲しいと願った。

さらに椰々子は自分のために命を落とした島の人々に思いをはせる。

助かってからずっと彼らのために何ができるか考えていた。考えた末、彼らのために祈りながら自分らしく生きていくしかないのだと分かった。

——そして。

椰々子は振り返り、愛《いと》おしさを滲ませた瞳《ひとみ》で凪《な》いだ沖を見る。

今日も彼らはあの場所にいるのだろうか。

客船が沈み、彼らの背に乗せられバミューダ島まで送り届けられる間、ずっとあることを考えていた。鋤持神となった美和。二匹の鯨。客船でどうしても見つからなかった二人——。

杜弥に促された椰々子は浜へ向き直り、手を繋いだまま海岸目指し歩いていく。

たくさんの人が集まる波打ち際へ近づくと、彼は腰の高さぐらいの浅瀬で立ち止まった。なぜここでと思っていると、杜弥は彼らを見渡し、宣言するように言った。

「椰々子は今日から島の一員だからな」

戸惑って杜弥と島民たちを見比べていると、浜辺からまばらに手を叩《たた》く音が聞こえてきた。目頭が熱くなる。

「島の一員ってことは、あれをしないとな」

杜弥は微笑し、いたずらっぽく言った。

首を傾げると、杜弥は両手で椰々子の肩を摑《つか》んだ。

何を、と思った次の瞬間、肩が押され、体は仰《あお》向《む》けに海へ投げだされる——

大きな音とともに飛沫《ひまつ》が上がり、椰々子は海中へ倒れ込んだ。

水は澄んでいて、立ち上る気泡や海面越しに空を見上げると、とても青く見えた。

いつか杜弥とともに海岸で見た、迎え入れの光景を思い出す。

夕日の中、海の水に浸されることで島の一員と認められた赤子。

——やっと私も迎え入れられるんだ……

背中を優しく支えられ、ゆっくりと体を起こし椰々子は水面から顔を出した。新鮮な空気が胸に飛び込んでくる。

見上げると、杜弥は温かく優しい目で椰々子を見つめていた。

椰々子は微笑み返す。

この島で、ずっと生きていけると思った。

解説

サービス満点の青春モダンホラー

大森　望

物語の舞台は、本州から南に二百三十キロ、伊豆《いず》諸島の東端に位置する須栄島《すえじま》。周囲十一キロというこの小さな島の砂浜に、ある日、全長二百メートルはあろうかという客船が忽然《こつぜん》と姿を現す。船は貝や石灰質などの堆積《たいせき》物に覆われ、どう見ても長く海に沈んでいたとしか思えない。それがどうしてこんなところに？　島の人々は海岸に集まり、珍客を見物しながら言葉を交わす。

非日常感漂うこの情景がすばらしい。ブラム・ストーカー描くドラキュラ伯爵は幽霊船デメテル号に乗ってイギリスにやってくるが、映画にもなったその名場面をつい思い出してしまったくらい印象的な導入だ。やがて、海上保安庁の発表により、この船は、一九九八年にカリブ島西沖で消息を絶った米国船籍の客船と判明する。しかし、船内に遺体はなく、一度沈没した船がどうして浮上し、なぜ須栄島にたどりついたのかはわからない。

物語の主人公として、海岸でこの船を目撃するのは、高校生の白波杜弥《もりや》。町長を父に持ち、全校生徒が十八人という島の学校（東京都立来栖高等学校須栄島分校）に通っている。その杜弥にとって気になる存在が、同級生の打保椰々子《うつぼややこ》。十六年前、島に漂着し、身元不明のまま、ウツボ婆《ばばあ》と呼ばれる女性の養女となった。いまは美しく成長した椰々子だが、養母が昨年死んでからは、ほとんど誰からも話しかけられず、学校でも無視されている。綾辻行人《あやつじゆきと》『Another』で〈いないもの〉として扱われる少女・見崎鳴《みさきめい》をちょっと連想させる設定だが、小説の後半では、杜弥と椰々子の関係が小説を駆動するエンジンになってゆく。

……と、ここであらためて紹介すると、本書『死と呪いの島で、僕らは』は、第21回日本ホラー小説大賞の大賞を射止めた、雪富千晶紀《ゆきとみちあき》のデビュー長編。応募時のタイトルは『死咒《しじゅ》の島』。二〇一四年十月に四六判ソフトカバーの単行本として刊行されたときは『死呪《しじゅ》の島』という題名だったが、文庫化を機に『死と呪いの島で、僕らは』と改題され、ぐっと若々しい印象になった。新しい題名の〝僕らは〟とは、たぶん、白波杜弥と打保椰々子のこと。じっさい本書は、伝奇、ミステリ、民俗学、怪談、南方神話、呪術など、さまざまな要素をてんこ盛りにしたサービス満点のモダンホラーであると同時に、（読み終えた読者は納得してくれると思いますが）意外なほど爽《さわ》やかな、瑞々《みずみず》しい青春小説でもあるので、文庫版のタイトルのほうが小説の雰囲気をよく伝えているかもしれない。

とはいえ、全体的な骨格はローラーコースター型のノンストップ・エンターテインメント。冒頭から読者をつかんで思う存分ふりまわし、次々に思いがけない光景を見せてくれる。したがって、中身についてはなるべく予備知識なしに読むことをお薦めしたい。綾辻行人、貴志《きし》祐介《ゆうすけ》、宮部《みやべ》みゆきという、うるさがたの選考委員三人が一致して大賞に推したというだけで、信頼性はじゅうぶんだろう。そもそも、日本ホラー小説大賞と言えば、公募新人賞なのに選考基準が厳しいことで有名で、過去二十三回のうち、大賞が出たのは約半数の十二回しかない。その分、過去の大賞受賞作には、瀬名《せな》秀明《ひであき》『パラサイト・イヴ』、貴志祐介『黒い家』、岩井《いわい》志麻子《しまこ》「ぼっけえ、きょうてえ」、恒川《つねかわ》光太郎《こうたろう》『夜市』など、綺羅《きら》星のごとき名作がずらりと並ぶ。それらの先輩に続き、十一番目の大賞受賞作となったのが本書なのである。選評から評価を抜粋すると——

〈多数の登場人物を動かしながら、島で続発するさまざまな怪異の謎に迫っていく筋運びはモダンホラーの王道ともいえ、それをラストまできちんと書ききった情熱と筆力は大したものである。とりわけ「顔取り」騒ぎのインパクトは鮮やかで、このアイディアだけでもっとスリムな一本に仕上げても良いのでは、とさえ思えるくらい。杜弥が想いを寄せる椰々子の造形も好もしい〉（綾辻行人）

〈『死咒の島』が成功したのは、お約束の展開を守りつつ、次々と発生する怪奇な事件や現象にはバラエティを持たせ、そのひとつひとつをほどよくコンパクトにまとめて、物語を停滞させなかったからだろうと思います。優しいけれど機能的な文章が、〈顔取り〉や人喰《く》い鮫《ざめ》、謎の豪華クルーズヨットの怪しい乗組員（中略）など、めまぐるしく

舞台に出入りする素材をさっぱりと捌《さば》いていて、何度か「巧《うま》いなあ」と唸《うな》りました〉（宮部みゆき）

……という具合に讃辞《さんじ》が並ぶ。〈アイデアを詰め込みすぎ〉〈型どおりのクライマックス〉と欠点を指摘した貴志祐介でさえ、著者の筆力を買って、〈即戦力ルーキーとして、ホラー・シーンを牽引《けんいん》するような活躍を期待したい〉と述べている。

では、この小説のどこがどうすごいのか。もう少し内容に踏み込んで、具体的に説明してみよう。小説全体は六つの章に分かれ、それぞれに読みどころが用意されているのだが、まず最初に驚くのは、最初の章「顔取り」の冒頭に提示された〝沈没客船の謎〟がいきなり棚上げにされて、もうひとつの謎が浮上すること。

沈没船が現れた翌日の早朝、今度は〈鬼の寄せ室〉と呼ばれる、切り立った崖《がけ》に囲まれた湾に遺体が漂着する。三日前から行方不明になっている漁師・磯貝敏郎《いそがいとしろう》の亡骸《なきがら》だと妻が特定し、よよと泣き崩れたそのとき、当の敏郎が自分の漁船に乗って帰ってくる。まるで落語の「佃祭《つくだ》」（船の沈没で死んだと思われていた男が帰ってきて、自分の仮通夜に遭遇する）みたいにコミカルな場面ですが、本書では、無事に生還したはずの敏郎のようすがどうもおかしい――ということから、章扉に引用された（架空の）民俗学的な伝承に出てくる「顔取り」の話へとつながってゆく。

つづく「和邇《わに》」は、日本書紀の一節、稲飯命《いなひのみこと》（海神の娘である玉依姫《たまよりひめ》の子）が剣を手に海へ飛び込んで鋤持神《さひもちのかみ》（佐比持神）となるくだりの現代語訳が章扉に引用されている。

ここで言う和邇（＝鰐《わに》）とは、鮫のこと（ちなみに著者は中学生の頃から鮫が大好きで、ずっと鮫について調べてきたとか）。「鋤」は刀のことで、「鋤持神」も鮫を意味する。この章では、新婚旅行でやってきた女性が夫とのダイビング中に行方不明になる事件が焦点になり、ストーリーはミステリ的に展開してゆく。伝奇的・民俗学的なモチーフと現代ミステリ的な事件を無理なく融合させるのが雪富流。

三章のタイトルの「補陀落《ふだらく》」は、観音菩薩《ぼさつ》のおわすところと伝えられる南方の浄土。古来、那智《なち》勝浦《かつうら》や足摺《あしずり》岬、室戸《むろと》岬などでは、行者が小さな船に乗って海岸から補陀落を目指して旅立つ〝補陀落渡海〟が行われてきた。井上靖《いのうえやすし》の短編「補陀落渡海記」とか、半村良《はんむらりょう》『妖星伝《ようせいでん》』に出てくるポータラカ星の元ネタとしてもおなじみですが、著者は諸《もろ》星大二《ほしだいじ》郎《ろう》の漫画の大ファンで、『妖怪ハンター』シリーズの「水の巻」に出てくる補陀落渡海のエピソードを読み、「その話を元に、今の時代を舞台にして、私なりの話を作ったらどうなるかな？」と考えたという（〈本の旅人〉２０１４年11月号掲載の吉田大《よしだだい》助《すけ》によるインタビューより）。もっとも、この章で海を渡るのは、ＩＴベンチャーを起業したのち早々とリタイアし、今は外洋クルージング用の豪華ヨットで世界一周旅行中だという大富豪たち。幽霊船の調査に訪れた東京帝山大学工学部の研究チームがからんで、思いがけない方向に話が転がる。

ここまでの三章は一話完結式に謎が解かれるが、四つ目の「咒《じゅ》」の章から、新たな要素が導入され、怒濤《どとう》のクライマックスに向かって話が一気に盛り上がる。伊豆諸島東端の島が、はるか太平洋の向こう、パナマ運河を越えたカリブ海に位置する島国のハイチ共和国とつながり、次々に意外な事実が明かされてゆく。ちょっとやりすぎじゃないかと思うくらいのサービスぶりで、怖さよりもエンターテインメント性が前面に出てくる。

題名の「呪い」は、誰が誰に、なぜ、どのようにかけているのか。この謎がミステリ的にきっちりと解決するのも本書の大きな特徴のひとつ。著者いわく、〈不条理な感じは出したくなかったんです。ただ呪われたというよりは、ちゃんと理由があって呪われた、というふうにしたかった。（中略）呪いの話を書くからには、解かなきゃ物語が終わらないと思ったんです。どうせ解くにせよ、呪いに巻き込まれた人間の心がほどけていくプロセスもちゃんと書かなきゃいけないと思いました〉（前掲インタビューより）

てんこ盛りにしたさまざまな要素をきちんと消化したうえで、著者は広げに広げた大風呂敷《ぶろしき》をきれいに畳んでみせる。暴力シーンやグロテスクな描写も少なくないのに不思議と読み心地がいいのは、そうした理詰めの作風のおかげだろう。

本書で鮮烈なデビューを飾った雪富千晶紀は、翌二〇一五年末に第二長編『黄泉《よみ》がえり遊戯』を発表。こちらはタイトルのとおりのゾンビものだが、死者の甦《よみがえ》りを、ルールも起源も不明のゲームとして描く視点がユニークだ。ミステリ的な構成と青春小説テイスト、抜群のストーリーテリングは本書と共通。実力派ホラー・エンターテイナーの登場に拍手を贈りたい。

参考・引用文献

『ヴードゥーの神々―ジャマイカ、ハイチ紀行』ゾラ・ニール・ハーストン、常田景子訳、新宿書房
『ヴードゥー大全―アフロ民俗の世界』檀原照和、夏目書房
『ヴードゥー教の世界―ハイチの歴史と神々』立野淳也、吉夏社
『日本の海の幽霊・妖怪』関山守弥、中央公論新社
『渚の思想』谷川健一、晶文社
『密教の本―驚くべき秘儀・修法の世界』神代康隆、金澤友哉、不二龍彦、豊島泰国、学研マーケティング
『現代語訳　日本書紀』福永武彦訳、河出書房新社
『完訳　コロンブス航海誌』青木康征訳、平凡社
『老人と海』ヘミングウェイ、福田恆在訳、新潮社

本書は二〇一四年十月に小社より刊行された単行本『死呪の島』を加筆・修正の上、改題し文庫化したものです。

この作品はフィクションです。実在の人物、団体等とは一切関係ありません。

死《し》と呪《のろ》いの島《しま》で、僕《ぼく》らは
雪富千晶紀《ゆきとみちあき》

角川ホラー文庫　Hゆ3-1　19984

平成28年 9 月25日　初版発行

発行者——郡司 聡
発　行——株式会社KADOKAWA
〒102-8177　東京都千代田区富士見2-13-3
電話 0570-002-301(カスタマーサポート・ナビダイヤル)
受付時間 9:00〜17:00(土日 祝日 年末年始を除く)
http://www.kadokawa.co.jp/
印刷所——旭印刷　製本所——本間製本
装幀者——田島照久

ISBN978-4-04-104735-4 C0193

角川文庫発刊に際して

角川源義

第二次世界大戦の敗北は、軍事力の敗北であった以上に、私たちの若い文化力の敗退であった。私たちの文化が戦争に対して如何に無力であり、単なるあだ花に過ぎなかったかを、私たちは身を以て体験し痛感した。西洋近代文化の摂取にとって、明治以後八十年の歳月は決して短かすぎたとは言えない。にもかかわらず、近代文化の伝統を確立し、自由な批判と柔軟な良識に富む文化層として自らを形成することに私たちは失敗して来た。そしてこれは、各層への文化の普及滲透を任務とする出版人の責任でもあった。

一九四五年以来、私たちは再び振出しに戻り、第一歩から踏み出すことを余儀なくされた。これは大きな不幸ではあるが、反面、これまでの混沌・未熟・歪曲の中にあった我が国の文化に秩序と確たる基礎を齎らすためには絶好の機会でもある。角川書店は、このような祖国の文化的危機にあたり、微力をも顧みず再建の礎石たるべき抱負と決意とをもって出発したが、ここに創立以来の念願を果すべく角川文庫を発刊する。これまで刊行されたあらゆる全集叢書文庫類の長所と短所とを検討し、古今東西の不朽の典籍を、良心的編集のもとに、廉価に、そして書架にふさわしい美本として、多くのひとびとに提供しようとする。しかし私たちは徒らに百科全書的な知識のジレッタントを作ることを目的とせず、あくまで祖国の文化に秩序と再建への道を示し、この文庫を角川書店の栄ある事業として、今後永久に継続発展せしめ、学芸と教養との殿堂として大成せんことを期したい。多くの読書子の愛情ある忠言と支持とによって、この希望と抱負とを完遂せしめられんことを願う。

一九四九年五月三日